Von der gleichen Autorin erschienen außerdem
als Heyne-Taschenbücher

Clarinda — Die Herzogin mit der Maske · Band 01/5789
Clarissa — Liebe im Schatten der Angst · Band 01/5829
Verena — Die Königin der Ballnacht · Band 01/5878
Antoinette — Der Ruf des Herzens · Band 01/5962
Amanda — Die russische Affäre · Band 01/5995
Camilla — Das Geheimnis des Blutes · Band 01/6047
Francesca — Die zwei Gesichter einer Frau · Band 01/6085
Jeanette — Die Liebe einer Nacht · Band 01/6247
Mariella — Die Macht der Leidenschaft · Band 01/6305

CAROLINE COURTNEY

FELICIA – AUF ZÄRTLICHEN PFADEN

Roman

Deutsche Erstveröffentlichung

WILHELM HEYNE VERLAG
MÜNCHEN

HEYNE ALLGEMEINE REIHE
Nr. 01/6561

Titel der amerikanischen Originalausgabe
FELICIA
Deutsche Übersetzung von Uta McKechneay

Copyright © by Arlington Books
Copyright © der deutschen Übersetzung 1985
by Wilhelm Heyne Verlag GmbH & Co. KG, München
Printed in Germany 1985
Umschlagfoto: Bildagentur Mauritius/Eric Bach, Mittenwald
Umschlaggestaltung: Design-Team, München
Satz: werksatz gmbh, Freising-Wolfersdorf
Druck und Bindung: Elsnerdruck GmbH, Berlin

ISBN 3-453-02141-X

»Ich bin bereit, Ihnen ein kleines Haus zu kaufen«, sagte Lord Umber großspurig. »Ich weiß sogar ein Haus in Richmond, das ich sofort kaufen könnte. Wirklich ein ganz allerliebstes Häuschen. Ich setze Ihnen auch eine sehr großzügige Summe aus.« Er trat zurück und bildete sich allerhand auf seine Großmut ein. Er stellte sich vor, was für Aufsehen er mit Felicia erregen würde, wenn er sie seinen Freunden präsentierte.

Felicias Lächeln gefror, als ihr klar wurde, daß sie ihren Wohltäter schon wieder falsch verstanden hatte. Sie stieß einen Schrei des Entsetzens aus und versuchte, ihm ihre Hand zu entziehen, doch Lord Umber war sehr stark. Sie konnte nicht gegen ihn an, als er sie in die Arme riß und seine Lippen unbarmherzig auf die ihren preßte.

»Mein wunderschönes kleines Mädchen«, flüsterte er ihr mit heiserer Stimme ins Ohr und tastete ihren Körper mit der Hand ab. »Wir beide werden uns glänzend vertragen.«

1.

James, der schlaksige junge Lakai, ließ das letzte Schloß an Felicias großem Koffer zuschnappen und beugte sich über das Gepäckstück, um den Lederriemen zuzuschnallen. »Ist das alles, Miß Felicia?« erkundigte er sich.

»Ja, James. Vielen Dank.« Felicia hätte ihm gern ein Geldstück gegeben, doch sie konnte keins entbehren. Ihre Tante hatte ihr gerade genug Geld für die Fahrt nach Manchester gegeben und keinen Farthing darüber hinaus. Ein paar Guineen, die ihr Mrs. Ambel, die Haushälterin, am Abend zuvor in die Hand gedrückt hatte, waren bereits fest in den Saum ihres tristen Reisekleides eingenäht.

James schien ihr Unbehagen zu spüren und versuchte sie zu trösten. »Nun grämen Sie sich mal nicht, Miß«, sagte er. »Wenn Sie erst mal von hier weg sind, wird es Ihnen besser gehen. Aber in der Reisekutsche müssen Sie vorsichtig sein und dürfen sich nicht von fremden Leuten ansprechen lassen.« Aus seiner Stimme klang Besorgnis. Er war wie ein Bruder zu ihr. »Wahrscheinlich hat Mrs. Ambel Sie auch schon davor gewarnt.«

»Das hat sie allerdings«, erwiderte Felicia. »Und ich werde Ihren Rat ganz bestimmt beherzigen.«

»Also, Miß, dann bring ich jetzt Ihren Koffer nach unten, und Sie können nachkommen, wann Sie halt fertig sind. Ich schätze, Mr. Jennings wird in ein paar Minuten an der Hintertür vorfahren. Sie wissen ja, wie verdrießlich er ist, wenn man ihn lange warten läßt.« James verstummte. Nach einer Weile fuhr er fort: »Und... und, Miß Felicia, ich möchte Ihnen nun auf Wiedersehen sagen und alles Gute wünschen.« Er streckte ihr linkisch die Hand hin. Felicia ergriff sie rasch.

»Danke, James. Ihr fröhliches Pfeifen am Morgen wird mir sehr fehlen.« Sie lächelte freundlich. »Und Sie wissen ja, wie leid es mir tut, daß ich nicht mehr hier bin, wenn Sie und Annie heiraten.«

James ließ ihre Hand los und griff nach dem Koffer. »Danke, Miß Felicia, und nicht vergessen: Lassen Sie sich nicht von jedem in ein Gespräch verwickeln.«

Felicia sah sich noch einmal in der Dachkammer um, die in den vergangenen fünf Jahren ihre Zuflucht gewesen war. Jetzt wo es galt Abschied zu nehmen, verpuffte das Verständnis, das sie mit der Zeit aufgebracht hatte. Sie dachte daran, daß sie frei sein würde. Eine Woge des Glücks überflutete sie. Eine überschäumende Freude bemächtigte sich ihrer.

»Mama, Mama«, flüsterte sie. »Ich werde ganz tapfer sein, das verspreche ich dir. Ich will immer daran denken, wie du gelitten hast ohne je zu klagen. Ich will dich nicht enttäuschen. Ach, Mama, warum mußtest du sterben?« Eine Träne löste sich von ihren Wimpern. Felicia wischte sie entschlossen ab.

Um nicht mehr an ihre Mutter denken zu müssen, sah Felicia in ihrem Reticule nach, ob sie auch keine ihrer wenigen Habseligkeiten vergessen hatte.

Zaghaftes Klopfen. Felicia öffnete erstaunt die Tür. Ihr Gesicht drückte Verwunderung aus, als sie ihre Cousine erblickte. »Aber Wendy, was tust du denn hier oben?« Felicia fiel auf, daß Wendys Augen rot und verschwollen waren als hätte sie geweint.

»Mama hat gesagt, du bist schon weg«, schluchzte Wendy. »Ohne mir auf Wiedersehen zu sagen!« Sie fuhr sich mit einer ihrer dicken kleinen Hände über die Augen und wischte sich die Tränen ab. »Und... und... und du hast mir versprochen, es nicht zu vergessen.«

»Ich habe es ja nicht vergessen«, versicherte Felicia der Cousine lebhaft. Sie versuchte, die Verärgerung zu unterdrücken, die bei Wendys Worten in ihr aufstieg. »Wendy, hast du vergessen, daß du nicht hier heraufkommen darfst?« fuhr sie milder gestimmt fort. »Geh lieber wieder in dein Zimmer. Ich komme in ein paar Minuten nach.«

»Felicia«, stammelte Wendy unter Tränen, »ich wollte dir nur sagen, wie leid es mir tut, daß du fortgehst. Wirklich! Ich wünschte, ich wäre nicht so abscheulich zu dir gewesen. Du wirst mir ganz entsetzlich fehlen.« Sie konnte vor Schluchzen nicht weitersprechen.

Felicia wunderte sich. Sie sah, daß eine Wandlung mit Wendy vorgegangen war. In den fünf Jahren, die sie in Graystones zugebracht hatte, zeigte Wendy zum erstenmal Reue wegen ihres Verhaltens ihrer Cousine gegenüber. Doch da Felicia die Cousine sehr gut kannte, vermutete sie ganz bestimmte Hintergedanken. Trotzdem redete sie Wendy gut zu. »Du vergißt mich sicher bald. Wenn du erst einmal in London bist und in die Gesellschaft eingeführt wirst, hast du keine Zeit mehr, an etwas anderes zu denken.«

»Aber... aber... begreifst du denn nicht?« jammerte Wendy. »Dann ist doch niemand mehr da, der mir hilft.« Diesmal strömten ihr die Tränen übers Gesicht. »Ich brauche dich doch. Du mußt mitkommen.«

»Wendy, nun hör schon auf damit. Das hat doch keinen Sinn«, sagte Felicia leicht gereizt. »Du weißt doch, daß das nicht geht. Deine Mutter hat mich schließlich weggeschickt. Sie hat mir doch die Stelle als Gouvernante in Manchester besorgt. Du brauchst mich gar nicht. Tante Gweneth wird bestimmt eine Zofe und Gesellschafterin für dich einstellen, wenn du erst einmal in London bist.«

Doch Wendy war nicht zu beruhigen. »Du bist an allem schuld. Ich weiß, daß es so ist, sonst würde Mama dich nicht wegschicken. Du... du bist ihr — und mir — sehr nützlich«, schluchzte Wendy. »Ich weiß, du willst nicht mit nach London kommen. Wahrscheinlich bist du neidisch und kannst nicht mit ansehen, wie ich mich amüsiere.«

Gottergeben hörte sich Felicia an, was Wendy ihr zu sagen hatte, doch bald ertrug sie es nicht mehr. »Wendy, nimm dich jetzt zusammen«, sagte sie mit eisiger Miene. »Ich habe keine Zeit, hier rumzustehen und zuzuhören, wie du dich in Selbstmitleid verzehrst. Du hast mich schon so lange aufgehalten, daß ich mich sofort von dir verabschieden muß.« Sie sah auf ihre kleinere Cousine hinunter und widerstand der Versuchung, ihr den Arm um die bebenden fleischigen Schultern zu legen. »Hier, nimm das.« Sie hielt ihr das hauchfeine bestickte Taschentuch hin, das ihre Mutter ihr zu Weihnachten geschenkt hatte. »Putz dir tüchtig die Nase. Du weißt ja, wie rasch deine Tränen dann immer versiegen.«

Wendy entriß ihr das zarte Gespinst und knüllte es zu einer kleinen Kugel zusammen. »Du bist ein gefühlloses Monster«, schnaufte sie und stampfte mit dem Fuß auf. »Es ist dir ganz egal, was aus mir wird...« Mit verschlagenem Blick sah sie zu Felicia auf. Angesichts der Verachtung, mit der Felicia sie strafte, ließ sie sich zu der Bemerkung hinreißen: »Ich gehe jetzt und bitte Mama, dich nicht wegzulassen. Mir ist nämlich klargeworden, daß du es kaum erwarten kannst, von hier wegzukommen.«

»Jetzt reicht es aber wirklich, Wendy. Gottlob brauche ich deine Anfälle von nun an nicht mehr zu ertragen. Geh du nur zu deiner Mutter, mich hält hier nichts mehr. Ihr könnt mich nicht festhalten. Ich bin euch los. Ich bin ein freier Mensch.« Sie schwenkte ihr schäbiges Reticule. »Da ist mein Reisegeld und sogar noch ein wenig mehr. Das ist alles was ich brauche, um endlich von hier wegzukommen.« Ihre Augen blitzten vor Zorn. Wendy zuckte zusammen, als sie den angewiderten Blick ihrer Cousine spürte.

»Geh jetzt endlich!« fuhr Felicia sie an. »Verschwinde, bevor ich etwas sage oder tue, was uns beiden hinterher leid tut!«

Wendy floh verängstigt aus dem Zimmer. Ihr zorniges Schluchzen hallte durch den engen Gang. Felicia stand wie angewurzelt da und staunte über ihren Mut. »Ich bin ja *wirklich* ein freier Mensch!« sagte sie sich. »Frei und ohne Angst!« Selig schlang sie sich die Arme um die Schultern und tanzte durch das Zimmer. Vor dem Spiegel blieb sie stehen. »Tante Gweneth«, sagte sie mit feierlicher Miene, »ich will dich nie wiedersehen solange ich lebe!«

Sie hob ihr Reticule vom Boden auf, und ohne einen Blick zurückzuwerfen ging sie. Sie eilte die Treppe vom Dachgeschoß hinunter und achtete sorgsam darauf, daß sie nicht auf das lose Dielenbrett trat, das immer so schrecklich knarrte. Sie ließ den Korridor hinter sich, der zu dem Flügel führte, in dem die Dienstboten untergebracht waren. Als sie die letzte Treppe hinunterhastete, hörte sie wütende Stimmen aus dem Zimmer ihrer Tante.

Ihr Herz klopfte stürmisch. Erst in der Küche blieb sie stehen, um wieder zu Atem zu kommen.

»Ich wollte Sie gerade holen«, sagte Mrs. Ambel und sah Felicia fragend in das hochrote Gesicht. »Großer Gott, wir können es wohl kaum erwarten, von hier wegzukommen, was?«

Felicia holte tief und zitternd Luft, bevor sie sprechen konnte. »Meine Cousine Wendy hat mich aufgehalten«, behauptete sie. Ihre Stimme klang spröde. »Aber ich glaube, ich gehe jetzt besser, bevor meine Tante mich zu sehen wünscht.« Sie grinste boshaft. »Wissen Sie, ich hatte einen kleinen Streit mit meiner lieben Cousine Wendy.«

Mrs. Ambel sah Felicia mit einem Blick an, aus dem fassungsloses Staunen sprach. »Wer hätte je gedacht, daß Sie dazu imstande sind!« meinte sie bewundernd. »Aber Sie haben völlig recht. Sie gehen besser, bevor Ihre Tante läutet.«

Mrs. Dauncey trat vor Felicia hin und überreichte ihr einen großen Henkelkorb. »Nehmen Sie das mit, Miß Felicia. Es ist nur eine Kleinigkeit, damit Sie nicht verhungern, wenn Sie unterwegs sind. Tut mir leid, daß es nicht mehr ist, aber...« Sie zuckte die Achseln.

»Vielen Dank für Ihre Fürsorge«, sagte Felicia gerührt. »Wahrscheinlich kann ich nicht einmal die Hälfte davon essen.« Der Korb war ziemlich schwer. Felicia wußte, daß er mit Köstlichkeiten gefüllt war wie ihre Tante sie zu sich nahm. »Ich werde nie vergessen wie freundlich Sie zu Mama und mir waren.« Sie neigte sich über Mrs. Dauncey und drückte ihr rasch einen Kuß auf die Wange.

Felicia hatte alle Mühe, die Tränen zurückzudrängen, als sie Mrs. Ambel aus der Küche hinaus zu dem wartenden Wagen folgte. Kaum waren sie im Hof angelangt, da hörten sie die Glocke läuten. Mrs. Ambel kümmerte sich nicht darum. »Die kann warten«, murmelte sie erbittert. »Dieses eine Mal kann sie warten bis sie schwarz wird.«

Annie und James erwarteten sie am Wagen, um endgültig Abschied zu nehmen. Der Kutscher, Mr. Jennings, stand neben seinem Pferd. Mit unverhohlener Ungeduld wartete er auf Felicia. Mrs. Ambel machte der Abschiedsszene ein Ende, indem sie Annie hineinschickte, damit diese nachsah, was ihre Herrin wünschte. Felicia war ihr dankbar dafür. Sie wußte, daß es mit ihrer Selbstbeherrschung nicht mehr weit her war.

Sie sah James zu, als er ihren schweren Koffer in den Wagen beförderte und wartete darauf, daß er ihr hinaufhalf. Sobald sie Platz genommen hatte, schwang sich Mr. Jennings auf den Kutschbock und riß heftig an den Zügeln bis die Pferde in Galopp verfielen. Felicia zog an den Bändern ihrer Haube, um sich zu vergewissern, ob sie auch festsaßen, dann richtete sie sich stolz auf. Mr. Jennings schnaubte verächtlich, um keinen Zweifel daran aufkommen zu lassen, daß er sich nur sehr ungern mit solchem lächerlichen Kleinkram abgab. Es war ihm äußerst peinlich, mit dem zweirädrigen Wagen fahren zu müssen, doch Lady Ormstead hatte darauf bestanden, daß ihre Nichte darin befördert wurde und sich geweigert, Felicia in ihrer mit dem Wappen der Familie geschmückten Equipage fahren zu lassen.

Felicia wandte sich noch einmal um und winkte Mrs. Ambel und James zum Abschied zu, als der zweirädrige Wagen um die Kurve in die lange Auffahrt einbog. Natürlich würde sie ihre wenigen Freunde in Graystones vermissen, doch sie setzte so große Erwartungen in die Zukunft, daß es ihr nicht schwerfiel, dem großen Herrenhaus endgültig den Rücken zu kehren. Sie sah ihre Tante nicht am Fenster des Salons im ersten Stockwerk stehen, und der hinterhältige zufriedene Gesichtsausdruck der Tante entging ihr.

Felicia fand gleich einen Platz in der Reisekutsche. Die beiden Pferdeknechte im Gasthof von Chepstow, wo die Reisenden einstiegen, waren hocherfreut, als sie einer so hübschen jungen Dame helfen durften.

»Macht fast gar nichts, daß sie so düster gekleidet ist«, bemerkte der jüngere Stallbursche und leckte sich die Lippen. »Sieht nicht übel aus, das Mädchen, da kann einer sagen was er will.«

Felicia war tatsächlich wunderschön – das genaue Abbild ihrer Mutter. Sie war groß und schlank. Goldblondes Haar umrahmte ein bezauberndes feingeschnittenes Gesicht. Ihre klaren Augen, normalerweise veilchenblau, wirkten jetzt tiefblau und glitzerten vor Erregung.

Der ältere Pferdeknecht teilte diese Ansicht. Er nickte heftig, ohne einen Blick von Felicia zu wenden.

Felicia war so aufgeregt, daß sie gar nicht merkte, wie verrückt die Pferdeknechte sie anstarrten. Sie bemerkte auch die anderen Reisenden nicht, die auf die Kutsche warteten. Ein dünner junger Mann mit strähnigem Haar und Knollnase beobachtete belustigt, wie die Stallburschen Felicia lüsterne Blicke zuwarfen. Die lange Fahrt nach Cheltenham würde wie im Flug vergehen, wenn er sich mit diesem entzückkenden Geschöpf unterhalten könnte. Fast war er in Versuchung, seine billigere Karte, die ihm ein Anrecht auf einen Platz draußen sicherte, gegen eine für einen Platz im Wageninneren zu tauschen, wenn er sich die Mehrkosten auch kaum leisten konnte.

Als das Horn geblasen wurde, das die Ankunft der Kutsche ankündigte, hatte der junge Mann einen Entschluß gefaßt. Er trat neben Felicia und murmelte mit einschmeichelnder Stimme: »Mein Name ist Jason Hobbs, zu Ihren Diensten. Es ist nicht zu übersehen, Miß, daß Sie allein reisen. Sollen wir uns nicht bis Cheltenham zusammentun — wenn Sie wissen was ich meine?«

Felicia reagierte nicht auf Hobbs' unverschämten Vorschlag. Sie hatte gar nicht richtig mitbekommen, was er wollte, so hingerissen war sie von der warmen Frühlingssonne. Sie freute sich unbändig auf die Fahrt. Der junge Mann zuckte die Achseln und trollte sich wieder. Sein finsterer Gesichtsausdruck war nicht schwer zu deuten, nachdem er abgewiesen worden war: *Was glaubt sie wer sie ist? Eine ganz gewöhnliche Schlampe, die sich groß aufspielt, nichts weiter. Aber es läßt sich nicht abstreiten, daß sie eine Augenweide ist . . .*

Der Hof des Gasthauses war plötzlich zum Leben erwacht. Die beiden Pferdeknechte rannten nach vorn und hielten die Köpfe der schwitzenden Pferde, bis der Kutscher ihnen die Zügel zuwarf.

»Der sieht ja heute morgen wieder furchtbar aus«, murmelte der jüngere Stallbursche und wies mit dem Kopf auf den Kutscher. »Wollen wir hoffen, daß er die Kutsche heil nach Cheltenham bringt.«

Ein paar Reisende wurden aufmerksam und schüttelten beim Anblick des betrunkenen Kutschers den Kopf. Er wandte ihnen den Rücken zu, um ungehindert einen tüchtigen Schluck aus der Flasche nehmen zu können. Daher sah er ihre Gesten nicht. Felicia übrigens auch nicht. Sie sah ängstlich zu, wie ihr Koffer hochgewuchtet wurde. Erst als er mit Riemen fest verankert war, stieg sie in die Kutsche. Der jüngere Stallbursche half ihr beim Einsteigen. Sie bedankte sich artig, als er ihr den Deckelkorb reichte. In der Kutsche befand sich nur noch eine Mitreisende. Der dünne junge Mann begnügte sich nun doch mit einem Außensitz. Im entferntesten Winkel der Kutsche saß ganz steif eine ältliche Dame. Sie preßte sich an die Seitenwand als seien alle Plätze besetzt. Felicia lächelte ihr zu, doch auf diesen Einbruch in ihre Privatsphäre reagierte die alte Frau ganz anders als erwartet. Sie zog ihr Cape noch fester um den dürren Leib und umklammerte den Koffer, der zu ihren Füßen stand.

Felicia setzte sich und strich ihr ärmliches farbloses Reisekleid glatt, bevor sie den Verschluß öffnete, der ihren weiten Umhang zusammenhielt. Sie war sich des traurigen Anblicks sehr wohl bewußt, den sie bot, doch sie hatte beschlossen, auf der langen Reise ihre ältesten Sachen anzuziehen. Mrs. Ambel hatte ihr versichert, sie könne etwas anziehen, was ihr besser stünde, sobald sie in Manchester eintrifft. »Sie sollten ihre neuen Kleider nicht schon auf der Reise schmutzig machen«, hatte Mrs. Ambel ihr vorgehalten. »Sie wollen doch wohl nicht, daß alles staubig und zerknittert aussieht, wenn Sie Ihre neue Stellung antreten.« Daß sie um Felicias Sicherheit während der Fahrt bangte, hatte sie wohlweislich verschwiegen. Sie war der Ansicht, daß die Männer weniger Notiz von einem Mädchen nehmen würden, das schäbig gekleidet war und bei dem kein Kleidungsstück so richtig paßte.

Die Kutsche fuhr mit einem Ruck an. Felicia rutschte hin und her. Der Sitz war hart und drückte. Sie sah die alte Frau an, die inzwischen eingeschlafen war. Felicia lächelte bekümmert. Sie hatte gehofft, sich mit der Frau unterhalten zu können. Viele Fragen quälten sie. Sie blickte aus dem Fenster und sah die Landschaft draußen vorbeigleiten. Felicia wußte, daß sie frühestens in zwei Stunden in Gloucester sein würden. Das hatte ihr der Gastwirt in Chepstow versichert. Sie wollte mit dieser Kutsche bis nach Cheltenham fahren. Dort mußte sie umsteigen und in Richtung Norden weiterfahren. Ihr Interesse an der monotonen Landschaft draußen schwand sehr bald. Sie dachte an die Familie in Manchester, zu der sie unterwegs war. Anfänglich hatte Felicia sich gewundert, daß ihre Tante sich die Mühe machte, sich nach einer Stellung für sie umzusehen. Doch dann erkannte sie, daß ihre Tante sie nach dem Tode ihrer Mutter so schnell wie möglich los sein wollte. Sie selbst war auch froh, Graystones hinter sich zu haben.

Felicia betrachtete bekümmert ihre Hände. Die langen schlanken Finger waren rot, weil sie Wendys feine Unterwäsche hatte waschen müssen. Obwohl sie ihre Hände immer sorgfältig eingecremt hatte, konnte sie auf die Dauer nicht verhindern, daß sie rissig wurden. Sie hoffte inständig, daß ihre neue Herrin nicht von ihr erwartete, daß sie so grobe Arbeiten verrichtete. Sie sehnte sich danach, wieder schöne glatte Hände zu haben. Sie bog die Finger, als wolle sie Klavier spielen und lächelte zufrieden vor sich hin. Zumindest würde sie nun wieder spielen können, sobald ihre Hände und Finger gelenkig genug sind.

Obwohl sie das Reisen gar nicht gewohnt war, störte sie das Schaukeln der Kutsche nicht im geringsten. Bald fielen ihr die Augen zu. Nur ihre leicht gerunzelte Stirn verriet, daß ihr vor der Ankunft doch etwas bange war.

Vom Holpern und Schwanken der Kutsche wurde sie ebensowenig wach wie von den Schreckensrufen ihrer Reisegefährtin. Sie schlief tief und fest; denn in den letzten Wochen hatte sie nicht viel geschlafen. Neben den Arbeiten, die ihre Tante ihr ständig abverlangte, hatte sie auch ihre Mutter noch rund um die Uhr gepflegt.

In Gloucester hielt die Kutsche kurz, weil niemand zustieg. Nur ein Mann stieg aus. Niemand nahm von seiner Beschwerde über den Kutscher Notiz. Die Pferde wurden gewechselt, und bald darauf ging es schon weiter. Felicia hatte von dem kurzen Aufenthalt kaum etwas gemerkt.

Die alte Frau war dagegen hellwach. Bei diesem neuen Gespann verhielt sich der Kutscher geradezu unverantwortlich. Sie sah schon kommen, daß etwas passieren würde. Also war sie besser darauf vorbereitet, als der betrunkene Kutscher eine scharfe Kurve zu schnell nahm und die Kontrolle über das Gespann verlor. Wäre die Straße frei gewesen, hätte er das Unheil vielleicht noch abwenden können. Doch ein leichter, offener, zweirädriger von zwei Pferden gezogener Wagen kam ihnen entgegen. Der Kutscher konnte nicht mehr ausweichen.

Felicia fuhr hoch als die alte Frau aufschrie. Erschrocken blickte sie hinaus. Sie spürte, wie die Kutsche gefährlich ins Schwanken geriet. Gleich darauf kippte sie krachend um.

Die Fahrgäste, die sich im Freien den Fahrtwind um die Ohren hatten wehen lassen, konnten noch rechtzeitig abspringen. Doch Felicia und die alte Frau waren übel dran. Sie saßen in der Falle. Als die Kutsche auf die Straße aufschlug, wurde Felicia von der Bank geschleudert, auf der sie gesessen war. Sie landete kopfüber auf der entgegengesetzten Seite, die in der umgekippten Kutsche nun der Boden war. Im Fallen schlug ihr Kopf gegen den hölzernen Türrahmen. Felicia verspürte einen scharfen Schmerz. Dann verlor sie das Bewußtsein.

Die alte Frau umklammerte ihren Spazierstock fest mit einer Hand und klopfte gegen die obere Tür, die nicht verklemmt war. Dem Kutscher war nichts passiert, doch er war vor Entsetzen wie gelähmt, als er begriff, was er durch seine grobe Fahrlässigkeit und Dummheit angerichtet hatte. Die verschreckten Pferde hingen noch an der Deichsel fest und bäumten sich auf. Die fünf Mitreisenden, die abgesprungen waren, konnten Felicia und der alten Frau nicht helfen, denn sie hatten sich noch nicht wieder aufgerappelt. So blieb es dem Herrn aus der zweirädrigen Kutsche und seinem livrierten Diener überlassen, die Pferde zu beruhigen.

»Einen Augenblick noch«, rief er mit wohlklingender Stimme und bahnte sich geschickt einen Weg durch das Chaos, um den Hilferufen aus der Kutsche nachzugehen

»Helfen Sie mir hier heraus, junger Mann!« befahl ihm die alte Frau wütend. »Ich möchte wirklich wissen, was in die

Menschheit gefahren ist. Wenn man schon einmal nicht von Straßenräubern überfallen wird, fällt man betrunkenen Kutschern in die Hände.«

Der Herr stieg auf die Kutsche, zog die schwere Tür auf und starrte in das dunkle Innere der Kutsche. Von dem Gekeife der alten Frau nahm er kaum Notiz, doch beim Anblick der besinnungslosen, schönen jungen Frau schrak er jäh zusammen.

»Nun beeilen Sie sich schon!« kreischte die alte Frau. »Holen Sie mich gefälligst hier heraus, sonst ziehe ich Ihnen mit meinem Stock eins über!« Mit einer drohenden Gebärde schwenkte sie den Stock.

Der Herr verneigte sich kaum merklich. Seine Miene drückte deutlich aus, daß er es für überflüssig hielt, sich dazu zu äußern. »Verzeihen Sie, Madam«, sagte er und lächelte verwirrt. Kein Mensch hatte je so grob mit ihm gesprochen, in all den siebenundzwanzig Jahren seines Lebens nicht. »Ich überlege mir gerade, wie wir Ihre Tochter hier herausbekommen, ohne alles noch schlimmer zu machen. Die Arme ist übel dran.«

»Diese Schlampe *ist* nicht meine Tochter!« fauchte ihn die alte Frau an. »Über *die* brauchen Sie sich den Kopf also nicht zu zerbrechen.« Sie schnaufte verächtlich. »Nach ihrem Aussehen zu urteilen, ist sie wahrscheinlich irgendeine Bedienstete. Ich kann mir allerdings nicht vorstellen, wie sie es sich leisten kann, so luxuriös zu reisen. Sie ist bestimmt nicht besser als der Ruf solcher Leute.«

Der Herr zog amüsiert eine Augenbraue hoch. Die Alte spuckte Gift und Galle. Vielleicht verspritzte sie ihr Gift, weil Neid und Eifersucht sie plagten. Ohne im geringsten auf seine elegante maßgeschneiderte Kleidung zu achten, legte er sich auf der Seite der Kutsche flach auf den Bauch.

»Madam, sind Sie soweit?« erkundigte er sich.

»Kann ich Ihnen helfen, Sir?« fragte der dünne junge Mann ergeben.

»O ja, das können Sie«, erwiderte der Herr. »Sie können mich an den Füßen festhalten, während ich den alten Drachen rausziehe.« Die alte Frau erstarrte bei diesen Worten.

»Worauf warten Sie noch?« fragte sie laut und ruderte wie

17

wild mit den Armen. »Holen Sie mich auf der Stelle hier heraus!«

Der Herr ignorierte sie einfach. An Jason gewandt fuhr er fort: »In der Kutsche liegt auch noch ein junges Mädchen, das eine Gehirnerschütterung zu haben scheint. Wenn Sie meinen Reitknecht ablösen wollen...« er wies auf den Mann, der die Pferde hielt, »...kann er mir helfen, sie herauszuheben.«

»Kann er, Sir«, sagte Jason, leckte sich lüstern die Lippen und schlug dem Herrn zu dessen großer Verwunderung auf den Rücken. »Aber ich kann das auch. Kein Problem.« Sein Blut geriet in Wallung bei dem Gedanken, so ein herrliches Weibsstück anfassen zu dürfen. Um so mehr als sie ihn erst vor kurzem abgewiesen hatte. »Ich wüßte nicht, was mir lieber wäre.«

»Dann kennen Sie sie also?« fragte der Herr; denn Jason hatte in sehr vertraulichem Ton von dem Mädchen gesprochen.

»Sie ist mir noch nie unter die Augen gekommen — bis wir in Chepstow abgefahren sind. Aber ich bin mir ganz sicher, daß sie ein wildes kleines Ding ist.« Jason grinste boshaft. Seine Knollnase bebte. Er glaubte fast selbst, was er da sagte.

Den Herrn widerte Jasons zitternde Nase und seine plumpe Vertraulichkeit an. Da wandte er sich lieber der alten Dame zu, die erbost zeterte. »So, meine Dame«, sagte er lebhaft. »Sind Sie soweit?« Er griff in die Kutsche und legte die Arme um die alte Frau. »Stoßen Sie sich mit den Füßen ab«, befahl er. Dann hob er sie mit Leichtigkeit heraus.

Die alte Frau sah wie ein schlechtgelaunter Affe aus. Sie blinzelte im Sonnenlicht. Als der Herr sie ungeniert oben auf die Kutsche setzte, stieß sie einen Wutschrei aus. Ihr Umhang, ihre Unterröcke, alles hing ihr schlotternd und zerknittert um den dürren Leib.

»Ich steige in die Kutsche und sehe nach dem Mädchen«, verkündete der Herr. Er überließ es Jason, der alten Frau von der Kutsche hinunterzuhelfen. Der Gentleman war fest entschlossen, Jason keinesfalls bei der Errettung des jungen Mädchens helfen zu lassen. Er nahm Anstoß an der übertriebenen Vertraulichkeit des Mannes. Er konnte den Flegel am besten in seine Schranken verweisen, indem er ihn von dem Mädchen fernhielt. Die Lüsternheit des jungen Mannes, wenn er von dem Mädchen sprach, war ihm nicht entgangen. (Er konnte ihm seine Begierde allerdings nachfühlen. Das Mädchen war wirklich unbeschreiblich schön. Doch Takt und Besonnenheit mußten vorrangig sein.)

»Wenn Sie den Kutscher bitten wollen, seine Pferde festzuhalten, möchte ich mir lieber von meinem Diener helfen lassen«, fuhr der Gentleman ziemlich besitzergreifend fort.

Jason war angesichts dieser Bitte sichtlich enttäuscht, doch er half der alten Frau widerstrebend von der Kutsche und stellte sie auf die Erde. Dann machte er dem Kutscher Beine. Gleich darauf erklomm der wendige Diener die Kutsche.

»Ich soll Ihnen helfen, Mylord?« erkundigte er sich und starrte in die Dunkelheit hinab.

»Ach, Timothy! Gut, daß du da bist. Haben wir vielleicht zufällig eine Decke in unserem Wagen?«

»Ja«, erwiderte der Diener. »Ich hole sie sofort. Wie wollen Sie sie denn hochkriegen, Sir? Sieht nicht aus, als ob sie bei sich ist.« Seine Augen hatten sich inzwischen an die Dunkelheit gewöhnt, er konnte die hilflose Mädchengestalt ausmachen.

»Ich lege sie auf die Decke, Timothy, dann können wir sie herausheben.« Er hielt inne und sah Felicia wieder an. »Ich glaube, wir nehmen sie am besten mit nach Alverston; denn ein paar der Reisenden machen keinen sehr vertrauenerweckenden Eindruck. Bei uns ist sie auf jeden Fall sicherer. Und ich weiß, daß Dr. Ross da ist. Er kann sich um sie kümmern.« Er sagte sich, daß sie ihm vielleicht dankbar dafür sein würde, daß er sie vor ihrem Mitreisenden gerettet hatte. Bei dem Gedanken lachte er still in sich hinein. Sie würde ein nettes Intermezzo sein. »Was macht der Kutscher?« erkundigte er sich.

»Ich wette, der ist inzwischen wieder nüchtern, aber immer noch ganz zittrig. Mir tun die Reisenden leid«, fügte der Diener hinzu, »es sieht nicht danach aus, als ob er bald Hilfe holen würde.«

»Um so eher müssen wir das Fräulein mitnehmen, Timothy«, behauptete der Gentleman. »Ich bin davon überzeugt, daß sie sofort in ärztliche Obhut muß. Such ihr Gepäck heraus, damit wir dann gleich fahren können.«

»Gern, Mylord«, grinste der Diener. »Aber zuerst hole ich die Decke.«

Jason sah begierig zu, als die beiden Fremden Felicia aus der Kutsche hoben. Er rollte seinen Mantel zusammen und legte ihn auf den Boden, damit ihr Kopf darauf gebettet werden konnte. Er hoffte inständig, daß sie sofort abfahren würden, sobald sie Felicia abgelegt hatten. Er sehnte sich danach, Felicia ganz für sich zu haben, wenn sie wieder zu sich kam. Er würde sich als ihr Retter zu erkennen geben... sie würde ihm unendlich dankbar sein...

Als der Gentleman Felicia auf die Decke legte, stellte er verwundert fest, wie zart und zerbrechlich sie war. Ihr Gesicht war von einer geradezu klassischen Schönheit. Er hätte sie unbedingt für eine Lady gehalten. Doch ihre ärmliche Kleidung und die rissigen Hände ließen keinen Zweifel daran aufkommen, daß sie der Dienstbotenklasse angehörte.

Er bettete sie sachte auf den Boden. Dann trat er zurück und nahm die anderen Reisenden in Augenschein. Alle, außer Jason, wandten ihre Aufmerksamkeit der alten Frau zu, die noch immer jammerte und klagte. Jason verschlang die auf dem Boden liegende Gestalt Felicias mit Blicken. Seine Begierde kannte keine Grenzen.

Er sah zu dem Gentleman auf. »Ich heiße Hobbs, Sir, Jason Hobbs«, stellte er sich unterwürfig vor.

Der Gentleman lüftete den Hut zum Gruß. Er entschied sich für einen seiner geringeren Titel. »Sir Ian Gordon.«

»Also, vielen Dank, Sir. Sie haben dieses hübsche kleine Fräulein so rasch herausgeholt.« Der Titel beeindruckte ihn über alle Maßen. »Wenn wir jetzt den Kutscher dazu bringen, daß er Hilfe holt, ist alles wieder gut.«

Sir Ian sah ihn mit einem Blick an, in dem so viel Verachtung lag, daß er seine Worte Lügen strafte. Dann schnippte er ein imaginäres Staubkörnchen vom Ärmel seiner Kordjacke. Das widerwärtige Grinsen, das sich auf dem Gesicht des jungen Mannes zeigte, wenn er Felicia ansah, mißfiel dem Gentleman immer mehr.

»Auf den Kutscher würde ich mich nicht verlassen«, erklärte er hochnäsig. »Der wird überhaupt nicht zu bewegen sein, irgend etwas für die Reisenden zu unternehmen. Doch er wird mir sicher dankbar dafür sein, daß ich ihn von seiner größten Last befreie.« Er sah auf Felicia hinunter. »Ich nehme diese junge Dame nämlich mit.«

»Aber das können Sie doch nicht tun!« fuhr Mr. Hobbs auf. »Sie kennen das Mädchen ja nicht einmal.«

»Unerheblich«, bemerkte Sir Ian und machte eine wegwerfende Geste mit seiner behandschuhten Hand. »Ich werde sofort einen Arzt kommen lassen, bei dem sie in den besten Händen ist. Dafür wird sie mir sicher dankbar sein.«

Da schwand Jasons Unterwürfigkeit. Zornig stierte er Sir Ian an. »Ihr feinen Leute seid doch alle gleich. Immer glaubt ihr zu wissen, was für alle Menschen am besten ist.«

»Junger Mann, hören Sie endlich auf mit Ihrem Gefasel«, sagte Sir Ian verächtlich. Er gab Timothy ein Zeichen. »Bring den Wagen her, damit wir die Lady hineinpacken können.«

Als die alte Frau das hörte, sah sie hin und fing an, laut zu jammern. »Ich habe es ja gleich gesagt!« wandte sie sich wütend an alle, die es hören wollten. »Oder etwa nicht? Er interessiert sich nur für das Mädchen. Daß ich wahrscheinlich einen nicht wiedergutzumachenden gesundheitlichen Schaden davongetragen habe, interessiert ihn überhaupt nicht.« Sie fuhr sich mit der Hand an die Seite als habe sie fürchterliche Schmerzen. »Oh!« jammerte sie. »Es tut so weh, besonders hier.« Ihr Stöhnen ging in einen lauten Aufschrei über, als sie erkannte, daß niemand sie beachtete.

»Ist es denn nicht gefährlich, sie zu transportieren, Sir?« fragte ein Mann. Seine frische gesunde Gesichtsfarbe und seine stämmige Gestalt ließen darauf schließen, daß er ein Farmer war. »Ich meine, sie rührt sich ja überhaupt nicht.«

Sir Ian wünschte allmählich, er hätte sich nie auf diese ganze Sache eingelassen. Komplikationen waren Gift für eine Eskapade.

»Unter den gegebenen Umständen ist das wahrscheinlich das Beste«, sagte er leichthin. »Für mich sieht es ganz da-

nach aus, als ob die junge Dame eine schwere Gehirnerschütterung hat. Wenn sie wieder zu sich kommt, freut sie
sich bestimmt nicht, wenn sie dann auf der Straße liegt.«

Damit erweckte Sir Ian den Eindruck, als habe er eine An-
kündigung von unwiderlegbarer Logik vom Stapel gelassen. Damit brachte er die Leute zum Schweigen. Sie gaben
den Weg für Timothy frei, der in dem zweirädrigen Wagen
angefahren kam. Sir Ian nahm Felicia in die Arme und setzte
sie behutsam in den Wagen. Dann schwang er sich selbst
hinauf, setzte sich neben sie und legte einen Arm um sie. Timothy gab ihm die Zügel. Bald hatten sie die Unfallstelle
hinter sich gelassen.

Sir Ian grinste traurig. »Ich hoffe, daß dieses süße junge
Ding zu schätzen weiß, wovor ich sie bewahrt habe«, bemerkte er. »Eine Woche mit mir gefällt ihr sicher besser, als
ein ganzes Leben mit Mr. Jason Hobbs.«

Timothy lächelte verständnisinnig. »Wohl eher ein Tag,
Sir.« Er fügte vertraulich hinzu: »Gar nicht übel, was? Wenn
man die ein bißchen rausputzt, sieht sie sicher ganz passabel aus.«

»Der Koffer, Timothy!« rief Sir Ian aus. »Wir haben ihren
Koffer vergessen!«

»Was macht das schon! Ich hoffe, Sie verübeln es mir
nicht, wenn ich das sage«, meinte Timothy. »Nach dem zu
urteilen, was sie anhat, sind ihre anderen Kleider sicher
auch nicht eleganter.«

Sir Ian nickte. »Timothy, du hast völlig recht. Es lohnt
sich nicht, zu der umgestürzten Kutsche zurückzufahren
und ihren Koffer zu holen.« Er kicherte bei dem Gedanken
an die alte Frau mit ihrem Gekeife. »Außerdem kann ich das
Gejammere nicht mehr hören.«

Timothy lachte. »Die alte Dame hätte Sie am liebsten mit
ihrem Stock durchbohrt. Nun hat sie ihren Freundinnen wenigstens was zu erzählen.«

Felicia drohte vom Sitz zu rutschen, als Sir Ian eine Kurve
zu schnell nahm. »Halt sie fest, Timothy«, befahl er. »Es wäre furchtbar, wenn sie sich noch einmal verletzte, bevor sie
sich von ihrem ersten Schmerz erholt hat.«

Timothy neigte sich zur Seite und legte Felicia die Arme

um die Schultern. Als er sie ansah, entdeckte er eine klaffende Wunde an ihrer rechten Schläfe. »Sie treiben wohl besser die Pferde an, Sir«, murmelte er bärbeißig, »damit wir möglichst schnell ins nächste Dorf kommen. Mit dieser Schnittwunde muß sie unbedingt zum Arzt. Und dann muß sie schleunigst ins Bett.«

Sir Ian sah Felicia an. »Dann bleibt es bei dem, was ich ursprünglich geplant hatte.«

»Was, Sie wollen Ihre Mutter besuchen?« entsetzte sich Timothy.

»Allerdings«, gab Sir Ian lebhaft zurück. »Dr. Ross hält sich ein paar Tage bei ihr auf, und wenn die junge Dame durch den Zusammenstoß tatsächlich irgendeinen ernsthaften Hirnschaden davongetragen hat, kann sich auf dem Gebiet in ganz England niemand mit ihm messen.«

»Aber wird Ihre Frau Mutter nicht gekränkt sein, wenn Sie ihr zumuten, eines Ihrer Dämchen aufzunehmen?« meinte Timothy besorgt.

»Möglicherweise — wenn sie alles wüßte«, lachte Sir Ian, und seine blauen Augen glitzerten verdächtig. »Aber außer uns beiden kennt ja niemand meine Pläne, und deshalb werden wir dieses eine Mal nicht auf Schwierigkeiten stoßen.«

2.

Felicia schlug die Augen auf und sah in das ihr völlig fremde Gesicht eines streng blickenden Herrn, der sich über sie beugte. Er runzelte die Stirn, daß seine dichten Augenbrauen fast zusammenstießen. Er war erst achtundzwanzig Jahre alt, doch durch seine finstere Miene wirkte er viel älter. Felicia sog entsetzt die Luft ein und zog sich die Bettdecke ganz instinktiv bis ans Kinn hinauf.

»Wer... wer... sind Sie?« fragte sie erschöpft.

Da richtete der Mann sich auf, seine Besorgnis legte sich. Erfreut stellte er fest, daß sich Felicia ganz normal bewegte und offensichtlich keine Schmerzen hatte. Er war sich nämlich nicht sicher gewesen, ob sie sich bei dem Unfall nicht ein paar Rippen gebrochen hatte.

»Nur keine Angst«, tröstete er sie. »Ich bin Arzt. Sie hatten einen kleinen Unfall und haben eine leichte Gehirnerschütterung davongetragen.« Er klopfte ihr aufmunternd auf die Hand. Angesichts ihres Entsetzens fuhr er rasch fort: »Machen Sie sich bitte keine Sorgen, Miß. Dazu besteht wirklich kein Anlaß. Sie werden schon bald wieder auf den Beinen sein.«

Als sich Felicia mit der Hand an den Kopf fuhr und fühlte, daß der Kopf bandagiert war, geriet sie in Panik.

»Ich hatte einen Unfall?« fragte sie mit schwacher Stimme. »Das weiß ich gar nicht mehr.« Sie starrte dem Arzt eindringlich in die Augen. Sie war sehr trostbedürftig. Krampfhaft versuchte sie, sich an das zu erinnern, was geschehen sein mochte, doch in ihr war alles leer. Da strömten ihr die Tränen über das Gesicht.

»Meine Liebe, Sie brauchen wirklich keine Angst zu haben«, versicherte ihr der Arzt sanft. »Hier sind Sie ganz sicher und in den allerbesten Händen.«

»Aber begreifen Sie denn nicht?« fuhr Felicia gepeinigt auf. »Ich habe mein Gedächtnis verloren. Ich weiß nicht einmal mehr, wer ich eigentlich bin.« Sie schüttelte heftig den Kopf, als könne sie damit alles wieder zurechtrücken. Da durchzuckte sie ein stechender Schmerz hinter dem einen Auge. Im Gesicht des Arztes glomm Interesse auf. Felicia begriff überhaupt nichts mehr. Sie geriet immer mehr in Panik. »Was soll ich nur tun?« jammerte sie.

Dieser flehentliche Hilferuf drang gar nicht zu dem Arzt durch. Er betrachtete sie fasziniert. »Das ist ja hochinteressant«, murmelte er. »Wirklich, außerordentlich interessant. Sie haben Glück, meine liebe junge Dame, daß ich hier bin und mich um Sie kümmern kann.« Er hielt inne, als sei ihm seine Bedeutung gerade erst aufgegangen. »Ich bin Dr. Ross. Dr. Paul Ross.« Er wiegte sich vor und zurück, rollte sich dabei auf dem Fuß- bzw. den Schuhsohlen ab, von den Fersen bis zu den Zehen und umgekehrt. Dabei hielt er die Aufschläge seines schlecht sitzenden altmodischen Jacketts mit den Fingern umklammert.

Felicia bemühte sich nach Kräften, ihr wildes Schluchzen einzustellen. Der Arzt versuchte, sie zu trösten. »Aber... aber... wie konnte das passieren? Was ist denn nur mit mir geschehen«, flüsterte sie verzweifelt.

Dr. Ross erklärte ihr unendlich sanft: »Die Postkutsche, in der Sie saßen, ist umgekippt, und dabei sind Sie ein wenig unsanft herumgeschleudert worden. Sie müssen mit dem Kopf auf eine scharfe Kante aufgeschlagen sein; denn Sie haben eine tiefe Schnittwunde an der Schläfe.«

Felicia schüttelte den Kopf und sah ihn an. »Ich kann mich an gar nichts mehr erinnern. Wer... wer bin ich?«

»Da kann ich Ihnen helfen«, erwiderte Dr. Ross lächelnd. »Ich habe diesen Brief in Ihrem Reticule gefunden. Es ist ein Empfehlungsschreiben an eine Mrs. Barton in Manchester.« Er sah Felicia fragend an. Doch sie schüttelte traurig den Kopf. Der Name sagte ihr gar nichts. »Demnach sind Sie Felicia Richards«, fuhr Dr. Ross fort. »Sie waren nach Manchester unterwegs. Sie sollten dort eine Stellung als Gouvernante für die beiden Kinder von Mrs. Barton antreten.«

»Das klingt alles fremd — und mehr als unwahrscheinlich«, sagte Felicia, von bösen Ahnungen geplagt. »Das sagt mir überhaupt nichts. Ach, Herr Dr. Ross, was soll ich denn nur tun? Ich weiß ja nicht einmal, wo ich hier bin.«

Dr. Ross sah auf seine Patientin hinunter. An Felicias Intelligenz bestand kein Zweifel. Er war beeindruckt. Ihr klares ebenmäßiges Gesicht war eine wahre Labsal im Vergleich zu den ältlichen, streitsüchtigen und rechthaberischen Patienten, die er für gewöhnlich zu behandeln hatte. Felicia strahlte eine Frische und Unschuld aus, die ihm über alle Maßen gefiel. Er war nicht unempfänglich für den Liebreiz dieses zarten blonden Mädchens.

Er setzte sich auf den unbequemen Stuhl mit ganz gerader Lehne, der neben ihrem Bett stand. Der spärlich möblierte Raum war eine typische Dienstbotenkammer.

Felicia sah ihn verwirrt an. Das lange Schweigen, das entstanden war, lastete auf ihr. »Bitte, bitte, sagen Sie mir doch, was geschehen ist«, flehte sie ihn an. »Und wo befinde ich mich eigentlich? Bei wem darf ich mich dafür bedanken, daß er mir geholfen hat?«

»Meine werte junge Dame«, sagte Dr. Ross nachdenklich. »Ich bestreite ja gar nicht, daß Sie sich in einer heiklen Situation befinden.« Als Felicia etwas sagen wollte, gebot er ihr mit einer Handbewegung Einhalt. »Nur Geduld. Lassen Sie mich zuerst ein paar Tatsachen klarstellen. Sie befinden sich hier auf Alverston, dem Landsitz von Lord Umber.«

»Lord Umber?« vergewisserte sich Felicia.

»Er ist genau gesagt Earl von Alverston und Umber.« Er schwieg, damit Felicia sich an den Gedanken gewöhnen konnte. Doch diese Auskunft verwirrte Felicia eher noch mehr. Da fügte Dr. Ross erklärend hinzu: »Umber ist die ranghöhere Pairswürde. Aber wie dem auch sei — Umber ist jedenfalls auf der Bildfläche erschienen, als die Postkutsche umstürzte und hat Sie und Ihre Reisegefährtin aus der Kutsche befreit.« Dr. Ross lachte vor sich hin. Er verstand sehr gut, warum Lord Umber ganz spontan beschlossen hatte, Felicia zu helfen. Es war hinlänglich bekannt, daß er an keinem hübschen Mädchen vorbeigehen konnte.

»Ach, ich war also nicht allein unterwegs?« fragte Felicia hoffnungsvoll.

»Nein, nein, es ist nur noch jemand mit Ihnen in der Kutsche gefahren. Lord Umber hat sich da geirrt, aber die andere Dame hat ihn sehr schnell aufgeklärt.«

Felicia seufzte bedrückt, als sie einsehen mußte, daß ihr auch von da keine Hilfe zuteil wurde.

»Da Sie bewußtlos waren«, fuhr Dr. Ross fort, »hat Lord Umber sich entschlossen, Sie mit hierherzubringen. Er wußte, daß ich hier bin und Ihnen vielleicht helfen kann.« Er wandte den Blick ab als sei ihm dieses Eigenlob peinlich.

»Sie müssen mich für unglaublich dumm halten«, bekannte Felicia, »aber ich muß gestehen, daß ich mich nicht erinnere, Ihren Namen je gehört zu haben.«

»Da Sie sich nicht einmal an Ihren eigenen Namen erinnern, kann ich nicht gut gekränkt sein, weil Ihnen meiner nicht geläufig ist«, lachte Dr. Ross. Felicia lächelte zögernd. »Jedenfalls gebührt Ihr Dank Lord Umber dafür, daß er Sie gerettet hat — und seiner Mutter dafür, daß sie darauf bestanden hat, Sie hierzubehalten, bis Sie soweit wiederhergestellt sind, daß Sie Ihre Reise fortsetzen können.«

»Aber... aber wie lange wird es wohl dauern, bis ich mich wieder an alles erinnern kann?« erkundigte sich Felicia, auf das Schlimmste gefaßt.

»Vielleicht kehrt Ihr Erinnerungsvermögen schon in ein paar Tagen zurück – es kann aber auch Monate dauern. Sie müssen sich allerdings auch mit der Möglichkeit vertraut machen, daß Sie Ihr Gedächtnis vielleicht für immer verloren haben.«

Felicia starrte Dr. Ross entsetzt an. »Nein! Das könnte ich nicht ertragen!« Die ganze zerbrechliche Gestalt zitterte – so sehr bemühte sich Felicia, die Selbstbeherrschung nicht völlig zu verlieren. »Nie zu erfahren, wer ich bin! Bitte sagen Sie, daß das nicht sein kann!«

Dr. Ross erkannte, daß solche Offenheit hier fehl am Platze war und wollte sie beruhigen. »Aber, aber! Es ist ja nur eine ganz entfernte Möglichkeit. Ich habe eigentlich keine Bedenken. Ich kann Sie sicher heilen.« Er lächelte ihr so aufmunternd zu, daß ihre Ängste schwanden und sie ganz zuversichtlich wurde.

»Wie wollen Sie mich heilen?« erkundigte sie sich.

Dr. Ross zögerte. Es fiel ihm immer sehr schwer, die Behandlungsmethode, die er bei Anton Mesmer studiert hatte, zu erklären. »Es ist sozusagen ein Experiment. Sehen Sie, Ihre Amnesie kann von mehreren Faktoren verursacht worden sein, und ich muß zunächst einmal feststellen, ob sie emotionale oder organische Ursachen hat. Dazu möchte ich Sie in einen Trancezustand versetzen und Ihnen ein paar Fragen stellen.«

»In Trance versetzen?« wiederholte Felicia. Obwohl sie sehr unglücklich war, interessierte sie das aufgrund ihrer angeborenen Intelligenz. »Was ist denn Trance?«

»Es ist ein Zustand, der dem Schlaf ähnlich ist. Es hat den Anschein, als seien Sie bewußtlos, doch Sie sind imstande, meine Fragen zu beantworten. Wenn Ihre Amnesie in der Hauptsache auf organischen Faktoren beruht, werden Sie bald geheilt sein. Sollte sie jedoch emotionale Gründe haben, kann ich mich nicht einmal in Vermutungen ergehen...« Er legte eine Pause ein, um seiner Erregung Herr zu werden. »...weil Sie dann die erste Patientin sind, bei der ich die Behandlung einer solchen Amnesie riskiere.« So, nun war es heraus. Er rechnete damit, daß sich Felicia zur Wehr setzen würde.

Als ihm klar wurde, daß sie gar nicht protestierte, war er überglücklich. »Aber ich kann nicht hierbleiben«, erklärte Felicia. »Ich kann nicht einfach die Gastfreundschaft von Fremden für mich in Anspruch nehmen.«

»So dürfen Sie das nicht sehen«, wehrte Dr. Ross nachdrücklich ab. »Sie könnten mir sogar sehr helfen. Die Mutter des Lords braucht dringend eine Gesellschafterin. Ich werde ihr klarmachen, daß Sie die Idealbesetzung für diese Stellung sind.« Er dachte nicht im Traum daran, sich eine solche einmalige Gelegenheit entgehen zu lassen. Die steinreiche alte Dame sehnte sich nach Zerstreuung, die meisten ihrer Krankheiten waren nur eingebildet. Sie langweilte sich entsetzlich. Er tat ihr also wirklich einen großen Gefallen, wenn er diese junge Dame dazu brachte, daß sie hierblieb. Man konnte ihm nicht nachsagen, daß er ausschließlich aus eigensüchtigen Motiven handelte. Der Gesundheitszustand der Mutter des Lords würde sich sofort bessern, wenn sie Gesellschaft hatte, sagte sich Dr. Ross.

»Das ist sehr freundlich von Ihnen, Sir«, sagte Felicia ernst. »Doch ich glaube nicht, daß ich das annehmen kann. Sie wissen gar nichts über mich, müssen sich aber mit Sicherheit sagen, daß ich nicht zu der Lady passe.«

»Unsinn, mein Kind. Das ist wirklich blanker Unsinn. Ich spiele nicht den Wohltäter, ich will Ihnen eine gutbezahlte Stellung verschaffen. Wenn Sie mich jetzt bitte entschuldigen wollen, gehe ich und treffe die nötigen Vorkehrungen.«

Er erhob sich und war draußen, bevor Felicia weitere Einwände erheben konnte. Sein Enthusiasmus war ansteckend. Felicia fühlte sich ganz zuversichtlich. Selbstverständlich kam es jetzt nicht mehr in Frage, daß sie zu Mrs. Barton nach Manchester fuhr, da sie nur noch wußte, daß ihr Name Felicia Richards war. Ansonsten war sie sich selbst ein Rätsel. Sie beschloß, Mrs. Barton zu schreiben und ihr mitzuteilen, welches Unglück sie heimgesucht hatte. Wenn Mrs. Barton ein Einsehen hatte, würde sie vielleicht sogar warten, bis Felicia wieder gesund war. Als ihr Entschluß feststand, fühlte sie sich gleich viel besser. Sie dachte daran, wie konsterniert Mrs. Barton sein würde, wenn sie diesen Brief erhielt und rang sich ein Lächeln ab.

Als er eilig die Treppe hinunterlief, war Dr. Ross so glücklich über die Gelegenheit, seine Tiermagnetismustheorien anzuwenden, daß ihm Lord Umber gar nicht auffiel, der im Korridor des Obergeschosses auf- und abging. Lord Umber konnte an nichts anderes mehr denken, als an die Begegnung mit dem entzückenden Geschöpf, das im Dienstbotentrakt untergebracht war. Er klopfte sachte an die Tür und betrat das schäbige Zimmer, als Felicia »Kommen Sie bitte herein« gerufen hatte.

Als er Felicia sah, konnte er keinen klaren Gedanken mehr fassen. Sie wirkte unendlich zart und anziehend − trotz des festen Verbandes um den Kopf, aus dem unten das blonde Haar hervorquoll. Sie gab zwar vor, eine Gouvernante zu sein, doch sie sah nicht danach aus. Sie war ein freches kleines Ding.

»Sie müssen Lord Umber sein«, begrüßte sie ihn mit melodischer Stimme. Sein Anblick raubte ihr fast den Atem. Was für ein Bild von einem Mann. Sie konnte sich an ihm nicht sattsehen wie er da so in der Tür stand. Der Lord war groß und dunkelhaarig. Seine maßgeschneiderten Reithosen schienen mit seinen kräftigen Schenkeln zu verschmelzen, und sein Jackett aus blaßblauem allerbesten Tuch zeigte deutlich, daß sein Schneider in der Saville Row sein Handwerk verstand. Es hätte seinen schlanken und doch muskulösen Oberkörper gar nicht besser zur Geltung bringen können. Mit seinen klassischen Gesichtszügen und dem dunklen lockigen Haar war er der schönste Mann, den Felicia je gesehen hatte. »Aber der einzige andere Mann, an den ich mich überhaupt erinnern kann, ist Dr. Ross«, sagte sie sich. Felicia sah ihn unverwandt an. »Sie haben recht mit Ihrer Annahme, Miß Richards«, gab er lustlos zurück, einen gelangweilten Eindruck erweckend. »Wenn ich auch zuweilen einen anderen Titel benutze.« Er glaubte ihr eine Erklärung schuldig zu sein für den Fall, daß sie mitbekommen hatte, wie er sich zuvor als Sir Ian Gordon vorstellte.

»Ich... ich weiß das nicht, Mylord. Hat Ihnen Dr. Ross

denn nicht gesagt, daß ich mein Gedächtnis verloren habe und mich an nichts erinnern kann?«

Lord Umber sah sie anerkennend an. Der Verband um ihr goldblondes Haar tat ihrer Schönheit keinen Abbruch. Er mußte sich an die Kandare nehmen. Felicia erwartete eine Antwort von ihm. »Nein, ich bin ihm nicht begegnet, seit er hier bei Ihnen war. Sie dürfen sich durch die Tatsache, daß Sie Ihr Gedächtnis vorübergehend verloren haben, nicht aus der Fassung bringen lassen.« Was für eine herrliche Charade! Ein kluger Schachzug, einfach vorzugeben, sich an nichts mehr erinnern zu können!

Felicia sah dankbar zu ihm auf. Die Zuversicht, die er ausstrahlte, machte ihr wieder Mut. »Ich habe großes Zutrauen zu Dr. Ross, da Sie so fest an seine Fähigkeiten glauben«, meinte sie. »Doch es beunruhigt mich, daß ich Ihre Gastfreundschaft über Gebühr in Anspruch nehmen muß.«

Es gefiel ihm, daß sie den Schein zu wahren suchte, doch er kam rasch zur Sache. »In diesem Punkt, Miß Richards, kann ich Sie beruhigen.«

»Sir!« keuchte sie indigniert, als er an das Bett trat und ihre Hand ergriff. »Bitte nicht, Sir!« Sie versuchte, ihm ihre Hand zu entziehen, ohne unhöflich zu erscheinen.

»Nur keine Angst«, meinte er leichthin. »Ich tue Ihnen ja nichts.« Es war ihr nicht gelungen, ihre Hand zurückzuziehen. Nun strich er ihr über die Hand als sei sie ein Kind. »Ich habe mir Gedanken über Ihre Zukunft gemacht und eine Lösung gefunden, die Ihnen sicher zusagen wird.« Verwundert konstatierte er, daß eine zarte Röte ihre Wangen färbte.

Allmählich geriet Felicia in Panik. Lord Umber sah nicht mehr gelangweilt aus. Er wirkte vielmehr wie ein sprungbereiter Panther. Die Gleichmütigkeit im Blick seiner Augen war blanker unverhüllter Begierde gewichen.

Lord Umber hielt ihr Schweigen für geheuchelte Bescheidenheit. »Lieber Himmel«, dachte er, »ich glaube fast, sie erwartet, daß ich ihr den Hof mache.« Er kicherte bei dem Gedanken an die Spielregeln, die es dabei einzuhalten galt. Ihr Unschuldsblick fachte seine Begierde erst so richtig an. Sie erschien ihm wie eine zarte Rosenknospe, die jeden Augenblick zu ihrer vollen Schönheit erblühen konnte. Sie hatte einen aufreizenden Schmollmund, der Entschlossenheit und ein gewisses Maß an Starrsinn vermuten ließ. Das war ihm sofort an ihr aufgefallen. Sie war weiß Gott ein verführerisches kleines Ding!

Er beugte sich zu Felicia hinab und flüsterte ihr ins Ohr: »Mein Vorschlag ist ganz simpel: Sie sollen unter meinem Schutz leben.«

Felicia entspannte sich etwas. Sie hatte ihn ganz falsch verstanden. Sie schalt sich insgeheim für ihre Dummheit und lächelte ihn zaghaft an. »Dr. Ross hat schon erwähnt, daß Ihre Mutter eine Gesellschafterin braucht«, pflichtete sie ihm bei. »Aber wie ich ihm schon sagte, passen wir vielleicht gar nicht zusammen. Wenn Sie es aber für angezeigt halten...« Felicia schwieg sofort, als sie sah, daß Lord Umber erstaunt die Augenbrauen hob.

»Ach, das hat er Ihnen also vorgeschlagen!« sagte Lord Umber hämisch. »Wie ist er bloß auf die Idee gekommen? Ich versichere Ihnen, meine liebe Miß Richards, daß ich an etwas ganz anderes für Sie gedacht habe. Etwas weit Angenehmeres, woran Sie Ihre helle Freude haben werden.«

»Ich weiß nicht, was Sie meinen«, sagte Felicia mit zitternder Stimme und versuchte, die Tränen zurückzudrängen, die ihr in die Augen getreten waren. Seine Anwesenheit bedrückte sie. »Wenn er doch nur gehen wollte«, dachte sie. Ihr Kopf schmerzte zum Zerspringen, und sie war unsagbar müde.

Felicias Verhalten amüsierte Lord Umber − obwohl sie seiner Ansicht nach den Bogen allmählich etwas überspannte. Die Rolle des Unschuldlammes, in der sie sich gefiel, war natürlich sehr verlockend. Er reichte ihr wortlos sein duftendes spitzenbesetztes Taschentuch und sah zu, wie sie sich zornig die Nase putzte.

»Ich bin bereit, Ihnen ein kleines Haus zu kaufen«, erklärte er hochtrabend. Er beschloß, ganz offen mit dem Mädchen zu verhandeln. »Ich weiß sogar von einem Haus in Richmond, das zum Verkauf aussteht und das ich sofort bekommen kann. Wirklich sehr sehr hübsch. Ein richtiges kleines Schmuckstück. Ich würde es selbstverständlich nach Ihren Wünschen einrichten und Ihnen genügend Bedienstete zur Verfügung stellen, und... und...« Er überlegte, wie er ihr die Angelegenheit noch schmackhafter machen konnte. »Natürlich sollen Sie auch nach der neuesten Mode gekleidet sein, und ich stelle Ihnen regelmäßig eine großzügig bemessene Summe zur Verfügung.« Er trat zurück und war ganz stolz auf sich ob seiner Großmut. Er stellte sich vor, welches Aufsehen Felicia bei seinen Freunden erregen würde.

Felicia erstarrte das Lächeln auf den Lippen, als sie begriff, daß sie ihren Wohltäter gründlich mißverstanden hatte. Mit einem Schrei der Entrüstung entriß sie ihm ihre Hand. Doch gegen Lord Umbers Stärke konnte sie nicht an. Er schloß sie in die Arme und preßte seine Lippen auf die ihren.

»Ach, mein wunderschönes kleines Mädchen«, flüsterte er ihr heiser ins Ohr, während er sie mit einer Hand festhielt und mit der anderen ihren Körper abtastete. »Wir beide werden uns glänzend verstehen.«

Eine Woge glühenden Zorns überrollte Felicia. Wie konnte er es wagen, sich ihr gegenüber solche Freiheiten herauszunehmen? Die Wut verlieh ihr fast übermenschliche Kräfte. Es gelang ihr, sich ihm zu entwinden und sich den glühenden Küssen zu entziehen, die auf sie herunterprasselten.

Lord Umber sah auf sie hinunter. Felicia hatte die Hände so fest zu Fäusten geballt, daß die Knöchel weiß hervortraten. Er war ein erfahrener Liebhaber. Daher erkannte er sofort, daß der Widerstand Felicias nicht geheuchelt war.

»Wie können Sie es wagen, Mylord!« schrie sie ihn wutentbrannt an, und ihre Augen blitzten gefährlich. Sie rückte so weit wie möglich von ihm ab. »Womit habe ich das nur verdient?« Sie fuhr sich mit dem Handrücken wie wild über den Mund, als wollte sie selbst die Erinnerung an seine Küsse auslöschen.

»Wollen Sie etwa behaupten, daß Sie noch nie geküßt worden sind?« fragte Lord Umber verblüfft. Ein schlimmer Verdacht nahm immer fester Form an.

Felicia ließ traurig den Kopf hängen. Ihr Herz schlug noch

immer stürmisch, und die Empfindungen, die er durch seine Berührung in ihr geweckt hatte, stürzten sie in die größte Verwirrung. »Darauf kann ich Ihnen keine Antwort geben, Mylord«, erwiderte sie mit eisiger Miene, »wie Sie wissen, kann ich mich an nichts erinnern. Aber ich versichere Ihnen, daß ich noch nie so respektlos behandelt worden bin.« Das sagte sie ganz instinktiv; denn tief im Innern wußte sie, daß sich Lord Umber ungebührlich verhalten hatte.

Von Felicia ging eine ruhige stolze Würde aus, die Lord Umber verstummen ließ. Jason Hobbs und die alte Frau konnten ihm auch einen Bären aufgebunden haben, ob absichtlich oder unfreiwillig sei dahingestellt. Sie gehörte zweifellos der Dienstbotenklasse an, doch nach ihrer Reaktion auf seine Annäherungsversuche war er davon überzeugt, daß sie noch Jungfrau war. Ein erregender Gedanke... Die Küsse, die er ihr aufgezwungen und abgerungen hatte, waren wie köstlicher Nektar gewesen. Er sehnte sich danach, sie wieder in die Arme zu reißen.

Felicia starrte ihn entgeistert an. Die widersprüchlichsten Empfindungen tobten in ihr um die Wette. Sie fühlte sich außerstande, mit sich ins reine zu kommen.

»Ich bitte Sie, mich jetzt allein zu lassen«, sagte sie ganz ruhig – in einem Tonfall, der keinen Zweifel daran aufkommen ließ, wie indigniert sie war. Sie war bis ins Innerste aufgewühlt und zog sich ganz instinktiv in sich selbst zurück. Seine Annäherungsversuche machten ihr Angst.

Lord Umber sah sie eindringlich an. »Ich glaube, Sie meinen das wirklich ernst«, knurrte er. Er wußte sich vor Überraschung nicht zu fassen. Da hatte er sich nun wahrhaftig einem unschuldigen jungen Mädchen aufgedrängt. Er verbarg seine Verlegenheit hinter einem vagen Lächeln. »Es tut mir sehr leid, daß ich Sie gekränkt habe. Am besten vergessen Sie mein Angebot so schnell wie möglich. Doch den Vorschlag, den Ihnen Dr. Ross gemacht hat, sollten Sie in Erwägung ziehen. Ich habe nämlich das deutliche Gefühl, daß Sie und Mama glänzend miteinander auskommen würden.«

Bevor sich Felicia noch überlegen konnte, ob sie auf diese unerhört gleichmütige Entschuldigung etwas erwidern sollte, war er schon gegangen. Er winkte ihr noch kurz zu und zog die Tür hinter sich ins Schloß. Sie hatte nicht die Absicht, in Alverston zu bleiben, wo sie weiter seinen flegelhaften Zudringlichkeiten ausgesetzt sein würde.

Als ihr Entschluß gefaßt war, stieg sie aus dem Bett und ging vorsichtig auf Zehenspitzen zu dem Wandschrank. Sie stellte es sich gar nicht weiter schwierig vor, sich aus dem Haus zu schleichen, wenn sie erst einmal angezogen war. Eine Postkutsche ausfindig zu machen, würde sicher nicht so leicht sein; aber notfalls würde sie sogar fünf Meilen zu Fuß gehen — wenn ihr nur der arrogante Earl nie wieder über den Weg lief.

3.

Als Felicia aus ihrem Zimmer trat, stieß sie auf dem Korridor auf eine Kammerzofe, die ein ohnehin schon glänzendes Geländer noch einmal auf Hochglanz polierte.

»Oh, Miß — haben Sie mich aber erschreckt!« keuchte das Mädchen. »Wer hätte gedacht, daß Sie schon auf sind! Ich habe geglaubt, Sie müssen noch ein paar Tage das Bett hüten.«

Felicia lächelte ermattet. »Es tut mir leid, daß ich Sie erschreckt habe«, entschuldigte sie sich bei der Kammerzofe. »Aber ich fühle mich schon viel besser. Deshalb mache ich mich jetzt schon auf den Weg.«

»Das täte ich an ihrer Stelle lieber nicht«, gab das Mädchen zurück. »Der Herr Doktor hat mich nämlich ausdrücklich gebeten, ein Auge auf Sie zu haben. Und er gehört bestimmt nicht zu den Leuten, die sich unnötige Sorgen machen.«

»Aber das ist doch absurd, mir fehlt doch gar nichts mehr. Sie sehen es ja selbst«, wandte Felicia ein. »Machen Sie sich also bitte keine Sorgen. Ich muß jetzt wirklich gehen; denn ich trete eine neue Stellung an. Meine zukünftige Herrin sieht es ganz bestimmt nicht gern, wenn ich mich verspäte.«

Das Mädchen nickte verständnisvoll. »Ich verstehe Sie

34

sehr gut«, meinte sie voller Mitgefühl. »Heutzutage ist es schwierig, eine halbwegs menschenwürdige Stellung zu finden.«

Felicia lächelte dem Mädchen dankbar zu. »Dann begreifen Sie gewiß, wie ich mich fühle«, vertraute sie dem Mädchen an. »Ich weiß, daß Lord Umber und Dr. Ross es gut mit mir meinen; aber sie können natürlich nicht wissen, was es bedeutet, keine Arbeit zu haben.«

»Wie recht Sie haben, Miß. Trotzdem muß ich tun, was man mir aufträgt. Sonst bin ich selbst bald arbeitslos.« Das Mädchen lächelte gezwungen und deutete einen Knicks an.

Felicia wollte Einwände erheben, doch sie spürte, wie vergeblich dieses Unterfangen wäre. Das Mädchen hatte sich schon abgewandt und lief die Treppe hinunter. Felicia ging betroffen in ihr Zimmer zurück. Sie war untröstlich. Als ihr die Aussichtslosigkeit ihrer Lage so richtig zu Bewußtsein kam, war ihr ganz jämmerlich zumute. Sie hatte weder Geld noch Freunde und konnte sich an nichts erinnern.

»Ich komme mir vor wie eine Gefangene«, murmelte sie vor sich hin, »und je eher ich Dr. Ross klarmache, daß ich unmöglich hierbleiben und ihm helfen kann desto besser. Denn meines Wissens decken sich seine Absichten mit denen von Lord Umber, wenn er auch einen ganz ehrenwerten Eindruck macht.«

Sie fuhr herum, als eine Stimme sie jäh aus ihren Gedanken aufschreckte. »Entschuldigen Sie«, sagte sie und sah zu Dr. Ross auf. »Ich habe Sie nicht hereinkommen hören.«

»Was ist denn nur geschehen, daß Sie so in Aufregung versetzt wurden?« erkundigte sich Dr. Ross teilnahmsvoll. »Ich kann nicht zulassen, daß eine meiner Patientinnen so aus der Fassung gerät.«

Felicia sah ihn ungeduldig an. »Es ist weiter nichts, Herr Doktor«, erwiderte sie hastig. »Ich habe lediglich beschlossen, keine Zeit mehr zu verlieren und nach Manchester zu reisen. Da mußte ich feststellen, daß ich nicht fort kann, weil ein Mädchen abkommandiert worden ist, um mich zu bewachen.« Sie schwieg, um Dr. Ross Gelegenheit zu geben, seine Anordnungen zu begründen. Doch er sah sie nur scharf an und hüllte sich in Schweigen. Lahm fuhr Felicia fort: »Jedenfalls wäre es ein Fehler, wenn ich weiterhin Fremden zur Last fallen sollte — vor allem da ich ja in Manchester erwartet werde.«

»Aha«, ließ sich Dr. Ross schließlich vernehmen. »Soviel ich weiß, hat Lord Umber Sie besucht. Vielleicht hat er etwas gesagt, was Sie irritiert hat?« Ohne ihre Antwort abzuwarten, fuhr er fort: »Wegen des Mädchens möchte ich mich entschuldigen. Wissen Sie, Lord Umber steht in dem Ruf... dem Ruf...« Wieder schwieg er, brachte es nicht fertig, zuzugeben, warum er Felicia in Wahrheit hatte beschützen wollen. »Jedenfalls hielt ich es für am besten, jemanden zu Ihrem Schutz hier heraufzubeordern, wie mangelhaft er auch immer sein mochte.«

Angesichts soviel Einfühlungsvermögen geriet Felicia in Verlegenheit. Sie spürte, wie ihr die Röte in die Wangen stieg. Doch es gelang ihr, Haltung zu bewahren. »Nein, nein — Lord Umber hat nichts gesagt, was mich irgendwie aufgewühlt hätte«, erwiderte sie rasch und verstand sich selbst nicht. Warum erzählte sie Dr. Ross nicht einfach, was geschehen war? »Es ist nur so, daß ich sicher glücklicher wäre, wenn ich von hier fortginge.«

»Ich bitte Sie, Miß Richards. Ich kenne Lord Umber, seit wir beide junge Burschen waren. Sollte er Ihnen zu nahe getreten sein, nehmen Sie es bitte nicht so tragisch.« Dr. Ross' Stimme klang sehr ernst. »Ich kann doch nicht riskieren, daß Sie sich vielleicht nie wieder daran erinnern, wer Sie sind. Wenn Sie Alverston verlassen, müssen Sie diese Möglichkeit in Betracht ziehen.«

Felicia konnte nur mühsam ein Schluchzen unterdrücken. »Das ist so grauenhaft, daß ich nicht einmal daran denken möchte«, flüsterte sie. »Ich...«

»Dann hören Sie auf meinen Rat, Miß Richards. Vergessen Sie, worüber Sie und Lord Umber sich auch immer unterhalten haben. Denken Sie nicht mehr an den leidigen Streit. Diese Verantwortungslosigkeit Lord Umbers ist nur der äußere Anstrich. Darunter verbirgt sich der liebenswerteste Mensch, den man sich vorstellen kann. Ich glaube, der Tod seines Vaters hat ihn tiefer getroffen, als er sich selber eingesteht. Ihre ganze Sorge sollte jetzt Ihrer Gesundheit gelten.« Dr. Ross schwieg und dachte an Lord Umber. Der Lord hatte sehr an seinem Vater gehangen. Als ganz junger Mann hatte er vor sechs Jahren mitansehen müssen, wie sich sein Vater zu Tode stürzte. Das war ein schwerer Schock für ihn gewesen. Die Narben waren noch nicht verheilt. »Lassen Sie sich einfach von mir leiten«, nahm Dr. Ross den Gesprächsfaden wieder auf. Er trat zu Felicia und legte ihr tröstend die Hand auf die Schulter. »Es ist alles arrangiert, damit Sie Lady Louisas Gesellschafterin werden. Sie kann es kaum erwarten, daß Sie Ihren Dienst antreten. Ich verspreche Ihnen, Lord Umber ins Gebet zu nehmen, damit er Sie nicht mehr belästigt.«

Felicia sah ihn verwundert an. »Warum tun Sie das alles? Ich verstehe nicht, warum Sie sich solche Mühe mit mir geben. Sie haben mich doch gerade erst kennengelernt. Da müßte es Ihnen doch gleichgültig sein, was aus mir wird.«

»Eines Tages begreifen Sie es sicherlich, meine Liebe. Doch im Augenblick muß es Ihnen genügen, wenn ich Ihnen sage, daß Ihre Anwesenheit für meine wichtigste Patientin von großem Nutzen ist.«

»Auf Ihre Überredungskunst können Sie sich etwas einbilden, Herr Doktor!« Felicia lächelte unter Tränen. »Vielleicht gibt es einen Kompromiß, der beiden Seiten gerecht wird. Ich bleibe hier, bis ich von Mrs. Barton höre. Wenn ich ihr heute noch schreibe und ihr erkläre, welches Unglück mich getroffen hat, hält sie die Stellung vielleicht für mich offen.«

»Meine Überredungskunst reicht offenbar nicht aus, um Ihren Drang nach Unabhängigkeit zu dämpfen«, entgegnete Dr. Ross. Aus seinen müden Augen strahlte jetzt Bewunderung. »Doch ich akzeptiere Ihren Vorschlag. Wenn ich Glück habe, dauert es drei Wochen, bis eine Antwort eintrifft. Ich kann Sie dann drei Wochen lang ungestört behandeln.«

Felicia erhob sich vom Bett. »Wenn das so ist, warum fangen wir dann nicht gleich an?«

»Meine liebe Miß Richards«, begrüßte eine sanfte Stimme Felicia, als sie den Salon betrat, »wie lieb von Ihnen, daß Sie sich zum Bleiben entschlossen haben.«

Felicia sah zum Fenster. Zu ihrer Verwunderung lag dort eine zierliche schon fast ätherisch zarte Frau auf einer Chaiselongue. Durch das Fenster fiel das Licht gebrochen auf das tiefgrüne Chintzkleid, das die Lady trug. Es paßte farblich ganz genau zu ihren lebhaft blickenden Augen. Sie trug eine modische Lockenfrisur und eine Unmenge kleiner Löckchen ringelte sich über ihren Ohren. »Ich bin Lord Umbers Mutter«, fuhr sie mit ihrer melodischen Stimme fort. »Ich werde Sie Felicia nennen.« Lady Louisas Stimme klang sanft und liebenswürdig. Felicia fand ihre neue Wohltäterin sofort sehr sympathisch.

Sie ging rasch zu der Chaiselongue und machte einen tiefen Knicks. »Ich bin entzückt, Ihre Bekanntschaft zu machen, Lady Louisa«, murmelte sie und betrachtete bewundernd den kostbaren orientalischen Teppich.

»Kommen Sie, mein Kind, setzen Sie sich«, bat Lady Louisa sie mit heiterer Miene und wies auf einen bequemen Stuhl neben der Chaiselongue. »Ich möchte alles über Sie wissen. Ach, wie dumm von mir – Sie erinnern sich ja an nichts mehr. Es tut mir leid.«

Felicia richtete sich langsam wieder auf. Sie nahm sich Zeit, sich an ihre neue Umgebung zu gewöhnen. Sie konnte kaum glauben, daß diese so jung aussehende Frau die Mutter des Zynikers war, der ihr so zugesetzt hatte. »Mein Gedächtnis läßt mich noch im Stich, Madam«, sagte sie rasch, da sie Lady Louisas besorgten Blick auf sich ruhen fühlte. »Aber Dr. Ross hat mir versichert, daß es nur eine Frage der Zeit ist, bis ich mich wieder an alles erinnern kann.«

»Nun, wenn das so ist, wollen wir über mich und die Methode sprechen, nach der der Doktor Sie behandeln will.« Lady Louisa schwieg und nahm Felicia ganz genau in Augenschein. »Wissen Sie, daß Sie eine ausnehmend hübsche junge Dame sind?« Ihre Stimme klang nachdenklich. »Trotz des fürchterlichen Kleides, das Sie tragen.«

Felicia lachte. »Ich muß Ihnen recht geben, was das Kleid angeht, Madam. Aber ich habe kein anderes.«

»Dann sollten wir vielleicht...« fuhr Lady Louisa fort. »Ja, ich glaube, Dr. Ross hat völlig recht. Ich freue mich schon darauf, Sie in schönen Kleidern zu sehen.«

»Aber Lady Louisa«, setzte sich Felicia zur Wehr, »Sie wissen wohl nicht, in welcher Lage ich mich befinde. Ich habe kein Geld, um neue Kleider zu kaufen.«

»Unsinn, mein Kind. Sie haben mich falsch verstanden. Mein Sohn hat es versäumt, Ihren Koffer aus der Postkutsche zu holen. Er besteht darauf, für Ersatz zu sorgen und Sie nach der neuesten Mode einzukleiden.«

Felicia fühlte, wie ihr die Schamesröte in die Wangen stieg. Sie biß sich auf die Unterlippe. »Ich kann ein solches Geschenk nicht annehmen«, wehrte sie rasch ab. »Ich bin sicher, daß sich das nicht gehört.«

»Sie haben ja so recht, meine Liebe! Genau das habe ich Ian auch gesagt. Nein, es wird mir ein Vergnügen sein, die Dinge wieder ins rechte Lot zu rücken. Dr. Ross gibt mir darin völlig recht. Therapie nennt er das. Ich habe Ian gebeten, mir meine Schneiderin herzuschicken, sobald er wieder in London ist. Er hat in der Tat beschlossen, sofort dorthin zurückzukehren. Die Schneiderin müßte also in ein paar Tagen hier sein.«

Machtlos gegenüber der charmanten Dame lächelte Felicia. Wie enthusiastisch sie die Dinge anging! »Nun ja, ein oder zwei Kleider wären vielleicht wirklich angebracht; denn wenn ich es mir recht überlege, würde es auf Mrs. Barton sicher einen schlechten Eindruck machen, wenn ich nur mit einem einzigen Kleid bei ihr einträfe. Aber es wäre mir sehr lieb, wenn wir über die Ausgaben Buch führten, damit ich Ihnen das Geld von meinem Lohn für das erste Quartal zurückzahlen kann.«

»Wir werden sehen«, erwiderte Lady Louisa seelenruhig. »Das wird sich alles finden.«

Mit dieser Antwort mußte Felicia sich wohl oder übel begnügen; denn Lady Louisa hatte die Augen geschlossen und gab ihr damit deutlich zu verstehen, daß das Thema für sie abgeschlossen war.

Ein behagliches Schweigen breitete sich aus, und Felicia nutzte die Gelegenheit, sich umzusehen. Das Zimmer war nicht groß, lag aber nach Süden. Daher war es hell und luftig. Die Möbel waren von Meisterhand gearbeitet. Felicia fiel in einer Ecke ein Regency-Schreibsekretär mit Intarsien und

Silberfüßen auf. Dann schrak sie zusammen; denn sie erblickte das Klavier, das hinter ein paar großen Pflanzen kaum zu sehen war. Da erklang eine Saite in ihrer Erinnerung. Ganz vage stieg etwas in ihr auf, doch sie konnte es nicht einordnen.

Langsam ging Felicia zum Klavier und schlug sachte ein paar Tasten an, bevor sie auf dem Hocker Platz nahm. Sie legte beide Hände auf die Tasten, schloß die Augen und begann zu spielen. Das Stück, das ihr einfiel, war eine einfache Ballade, und es gelang ihr, sie völlig fehlerfrei zu spielen.

»Bitte noch einmal«, bat Lady Louisa sie. »Ein bißchen langsamer, dann können Sie mich begleiten.«

Felicia nickte. Eine starke Erregung bemächtigte sich ihrer. Konnte das bedeuten, daß sie ihr Gedächtnis vielleicht doch nicht für immer verloren hatte? Die Hoffnung, die in ihr aufstieg, teilte sich ihren Händen mit, und sie spielte sehr viel lockerer. Überglücklich begleitete sie Lady Louisas Gesang. Sie waren beide so ins Musizieren vertieft, daß sie Dr. Ross gar nicht kommen hörten.

Die Freude hatte Felicias Wangen zart gerötet, was ihr sehr gut stand. Als Felicia mit einem Nachspiel die Ballade schloß, applaudierte Dr. Ross. Sie errötete noch mehr.

»Bravo! Bravo!« gratulierte er ihr. »Es sieht ganz danach aus, als hätten wir hier eine Dame voller Überraschungen vor uns.« Diese Bemerkung war an Lady Louisa gerichtet, die ihm darin recht gab.

»Ich glaube, bei einiger Übung könnte eine hervorragende Pianistin aus ihr werden.«

»Denken Sie daran, sie zu fördern?« erkundigte sich Dr. Ross.

»Wäre jedenfalls besser für sie, als den Rest ihres Lebens als Gouvernante zu fristen«, dachte Lady Louisa bei sich.

»Felicia«, sagte Dr. Ross ganz unvermittelt, »können Sie sich überhaupt daran erinnern, schon einmal Klavier gespielt zu haben?«

»Nicht genau — aber ich glaube, mir fallen noch ein paar andere Stücke ein, wenn ich in meinem Gedächtnis grabe. Ach, Herr Doktor, ist das ein gutes Zeichen?«

»Das ist im Augenblick noch schwer zu sagen«, zog sich der Arzt aus der Affäre. Er wollte keine falschen Hoffnungen in ihr erwecken. »Jedenfalls ist es ermutigend, daß Ihr Unterbewußtsein auf Reize von außen her reagiert.«

Lady Louisa lächelte beglückt. »Wenn man bedenkt, daß sie auf meine Bitte hin gespielt hat! Doktor, Ihre Behandlungsmethode gefällt mir! Fast kann ich sagen, daß ich mich jetzt schon besser fühle.«

Dr. Ross betrachtete Felicia. »Bitte spielen Sie noch etwas«, forderte er sie liebenswürdig auf. »Ich möchte hören, woran Sie sich noch erinnern.« Zu Lady Louisa sagte er leise: »Ich wußte, daß Sie Ihnen gefallen würde. Wissen Sie, je öfter ich sie sehe, desto mehr gelange ich zu der Überzeugung, daß sie von edler Herkunft ist. In ihrem ganzen Auftreten liegt eine solche Würde, und ihre Stimme klingt so kultiviert.«

»Ich bin ganz Ihrer Meinung, Paul«, flüsterte Lady Louisa. »Es ist wirklich eine Schande, daß sie sich ihr Geld damit verdienen muß, anderer Leute Kinder zu unterrichten. Ich möchte wirklich wissen, wer sie ist.«

»Ich hoffe, daß ich das erfahre, bevor sie nach Manchester reist.«

»Und ich wollte, sie würde nicht darauf bestehen, diese Stellung anzutreten«, seufzte Lady Louisa. »Ich bin mir gar nicht so sicher, ob das gut für sie ist. Was fängt nur eine Schönheit wie sie in einer so fürchterlichen Stadt an? Es ist einfach unvorstellbar. Vielleicht sollte ich meiner guten Freundin Lady Worthing schreiben. Sie ist vor kurzem in die Nähe von Manchester gezogen. Vielleicht kann ich sie dazu bringen, sich diese Mrs. Barton einmal anzusehen oder zumindest Erkundigungen einzuziehen. Undenkbar wenn es einen jungen Mr. Barton gäbe.«

Dr. Ross lächelte angesichts ihrer Entrüstung. »Da haben Sie allerdings recht«, gab er zu. »Sie sieht so berückend aus, daß jeder unreife Bursche ihr sofort verfallen würde.«

»Ich werde es tun!« Lady Louisas Entschluß stand fest. »Ich schreibe noch heute an Lady Worthing!« erklärte sie, als Dr. Ross fragend die Augenbrauen hochzog. »Wenn Sie mir zu meinem Schreibtisch helfen, Paul, schreibe ich den Brief sofort.«

Felicia stand vom Klavier auf und nahm Lady Louisas Arm.

»Sie spielen wirklich ausgezeichnet, meine Liebe«, lobte Dr. Ross sie. »Es ist eine Freude, Ihnen zuzuhören. Und es ist nicht zu überhören, daß Sie sehr guten Unterricht hatten.«

»Vielen Dank, Herr Doktor. Ich habe auch das Gefühl, daß ich schon immer sehr gern gespielt habe.« Sie blickte auf ihre Hände und bog und streckte die Finger. »Anscheinend bin ich völlig aus der Übung; denn meine Finger sind ganz steif. Ich möchte wissen, wie lange ich nicht mehr gespielt habe.«

Inzwischen waren sie beim Schreibtisch angekommen. Lady Louisa setzte sich. Da sie nicht wollte, daß Felicia sah, an wen sie schrieb, um Erkundigungen über Mrs. Barton einzuziehen, sagte sie zu Felicia: »Hier auf dem Lande halten wir uns nicht an einen formellen Zeitplan. Das Abendessen wird um sechs serviert. Paul, machen Sie doch bitte mit Felicia eine Runde durch den Rosengarten. Sicher möchten Sie ihr noch ein paar Fragen stellen, und ich möchte diesen Brief noch schreiben, bevor das Licht zu schlecht wird.«

Als sie gingen, starrte Lady Louisa nachdenklich auf ein leeres Blatt Papier. Dann durchdrang das stetige kratzende Geräusch ihrer Feder die Stille. Bald war die Seite mit Lady Louisas spinnwebartiger Handschrift bedeckt. Sie unterschrieb den Brief mit einer grandiosen Geste, griff nach dem Silberglöckchen auf dem Schreibtisch und ließ den Butler kommen. Sie konnte es kaum erwarten, die ›Bittschrift‹ an Lady Worthing loszuschicken.

Die nächsten Tage vergingen wie im Flug. Lord Umber schickte die Schneiderin wie versprochen sofort nach Alverston, wies sie aber im Vertrauen an, keine Kosten zu scheuen, da er die Rechnung übernehmen werde.

Miß Sophy, wie sie sich nannte, war überglücklich, Felicia einkleiden zu dürfen. Sie hatte nicht oft Gelegenheit, ihre Kreationen einer Frau mit einer so vollkommenen Figur auf den Leib zu schneidern. Ohne in ein Korsett eingezwängt zu sein, betrug Felicias Taillenweite ganze 45 cm, ihr Busen war fest und hochangesetzt.

»Prächtig«, murmelte sie vor sich hin, als sie bei Felicia Maß nahm. »Die Vollkommenheit schlechthin!«

Der Anweisungen Lord Umbers eingedenk, verlor sie kein Wort über die Preise der mitgebrachten Stoffe. Als Felicia Interesse an der teuersten Seide bekundete, zerstreute Miß Sophy ihre Bedenken wegen der Kosten sofort.

»Damit überziehen Sie das Budget noch nicht«, tröstete sie Felicia. »Und das ist genau die richtige Farbe für Sie. Ich sehe Sie schon vor mir, wie Sie in dem Kleid spazierengehen. Sie werden damit Bewunderung erregen.«

»Glauben Sie, daß das angebracht ist?« fragte Felicia Lady Louisa. »Ich kann mir nicht vorstellen, daß Mrs. Barton an einer Gouvernante gern so elegante Kleider sieht.«

»Aber es wird Gelegenheiten geben, zu denen Sie unbedingt ein schönes Kleid anziehen müssen«, warf Lady Louisa rasch ein. Sie hoffte, Miß Sophy würde wieder vergessen, was sie da eben gehört hatte. Sie wollte nicht, daß das Gerücht die Runde machte, daß Felicia eine Angestellte war, noch dazu vorübergehend. Sie liebäugelte mit dem Gedanken, daß sie Felicia überreden konnte, für immer bei ihr zu bleiben.

Miß Sophy lächelte still vor sich hin. Für Lord Umber zu arbeiten war ein reines Vergnügen. Wenn es ans Bezahlen der Rechnungen ging, erwies er sich immer als Gentleman und stellte sie niemals in Frage. Wenn diese Miß Felicia gerne vorgab, daß sie eine Gouvernante war, so war das ihre Angelegenheit. Miß Sophy war viel zu diskret, um sich dazu zu äußern.

Nachdem sie einen Tag mit dem Aussuchen der Stoffe und Schnittmuster zugebracht hatten, fuhr Miß Sophy wieder nach London. Sie versprach, in einer Woche mit der neuen Garderobe zurückzukommen. Lady Louisa und Miß Sophy hatten Felicia überredet, sich fünf Kleider machen zu lassen. Lady Louisa hatte Miß Sophy ohne Felicias Wissen gebeten, ihr auch noch zwei Abendkleider zu machen.

Felicia hatte täglich Sitzungen bei Dr. Ross. Sie verliefen nicht ergebnislos; denn wenn sie sich in Trance befand, konnte sie Fragen nach ihrer Kindheit beantworten. Doch sobald Dr. Ross sie nach irgend etwas fragte, was noch nicht lange zurücklag, konnte sie sich daran nicht erinnern.

Sobald sie aus der Trance erwachte, sprachen sie über das, was Dr. Ross in Erfahrung gebracht hatte. Innerhalb von vier Tagen gelang es ihnen, ein facettenreiches Bild ihrer frühen Kindheitsjahre bloßzulegen. Dr. Ross kam zu dem Schluß, daß Felicia ganz normal aufgewachsen war. Sie mußte ein glückliches Kind gewesen sein.

»Das ist wirklich ein hochinteressanter Fall«, sagte er eines Nachmittags beim Tee zu Lady Louisa. »Felicia hat die beste Erziehung und Ausbildung genossen, die man sich nur denken kann. Sie ist ein feines hochkultiviertes Mädchen. Und doch bin ich mir ganz sicher, daß in der letzten Zeit vor dem Unfall etwas Schreckliches mit ihr geschehen ist. Das muß auch die wahre Ursache für die Amnesie sein. Der Schlag gegen den Kopf ist nicht der einzige Grund dafür, daß sie ihr Gedächtnis verloren hat.«

»Aber was kann denn nur mit ihr geschehen sein? Was glauben Sie, was ihr Furchtbares wiederfahren ist?« fragte Lady Louisa mit sorgenvoll gerunzelter Stirn.

»Da gibt es viele Möglichkeiten. In der Phase der Behandlung, in der wir uns im Augenblick befinden, weiß ich nur mit Sicherheit, daß der wahre Grund sehr schmerzlich ist. So schmerzlich, daß sie sich unbewußt weigert, sich daran zu erinnern. Von Ihrer Freundin in Manchester haben Sie wohl noch nichts gehört?«

»Nein, und Felicia hat auch noch keine Nachricht von dieser Mrs. Barton. Ich hoffe natürlich, daß sie niemals Antwort auf ihren Brief bekommt; denn ich habe sie inzwischen so ins Herz geschlossen, daß mir der Gedanke, sie könnte mich verlassen, unerträglich ist.«

»Eigentlich schade. Ich hatte nämlich gehofft, Mrs. Barton könnte den Schlüssel zu ihrem Gedächtnis besitzen.« Er beugte sich vor und sagte mit Verschwörermiene: »Vielleicht gelingt es uns mit vereinten Kräften, sie zum Bleiben zu bewegen. Ich glaube, je länger sie hier ist desto weniger wird ihr der Gedanke behagen, nach Manchester zu gehen.«

»Ich fürchte nur, daß sie sich in Alverston vielleicht ein

wenig langweilt. Ich sollte Ian bitten, hier bald eine Party zu veranstalten. Glauben Sie nicht auch, daß es Felicia hilft, wenn sie mit Menschen ihrer Altersgruppe zusammentrifft?«

Dr. Ross zögerte. Er freute sich, daß Lady Louisa endlich einmal Interesse an einem anderen Menschen bekundete. Bisher hatten sich ihre Gedanken nur um ihre eigene Person gedreht. Mit ihr war eine große Wandlung vorgegangen. Sie zog sich nicht mehr in sich selbst zurück. Aber seine wahre Sorge galt Felicia. Wie würde sie sich wohl in Lord Umbers Gegenwart verhalten? Trotzdem befürwortete er Lady Louisas Vorschlag. »Als Mediziner muß ich sagen, daß eine solche Party Ihnen beiden guttun würde«, gab er schließlich zu.

4.

Als Felicia von dem bevorstehenden Besuch erfuhr, verriet sie nichts von ihrer Furcht. Dr. Ross spürte instinktiv, wie unbehaglich ihr zumute war, beschloß aber, sich nicht einzumischen.

Als sie jedoch in den Wirbel der Geschäftigkeit hineingezogen wurde, schwanden Felicias Ängste. Im Dorf wurden zusätzliche Bedienstete angeworben. Sie fielen wie ein Bienenschwarm in das große Haus ein. Zimmer, die jahrelang kein Mensch betreten hatte, wurden aufgeschlossen und gelüftet. Die Schonbezüge wurden abgenommen, und die Mädchen fuhrwerkten mit ihren Besen und Mops herum.

Lady Louisa konnte schlecht viele Menschen um sich herum ertragen. Je näher der Tag rückte, an dem die Gäste eintreffen sollten, desto schlimmer wurden ihre Ängste. Felicia, der wirklich sehr an ihr gelegen war, versuchte immer wieder, sie zu beruhigen.

»Wegen der Blumenarrangements brauchen Sie sich keine Sorgen zu machen. Wenn Sie wollen, kümmere ich mich darum. Ich habe gesehen, daß James im Treibhaus herrliche Blüten hat.«

»Ach ja, wenn Sie das für mich tun wollen, Felicia.« Lady Louisa war ihr überaus dankbar. »Damit befreien Sie mich von einer großen Sorge. Mit Blumen habe ich nie viel im Sinn behabt. Ich weiß wirklich nicht, wie ich all den Leuten gegenübertreten soll, die Ian mitbringen wird. Warum um alles in der Welt habe ich mich von Paul zu dieser Party überreden lassen?«

»Ehrlich gesagt, glaube ich, daß Ihnen dieser Wirbel trotz Ihrer Einwände Spaß macht«, meinte Felicia lächelnd. »Die Vorbereitungen haben ein Wunder bewirkt. Das Haus ist kaum wiederzuerkennen.«

»So hat es hier immer ausgesehen, als Ians Vater noch am Leben war«, sagte Lady Louisa sehnsüchtig. »Aber Sie haben völlig recht, Felicia. Das alles macht mir viel mehr Freude, als ich es je für möglich gehalten hätte. Aber wie sollen wir die vielen Gäste nur bewirten? Wissen Sie, ich bin so etwas gar nicht mehr gewöhnt.«

»Ich bin sicher, daß Lord Umber die nötigen Vorkehrungen treffen wird«, tröstete Felicia sie. »Wenn das Wetter bleibt wie es ist, kann man ein Picknick veranstalten, und es gibt doch wunderbare Ausflugsmöglichkeiten.« Sie wurde schwermütig als sie daran dachte, wie gut sich die Gesellschaft amüsieren würde. »Und Lord Umber weiß bestimmt auch, wie er die Gäste am Abend unterhalten kann.«

»Sie haben selbstverständlich recht, mein liebes Kind. Ian wird sich um alles kümmern. Und Sie gehören auch dazu. Ich will nicht, daß Sie sich an meiner Seite langweilen, wenn so viele junge Leute da sind.«

»Das ist unmöglich«, wehrte sich Felicia. »Ich gehöre nicht dazu.«

»Was für ein Unsinn!« widersprach die alte Dame. »Dr. Ross und ich sind davon überzeugt, daß Ihnen die Gesellschaft junger Leute guttun wird. Also keine Widerrede.«

Bevor Felicia noch weiter protestieren konnte, wurde Miß Sophy angekündigt. Als Felicia ihre neuen Kleider anprobierte, vergaß sie ihre Besorgnis wegen Lady Louisas Prophezeiung.

»Wenn Sie sich darin doch nur in London zeigen konnten«, sprudelte Miß Sophy zu Felicias Belustigung hervor.

»Dort könnte ich mit Ihnen richtig Staat machen. Stellen Sie sich nur einmal vor, wieviele neue Kunden mir das einbringen würde!«

»Es tut mir leid, daß Manchester so weit weg ist«, lachte Felicia. »Aber vielleicht kann ich Ihnen trotzdem helfen. Lord Umber bringt nächste Woche eine ganze Gesellschaft mit hierher. Wenn mich jemand fragt, wer meine schönen Kleider genäht hat, so will ich denjenigen gern an Sie verweisen.« Insgeheim hielt sie das jedoch für ausgeschlossen; denn sie wußte ja, in was für illustren Kreisen Lord Umber sich bewegte, wenn er sich nicht bei seiner Mutter aufhielt. Es war sehr unwahrscheinlich, daß sich seine Freunde nach ihrer Schneiderin erkundigten.

Schließlich war der Tag gekommen, an dem Lord Umber heimkehren sollte. Als Felicia erwachte, war sie bestürzt; denn es regnete. Sie zog rasch ihr altes Kleid an und rannte die Treppe hinunter, um die letzten Vorbereitungen zu überprüfen. Mrs. Keyes, die Haushälterin, trat mit ein paar Fragen an sie heran, die Felicia klärte. Dann ging sie in die Küche hinunter, um sich die Speisenfolge für die erste Mahlzeit anzusehen. Alphonse, der Küchenchef, den Lord Umber von London hergeschickt hatte, wollte sich sein Reich nicht streitig machen lassen und war alles andere als froh, Felicia im Küchentrakt zu sehen.

»*Mon dieu*, Mamselle Felicia«, rief er in seinem gebrochenen Englisch aus, »kommen Sie doch bitte später wieder. Jetzt habe ich alle Hände voll zu tun... Später habe ich vielleicht ein wenig Zeit... Aber jetzt muß ich die *Sauce spéciale* für Mylord zubereiten.«

Felicia lächelte ihm zu. »*Non, je n'ai pas besoin de votre assistance*«, sagte sie in fehlerfreiem Französisch. »Ich wollte ja nur sehen, ob ich *Ihnen* helfen kann.« Sie zog sich wieder zurück. In der Halle angekommen, merkte sie, daß sie in einer Fremdsprache gesprochen hatte. Sie wußte, daß sich Dr. Ross zu dieser Morgenstunde in der Bibliothek aufhielt, Sie klopfte an, war aber so erregt, daß sie gleich eintrat, ohne eine Antwort abzuwarten. Sie mußte Dr. Ross sofort von dieser großen Neuigkeit berichten.

»Dr. Ross«, rief sie völlig außer Atem, »ich habe eben festgestellt, daß ich französisch spreche.« Sie glaubte ihn in dem Schaukelstuhl am Kamin zu sehen und lief zu ihm.

»Daran habe ich nicht einen Augenblick gezweifelt, seit ich Sie das erstemal gesehen habe, meine liebe Miß Richards«, hörte sie die beunruhigende Stimme von Lord Umber.

»Sie?« rief Felicia aus. »Was tun Sie denn hier?« Sie war so erschrocken, daß in ihrer Stimme Schärfe mitklang.

»Ich wohne hier«, erwiderte er seelenruhig. Seine Augen glitzerten verdächtig.

»Wo ist denn Dr. Ross?« erkundigte sich Felicia. Ihr Herz klopfte stürmisch, und ihre Knie drohten unter ihr nachzugeben. Sie holte ganz tief Luft und rang um Fassung. »Es tut mir leid, daß ich hier eingedrungen bin; aber gewöhnlich ist Dr. Ross um diese Zeit hier.« Als sie sich wieder einigermaßen in der Gewalt hatte, fuhr sie fort: »Und überhaupt haben wir Sie erst heute nachmittag erwartet.«

»Ich bedaure unendlich, daß ich Ihre Pläne durcheinandergebracht habe, Miß Richards«, neckte er sie. »Ich habe mich entschlossen, schon ganz früh hierherzukommen. Ich hätte Ihnen das wohl rechtzeitig mitteilen sollen?«

»Natürlich nicht«, erwiderte Felicia. »Ich bin nur so erschrocken. Mit Ihnen hatte ich nicht gerechnet.«

»Und das nicht zum erstenmal, meine Liebe«, lachte Lord Umber. »Ich möchte mich entschuldigen.«

»Oh, Sie widerlicher Luftikus! Sie glauben ein Gentleman zu sein und bringen diesen Vorfall noch einmal zur Sprache! Ich wußte, daß es falsch war hierzubleiben.« Sie hastete zur Tür, doch Lord Umbers Stimme gebot ihr Einhalt.

»Einen Augenblick noch«, sagte er. Seine Stimme klang jetzt nicht mehr spöttisch. »Dafür habe ich mich schon entschuldigt. Ich gebe zu, daß ich einen Fehler gemacht habe, und das tut mir leid. Aber Sie irren sich, wenn Sie glauben, ich lasse es zu, daß Sie meine Mutter im Stich lassen, obwohl Ihre Gegenwart eine wundersame Wandlung in ihr bewirkt hat.«

»Sie können mich nicht gegen meinen Willen hier festhalten«, fauchte Felicia. »Im übrigen weiß Ihre Mutter, daß ich sofort abreise, wenn ich Antwort von Mrs. Barton erhalte. Was macht es da schon aus, wenn ich ein paar Tage früher reise?«

»Mrs. Barton? Wer ist denn diese Dame?«

»Das ist eine Dame in Manchester, deren Kinder ich betreuen soll.« Felicia wurde immer ungeduldiger.

»Ach ja, richtig. Das hatte ich vergessen. Aber Sie haben versprochen, hierzubleiben, bis Sie von ihr hören, stimmt's?«

»Ja, ich habe es Dr. Ross versprochen. Doch jetzt halte ich es für am besten sofort abzureisen.«

»Lassen Sie sich doch um Himmels willen durch meine Anwesenheit den Aufenthalt hier nicht verderben«, erwiderte Lord Umber. Sein Sinn für Humor siegte allmählich über die Verärgerung angesichts Felicias Feindseligkeit ihm gegenüber. »Wenn ich Ihnen aber mein Wort als Gentleman darauf gebe, daß ich mich ganz schicklich benehme, sind Sie dann damit einverstanden, zu handeln wie ursprünglich geplant?« Seine Stimme klang jetzt zwingend und sehr freundlich.

Felicia zögerte. Bevor sie noch antworten konnte, wurde die Tür aufgestoßen, daß sie ihre Schulter streifte.

»Ian, wann kommst du denn endlich?« hörte sie die Stimme eines jungen Mannes. »Ich warte schon seit einer Ewigkeit auf dich.«

»David, komm doch bitte einen Augenblick herein. Ich möchte dir die Gesellschafterin meiner Mutter vorstellen.«

Felicia betrachtete bestürzt ihr tristes Kleid. Was sollte Lord Umbers Freund nur von ihr denken. Sicher bot sie einen traurigen Anblick.

»Miß Richards«, sagte Lord Umber leichthin, »ich möchte Ihnen einen guten Freund vorstellen. Mr. David Burton.«

»Entschuldigen Sie, Madam, ich wollte Sie nicht erschrekken«, sagte Mr. Burton und betrat die Bibliothek. »Erfreut Ihre Bekanntschaft zu machen.« Sein Blick fiel auf ihr Kleid. Er fragte sich, was so ein unscheinbares Ding an Lady Louisas Seite sollte. Doch dann sah er ihr ins Gesicht und merkte, wie wunderschön sie war.

»Guten Tag, Mr. Burton«, begrüßte Felicia den Fremden.

Ihre Stimme schwankte. Von diesem Mann ging eine beneidenswerte Ruhe aus. Doch als ihn die junge Frau so eindringlich ansah, begann er sich unbehaglich zu fühlen.

»Stimmt irgend etwas nicht mit mir, Miß Richards?« fragte er sie schließlich. »Ich habe Sie doch hoffentlich nicht verletzt?«

Felicia schüttelte den Kopf. »Vergeben Sie mir meine schlechten Manieren, Mr. Burton. Nein, Sie haben mir nicht wehgetan. Ich habe einen Augenblick geglaubt, daß wir uns schon einmal begegnet sind. Ich überlege, ob das möglich ist.« Sie schüttelte den Kopf, als wolle sie die Gedanken wieder zurechtrücken.

»Ich habe Sie noch nie gesehen«, versicherte ihr Mr. Burton hastig. »Sehr unwahrscheinlich, daß man so ein Gesicht wieder vergißt, was, Ian?«

»Stimmt, David«, gab Lord Umber unverbindlich zu. Sein Freund fragte sich offensichtlich, ob er Felicia in einem Haus begegnet war, das keinen guten Ruf genoß »Es ist interessant, daß Miß Richards dich wiederzuerkennen glaubt. Sie ist nämlich die junge Dame, von der ich dir erzählt habe. Die ihr Gedächtnis verloren hat.«

Mr. Burton war sichtlich erleichtert. »Ach so! Es tut mir wirklich leid, Miß Richards. Ich wünschte, ich könnte Ihnen helfen, doch ich habe Sie noch nie gesehen.«

In Felicias Augen lag noch immer ein verwirrter Ausdruck als sie ging. »Vielleicht ist es ja schon lange her«, meinte sie nachdenklich. Ihrer Stimme war die Enttäuschung deutlich anzuhören. »Schade, daß ich mich nicht genauer erinnere.«

Als Felicia Dr. Ross endlich im Rosengarten fand, hatte es aufgehört zu regnen. Aufgeregt erzählte sie ihm alles was geschehen war. Er war hocherfreut. Sein Gesicht hellte sich immer mehr auf, während er ihr lauschte. »Bei unserer nächsten Sitzung müssen wir da ein wenig genauer sondieren. Vielleicht sind wir auf dem falschen Weg, aber es ist auf jeden Fall einen Versuch wert.«

»Wer ist denn dieser Mr. Burton überhaupt?« fragte Felicia. »Es ist ja geradezu unheimlich, wie vertraut er mir erscheint.«

»Er ist ein Freund von Lord Umber. Ein vor Gericht auftretender Anwalt, der einen ausgezeichneten Ruf genießt. Der jüngste Anwalt, der je vor Gericht zugelassen wurde. Bei seinen Kollegen sehr gut angeschrieben.«

Das beeindruckte Felicia herzlich wenig. »Das hilft mir auch nicht weiter«, rief sie aus und stampfte mit dem Fuß auf. »Ich möchte wissen, warum ich ihn zu kennen glaube.«

»Er kann zum Beispiel früher irgendwann einmal eine Nachricht überbracht haben.« Dr. Ross legte ihr tröstend die Hand auf den Arm und fuhr mit ernster Stimme fort: »Felicia, Sie müssen der Tatsache ins Auge sehen, daß Sie möglicherweise eine Waise sind. Das ist für mich die einzig mögliche Erklärung dafür, warum Sie sich Ihren Lebensunterhalt verdienen müssen. Für mich gibt es keinen Zweifel, daß Sie von edler Abstammung sind. Es könnte doch sein, daß Mr. Burton in seiner Eigenschaft als Anwalt die Nachricht vom Tode Ihrer Eltern überbracht hat. Dann hat er vermutlich mit einem Verwandten — vielleicht Ihrem Bruder — gesprochen, und Sie haben einen Blick auf ihn erhascht. Wenn er Ihnen selbst begegnet wäre, würde er sich ganz gewiß daran erinnern. Ich wollte, ich könnte Ihnen Genaueres sagen — abern ich kann leider nur Vermutungen anstellen.«

»Ich verstehe, Dr. Ross«, sagte Felicia lächelnd. »Ich bin inzwischen auf alles vorbereitet — auch auf die Erkenntnis, daß ich vielleicht keine Eltern mehr habe.«

Sie blieben bei der Sonnenuhr stehen. Felicia fuhr zusammen, als sie sah, wie spät es war. »Zum Glück ist die Sonne herausgekommen. Nun weiß ich wenigstens, wie spät es ist. Ich muß sofort ins Haus zurück und mich umziehen. Die Gäste treffen bald ein.«

Dr. Ross gab ihren Arm frei. »Also, dann hinein mit Ihnen. Und überarbeiten Sie sich nicht. Sie sollen sich auch amüsieren.«

»Ganz wie Sie wünschen, Herr Doktor«, sie lächelte schelmisch und spielte ihm die Demütige vor. »Ich werde mich genauestens an Ihre Anordnungen halten.«

Er wollte zu den Stallungen in der Hoffnung, seine Gastgeberin dort anzutreffen. Da trat der Butler auf ihn zu. »Herr Doktor, wenn Sie nicht zu beschäftigt sind, möchte sich Lord Umber gern mit Ihnen unterhalten. Er ist in der Bibliothek.«

Dr. Ross folgte dem Butler ins Haus.

Zu seiner Überraschung hatte es sich Lady Louisa auf dem Sofa in der Bibliothek bequem gemacht. Lord Umber stand am Fenster. »Guten Tag, Madam. Guten Tag, Ian. Du wolltest mich sprechen?«

Lord Umber ging mit ausgestreckter Hand auf seinen Kameraden zu. »Paul, wie schön, dich zu sehen. Möchtest du etwas trinken?« Er wies auf ein Tablett mit einer Kristallkaraffe und herrlich schimmernden Kristallgläsern.

»Nein, jetzt noch nicht, Ian. Damit warte ich lieber bis zu Beginn der Festivitäten heute abend. Wie ich höre, hat sich Alphonse in der Küche selbst übertroffen.«

»Tut mir leid, daß ich dich von den Rosen fortgeholt habe, Paul«, entschuldigte sich Lord Umber. »Aber wie lautet deine Prognose im Hinblick auf Miß Richards? Meine Mutter hat mir berichtet, daß die Dinge, an die sie sich inzwischen bruchstückhaft erinnert, noch keine große Hilfe sind.«

»Im Grunde genommen stimmt das natürlich, Ian. Trotzdem machen wir Fortschritte. Ich brauche aber Zeit. Besonders jetzt wo sie David zu kennen glaubt. Das ist der erste richtige Durchbruch bei ihr. Wenn wir Nachricht aus Manchester bekommen, ist das vielleicht das nächste Teilchen, das sich in das Puzzle fügt. Ich vermute, daß Sie noch keine Antwort haben, Lady Louisa.«

»Nein, zum Glück noch nicht«, erwiderte Lady Louisa rasch. »Mir wäre es offen gesagt am liebsten, wenn ich niemals eine Antwort erhielte.«

Dr. Ross verstand das nur allzu gut. »Meine größte Sorge ist die Zeit«, fuhr er fort und wandte sich an Lord Umber. »Ich habe gerade Nachricht von meinem Partner erhalten, daß ich in London gebraucht werde.« Er zog den Brief, der am Morgen eingetroffen war, aus der Tasche. »Offen gesagt bleibt mir keine andere Wahl, als am Sonntag abzureisen.«

»Aber was wird dann aus Felicia?« rief Lady Louisa erschrocken aus. »Lieber Himmel, können wir denn gar nichts tun?«

Lord Umber sah Dr. Ross mit gerunzelter Stirn an. »Als

Arzt weißt du doch bestimmt ein Heilmittel. Was schlägst du also vor?«

»Alles hängt von Lady Louisa ab. Wenn sie mit meinem Vorschlag einverstanden ist, ist das vermutlich für alle von Nutzen.«

Die Männer wandten sich Lady Louisa zu, die sich rasch aufsetzte. »Heraus mit der Sprache, Paul. Spannen Sie mich doch nicht so auf die Folter.«

Dr. Ross zögerte kurz, dann bekannte er Farbe. »Ich schlage vor, daß Sie für eine ganze Weile nach London fahren.«

Verdutztes Schweigen. Ihnen allen war klar, daß sich Lady Louisa seit dem Tode ihres Mannes vor sechs Jahren geweigert hatte, Alverston zu verlassen.

»Aber das ist doch unmöglich«, protestierte sie. »Ich meine, das kann ich doch nicht.« Sie hielt inne und ließ sich die Sache durch den Kopf gehen. »Halten Sie mich wirklich für gesund genug zum Reisen, Paul?« erkundigte sie sich vorsichtig.

Lord Umber lachte laut. »Mama, Paul würde einen so ungeheuerlichen Vorschlag wohl kaum machen, wenn er nicht dieser Ansicht wäre. Habe ich nicht recht, Paul?«

»Es ist genau das, was Ihnen der Doktor verschreibt – wenn Ihnen dieses Klischee nicht zuwider ist. Offen gesagt brauchen Sie mich nicht mehr, Lady Louisa. Sie sind physisch völlig gesund, und wenn Sie sich an den Gedanken gewöhnen können, eine lange Reise zu machen, wird eine Saison in London auch in psychischer Hinsicht Wunder bewirken.«

»Ich schließe mich Pauls Vorschlag voll und ganz an«, warf Lord Umber in aller Eile ein, als er sah, daß seine Mutter protestieren wollte. »Möchtest du Miß Richards informieren?« Seine Stimme klang gleichmütig, doch Dr. Ross sah den Zweifel in seinem Blick.

Es hatte ihn immer gewundert, was für eine tiefe Zuneigung Lord Umber mit seiner Mutter verband. Hätte man ihn nur nach dem äußeren Schein beurteilt, so müßte man ihn einen zynischen Libertin nennen. Er war in sämtlichen Spielsalons Londons bekannt, und wenn man dem Klatsch

Glauben schenken wollte, der in der Stadt über ihn kursierte, so war er ein ausschweifender liederlicher Mensch. Den wahren Lord Umber kannten nur wenige Menschen; denn er gab sich die größte Mühe, sein wahres Wesen zu verbergen. Er sorgte dafür, daß es seiner Mutter an nichts fehlte. Er arbeitete insgeheim für mehrere wohltätige Organisationen, er spendete und brachte große Summen Geldes für Waisenkinder auf. Von ihm ging etwas Geheimnisvolles aus, das ihn von anderen Männern unterschied. Seine wenigen wirklich guten Freunde kannten ihn als empfindsamen bezwingenden Menschen, den sie bewunderten und respektierten. Sie wußten, daß er trotz seines schlechten Rufes ebensooft der Verfolgte wie der Verfolger war – vor allem, wenn es um seine Frauengeschichten ging. Er stand in dem Ruf, ein Weiberheld zu sein. Außerdem verbot es ihm sein Ehrgefühl, eine Frau zu verführen, die sich ihm nicht aus freien Stücken hingab. Er dachte nicht daran, wollüstige Frauen, mit denen er sich eingelassen hatte, einfach herzlos fallen zu lassen (oder die Bindungen, die ihm der Adel auferlegte, unnötig grob zu lösen). Er setzte seinen Stolz darein, die unvermeidlichen Trennungen so rücksichtsvoll wie möglich zu vollziehen.

Dr. Ross konnte sich lebhaft vorstellen, was zwischen Felicia und Lord Umber am Tag des Unfalls vorgefallen war, und er verstand, wie sich Lord Umber fühlen mußte, als er erkannte, daß er einen großen Fehler gemacht hatte. Das konnte er sich nicht verzeihen. Er fürchtete, Felicia könne sich aufgrund seines Benehmens weigern, nach London zu gehen.

»Ich glaube, ich kann sie überreden – obwohl sie sich wahrscheinlich wegen der Differenz der Fahrtkosten zwischen London und Manchester Sorgen machen wird.«

»Macht ihr klar, daß ich das regle«, sagte Lady Louisa. »Ich kann euch beiden nicht widerstehen. Felicia muß unbedingt mitkommen. Der bloße Gedanke daran, allein auf eine solche Reise zu gehen, erschreckt mich.«

»Selbstverständlich, Lady Louisa.« Dr. Ross lächelte triumphierend.

»Ich weiß, wir können uns auf dich verlassen, Paul«, sagte Lord Umber und wandte sich an seine Mutter. »In einer

Woche werde ich dich und Miß Richards nach London begleiten – natürlich nur, wenn es dir paßt, Mama.«

»Ob mir das paßt?« Lady Louisa tat ganz entsetzt. »Seit wann kümmert es dich denn, ob irgend jemandem irgend etwas paßt?«

»Na ja, es kümmert mich nur selten«, erwiderte Lord Umber und unterdrückte ein Lächeln. »Aber dies ist eine der wenigen Gelegenheiten wo es mich kümmert.«

»Und was wird aus unseren Hausgästen?« wollte Lady Louisa wissen.

»Ach, um die brauchst du dir keine Sorgen zu machen«, versicherte ihr Lord Umber. »Nach ein paar Tagen völliger Untätigkeit werden sie nur allzugern nach London zurückkehren.«

Lady Louisa registrierte mit einem Kopfnicken, daß alles geregelt war und erhob sich. »Nun, wenn das so ist, meine Herren, sehe ich schon, daß ich in der nächsten Woche kaum zur Ruhe kommen werde, wenn ich nicht jetzt gleich alle Vorkehrungen und Anordnungen treffe. Paul, wenn ich es nicht besser wüßte, würde ich schwören, daß Sie mit meinem Sohn unter einer Decke stecken.«

Sie ging, ohne sich noch einmal umzudrehen. So sah sie auch nicht, wie sich die beiden Männer belustigt zulächelten.

»Na, Ian«, meinte Dr. Ross, »was sagst du zu der Wandlung, die mit deiner Mutter vorgegangen ist?«

»Paul, du hast ein Wunder vollbracht. Ich hätte nie gedacht, daß ich je wieder ein Fünkchen Lebensfreude an ihr entdecken würde. Das ist schon lange nicht mehr vorgekommen.«

»Dafür solltest du dich bei Miß Richards bedanken; denn sie hat die Veränderung bewirkt.«

»So so, Miß Richards!« Lord Umber tat ganz nonchalant. »Wenn ich es nicht besser wüßte, Paul, würde ich fast glauben, daß du an ihr persönlich interessiert bist.«

»Ein rein berufliches Interesse«, entgegnete Dr. Ross eiligst. »Obwohl man so ein entzückendes liebenswertes Geschöpf wohl kaum ein zweitesmal findet. Ian, sie ist mir ein Rätsel. Ich schwöre dir, daß sie aus den gleichen Kreisen stammt wie du und ich, doch in unseren Kreisen habe ich den Namen Richards nie gehört.«

»Vielleicht benutzt sie einen falschen Namen«, meinte Lord Umber. »Wenn jemand in London sie erkennt, ist das Geheimnis gelüftet.«

»Ja, für mich vielleicht – aber nicht für sie«, erklärte Dr. Ross. »Ich habe es mir zur Aufgabe gemacht, ihr Gedächtnis wiederherzustellen. Kannst du dir vorstellen, wie entsetzlich es sein muß, nicht zu wissen, wer man ist?«

»Hast du schon einmal die Möglichkeit in Betracht gezogen, daß sie vielleicht besser dran ist, wenn sie es nicht weiß, Paul? Nehmen wir doch einmal an, sie ist ein hochrangig liederliches Frauenzimmer – würde das denn nicht ihre Bildung und ihre Manieren erklären?«

Dr. Ross tat schockiert. »Ian, mein lieber Freund, du bist noch viel zu jung, um schon zum Zyniker zu taugen. Denk an meine Worte, Ian: Miß Richards ist genau das, was sie zu sein scheint. Eine Lady durch und durch.«

»Jetzt reicht es aber, Paul.« Lord Umber lachte. »Ich höre meine Gäste kommen.«

»Ist dein neuester Flirt auch dabei?« erkundigte sich Dr. Ross leichthin.

»Die liebliche Lady Barbara? Aber sicher. Ich bezweifle jedoch, daß sie jetzt schon auf der Bildfläche erscheint. Sie kommt immer ein wenig zu spät, damit sie ihren großen Auftritt hat – aber auch wieder nicht so spät, daß es unhöflich wäre. Wenn du mich jetzt bitte entschuldigst, Paul«, er nickte ihm zu. »Die Pflicht ruft.«

5.

Felicia blieb am Fuß der Treppe stehen und bewunderte den Blumenschmuck, für dessen Arrangement sie selbst gesorgt hatte. Eines der Mädchen hatte ihn auf das große handgeschnitzte Piedestal aus Eiche gestellt, das einer von Lord Umbers Ahnen aus Westindien mitgebracht hatte. Der Duft der Blumen schwebte in der Eingangshalle. Maiglöckchen wechselten mit Rittersporn ab. Die Krönung bildeten weiße, fast durchsichtige Orchideen, die sie in einem der Treibhäuser entdeckt hatte. Es machte sie froh, ihr gelungenes Werk zu betrachten. Es war tröstlich, zu wissen, daß sie diese häuslichen Dinge einmal gelernt hatte, wenn sie sich auch nicht daran erinnern konnte, unter welchen Umständen.

»Das wird seiner Lordschaft sicher gefallen«, sagte sie und ging in den grünen Salon. »Und Lady Louisa wird bestimmt begeistert sein.«

Sie glitt ganz unauffällig in das Zimmer und stellte erschrocken fest, daß sich schon ein paar Gäste eingefunden hatten. Sie trat rasch neben Lady Louisa, doch ihr Wunsch, unbemerkt zu bleiben, wurde sofort von David Burton zunichte gemacht. Er löste sich aus einer Gruppe von Menschen und kam auf sie zu.

»Guten Abend, Lady Louisa und Miß Richards«, begrüßte er sie und verneigte sich tief. »Was für ein entzückender Anblick! Sie bringen diese dunkle Ecke regelrecht zum Leuchten.«

Felicia errötete schamhaft. Lady Louisa kicherte vor sich hin. »Gehen Sie und machen Sie Miß Fitzroy den Hof, David. Nehmen Sie Miß Richards bitte mit. Ich möchte nicht in ihrem Schatten stehen.«

Mr. Burton lächelte. »Mit Vergnügen, Lady Louisa«, erwiderte er. Er nahm Felicias Arm. »Miß Richards, darf ich bitten?«

Felicia knickste und schritt an seinem Arm graziös auf die Gruppe in der Mitte des Raumes zu. Sie merkte gar nicht, daß alle Blicke auf sie gerichtet waren; denn sie flüsterte Mr. Burton zu: »Sie brauchen mich nicht allen vorzustellen. Schließlich bin ich keine Verwandte, sondern Lady Louisas Gesellschafterin.«

»Was reden Sie da? Sollen mir alle meine Freunde vorhalten, daß ich Sie ganz allein in Beschlag nehme? Das würden sie mir nie verzeihen.« Er zog sie wie selbstverständlich in die Gruppe und stellte sie den Gästen vor. Natürlich wußte er, daß sich alle fragen würden, wer sie war; doch er konnte sicher sein, daß es ihnen ihre guten Manieren verboten, auf der Stelle unverblümt danach zu fragen.

57

Felicia war kaum wiederzuerkennen. Mit dem ärmlich ge-kleideten Mädchen aus der Bibliothek war eine erstaunliche Wandlung vorgegangen. Ihr Kleid saß wie angegossen und entsprach der neuesten Mode. Es war aus hellblauer Seide, bodenlang und lag in weichen Falten um die Taille. Sie trug Rosen angesteckt. Um ihre alabasterfarbenen Schultern bauschte sich ein saphirfarbener Chiffonschal. Auch im Haar trug sie Rosen, passend zu dem Rosengesteck. Lady Louisas Zofe hatte ihr das Haar zu einem Psycheknoten ge-schlungen. Ein paar lose Strähnen fielen ihr locker auf die Wangen.

Sie nickte höflich, als Mr. Burton ihr seine Freunde vor-stellte. Dann stand sie neben ihm, lauschte den Gesprächen und versuchte, sich an all die Namen zu erinnern.

Lord Rowbotham, ein Dandy reinsten Wassers, ver-schlang sie mit den Blicken. Sie gefiel ihm ausnehmend gut, und er fragte sich, ob sie wohl vermögend war. Er verneinte das bei sich; denn Lord Umber hätte das bestimmt nicht un-erwähnt gelassen. Trotzdem strahlte er sie an und trat ne-ben sie.

Er bot einen so sonderbaren Anblick, daß sie sich bemüh-te, ein Lächeln zu unterdrücken. Sie sah Lord Rowbotham fragend an. Er fühlte sich sehr wohl an ihrer Seite.

»Sagen Sie, Miß Richards, was ist denn das neueste *on dit* über Umber und seine Orchideen?«

Felicia starrte ihn verstört an. »Wie bitte? Orchideen? Ich weiß nicht, was Sie meinen.«

»Ich spreche von den Blumen«, erklärte er geduldig. »Als ich heute abend herunterkam, fiel mir auf, daß ein Mädchen einen riesigen Blumenschmuck in der Eingangshalle arran-gierte. Ich hätte nie gedacht, daß Umber seine kostbaren Blüten so verschwenderisch für uns opfert.«

»Das hat er ja auch nicht getan«, entgegnete Felicia mit schwacher Stimme. »Ich habe sie selbst geschnitten.«

Lord Rowbotham sah sie erstaunt an. »Wollen Sie damit sagen, daß er sie noch gar nicht gesehen hat? Ich habe mich ja gleich gewundert. Sie sind viel schöner als meine, er hätte damit spielend den ersten Preis gemacht...«

»Soll das etwa heißen, daß er die Orchideen für eine Ausstellung gezüchtet hat?« erkundigte sich Felicia. Sie fragte sich, warum Lady Louisa kein Veto eingelegt hatte, doch dann fiel ihr ein, daß sie diese Blumen im letzten Augenblick geschnitten hatte, ohne erst um Erlaubnis zu bitten.

»Viel schlimmer«, sagte Lord Rowbotham ernst. »Es geht um eine Wette.«

»Dann wird er wohl kaum erfreut sein.« In diesem Augenblick empfand sie nichts als Verachtung für ihren Gastgeber. Er züchtete diese wunderschönen Blumen also nur, um seiner Spielleidenschaft zu frönen.

Lord Rowbotham gab ihr darin recht. Er bemühte sich, sie zu beruhigen: »Er kann Ihnen das nicht verübeln. Sie wußten ja nicht, was es mit diesen Blumen für eine Bewandtnis hat. Was meinst du dazu, David?«

Mr. Burton sah ihn fragend an. »Worum geht es denn, Cuthbert?«

»Um die Orchideen, die Miß Richards irrtümlich geschnitten hat. Glaubst du, daß Ian ein Einsehen haben wird?«

»Nein. Als ob du das nicht selber wüßtest, Cuthbert.« Mr. Burton sah Felicia mitfühlend an. »Aber machen Sie sich darum keine Sorgen, Miß Richards. Ich werde Ihnen beistehen und Sie verteidigen, falls Lord Umber die Beherrschung verliert. Und ich darf wohl sagen, daß wir Cuthbert ebenfalls dazu bringen können, Ihnen zur Seite zu stehen.«

»David, alter Junge, das wäre nicht sehr klug!« versuchte Lord Rowbotham sich herauszuwinden. »Er wird nur glauben, daß ich meine Hände mit im Spiel hatte.«

Felicia wandte sich ungläubig an Mr. Burton. »Ist das wirklich Ihr Ernst? Ich kann einfach nicht glauben, daß ich eine so unverzeihliche Sünde begangen haben soll.«

Doch Mr. Burton nickte und sah sie verwundert an. Er konnte nicht die geringsten Anzeichen von Furcht und Verzagtheit an Felicia entdecken.

»Dann werde ich meine Missetat sofort gestehen und die Strafpredigt über mich ergehen lassen«, erklärte Felicia entschlossen. »Lord Umber wird bestimmt ein Einsehen haben.«

»Aber ja«, stimmte ihr Lord Rowbotham rasch zu. »Ian hat einem hübschen Mädchen noch nie wiederstehen können.«

59

»Cuthbert, du solltest dich schämen«, schalt ihn Mr. Burton. »Ich habe jedenfalls nicht vor, Miß Richards im Stich zu lassen, wenn Ian einen Tobsuchtsanfall bekommt.« Er wandte sich an die übrigen Leute der Gruppe, die alle höchst interessiert gelauscht hatten.

»Ach, Miß Richards«, hauchte Miß Fitzroy mit fast ehrfürchtiger Miene, »wie mutig Sie sind!«

»Unsinn«, gab Felicia zurück. Sie bemühte sich, ihrer Gereiztheit Herr zu werden. Ein harmloser kleiner Fehler ihrerseits — und schon stand sie ungewollt im Mittelpunkt des Interesses. »Verzeihen Sie, aber ich möchte mich jetzt gleich bei Lord Umber entschuldigen — und seinen Verdacht zerstreuen, daß Sie etwas damit zu tun haben könnten, Lord Rowbotham.« Sie deutete einen Knicks an und wandte sich zum Gehen.

»Ich begleite Sie natürlich«, sagte Mr. Burton und folgte ihr. »Sie sollen Ihren Kopf nicht in den Rachen des Löwen stecken, ohne daß Ihnen jemand zur Seite steht, der dafür sorgt, daß es fair zugeht.«

Da wich der entschlossene Ausdruck aus Felicias Gesicht. Sie lachte. »Ich fürchte, Lord Rowbotham hat übertrieben, was die Gefahr angeht, in der ich schwebe. So ereifert sich doch kein Mensch wegen ein paar Orchideen. Außerdem habe ich ja nicht alle geschnitten.«

Mr. Burton schüttelte in gespieltem Ernst den Kopf. »Es geht gar nicht einmal so sehr um die Orchideen, Miß Richards — obwohl er sie vermutlich etwa in dem gleichen Licht sieht wie ein Bediensteter ein paar Goldguineen. Es geht vielmehr darum, daß er nicht gern eine Wette verliert. Doch nun kommen Sie, wir bringen es ihm bei und nehmen die Strafe tapfer auf uns.«

Kaum hatte sich die Tür hinter ihnen geschlossen, da meinte Miß Fitzroy: »Wer ist sie eigentlich? Ich habe noch nie von einer Miß Richards gehört.«

»Irgendeine entfernte Verwandte«, erklärte Lord Rowbotham großspurig und warf sich in die Brust. Es gelang ihm nicht oft, über einen längeren Zeitraum hinweg Aufmerksamkeit zu erregen, weil er sonst ausschließlich über Blumen sprach. Die wenigsten seiner Bekannten konnten auch nur ein Kelchblatt von einem Blütenblatt unterscheiden.

»Woher weißt du das denn, Cuthbert?« zog ihn ein Mr. Gibbons auf. »Haben dir die Glyzinien am Eingangstor dieses Geheimnis verraten?«

Lord Rowbotham blickte hochmütig an seiner langen Nase hinunter. Er wußte, daß ihn die Leute für einen Exzentriker hielten. Es war schon lange durchgesickert, daß er mit seinen Pflanzen sprach. »Lord Umber selbst hat es mir heute nachmittag erzählt. Von einem Vermögen war jedoch nicht die Rede«, fügte er trübsinnig hinzu.

Mr. Gibbons grinste hämisch. Alle wußten, daß Cuthbert reich heiraten mußte. »Dann hast du also kein Interesse, wenn sie auch reif zum Pflücken ist. Ach, Cuthbert, wie leid du mir tust!«

»Oh...«, seufzte Miß Fitzroy erleichtert. »Das muß ich unbedingt Barbara erzählen... Ich möchte nicht, daß sie sich grämt...« Sie schwieg, als sie merkte, daß niemand zuhörte. Lady Barbara erschien und hatte ihren sorgfältig geplanten großen Auftritt. In ihrem tief dekolletierten Kleid aus orangefarbener Seide sah sie hinreißend aus. Ihr schimmerndes kastanienbraunes Haar war zu einer Hochfrisur aufgetürmt. Dadurch kam ihr feingeschnittenes Gesicht so richtig zur Geltung. Nur die ärgerlich gerunzelte Stirn störte dieses Bild der Vollkommenheit. Das lag daran, daß Lord Umber nicht anwesend war, um sie gebührend zu bewundern. Rasch suchte sie den Raum nach ihm ab, doch sie konnte ihn nirgends zwischen den Gästen entdecken. Frustriert tappte sie mit der Fußspitze auf den Boden. Sie glaubte zu wissen, daß er mindestens fünf Minuten vor ihr hinuntergegangen war. Warum war er dann nicht hier, um sie zu begrüßen? Schon bei ihrer Ankunft am Nachmittag hatte er sich nicht freimachen können. Darüber hinaus hatte ihre Reisegefährtin, ihre Cousine Milly Fitzroy, dieses Dekabel miterlebt. Und nun passierte ihr das gleiche noch einmal. Milly lächelte mitleidig. Das war doch wirklich die Höhe. Sie hätte auf den Rat ihrer Mutter hören und die Einladung nach Alverston ablehnen sollen.

Schließlich fiel ihr Blick auf Lady Louisa. Hastig setzte sie ein Lächeln auf und bahnte sich ihren Weg graziös durch das Gewühl.

»Meine liebe Barbara«, sprudelte Lady Louisa los. Ihr Lächeln war ebenso falsch wie das von Barbara. »Wie geht es Ihnen? Und wie geht es Ihrer lieben Mutter? Kommen Sie, setzen Sie sich zu mir. Halten wir ein Schwätzchen.« Sie wies auf einen unbequemen Stuhl an ihrer Seite, und Lady Barbara kam widerstrebend dieser Bitte nach.

»Danke, Mama, geht es leidlich gut. Ich soll Sie herzlich von ihr grüßen, Lady Louisa.« Sie sagte das ganz automatisch und war mit den Gedanken gar nicht bei der Sache. Sie saß mit dem Rücken zur Tür und konnte nicht sehen, wann Lord Umber eintreten würde. Wie konnte sie sich von ihrer besten Seite zeigen, wenn sie so schlecht plaziert war?

Lady Louisa lächelte befriedigt in sich hinein. Sie erriet sofort, was in Barbara vorging. Sie war keineswegs erfreut darüber, daß ihr Sohn Lady Barbara den Hof machte. Nun da sie sie kennengelernt hatte, war ihr das noch weniger recht. Barbara hatte etwas an sich, das ihr mißfallen mußte. Dieses Überlegenheitsgefühl vielleicht, oder die Art, wie Barbara sich in dem Gefühl sonnte, die Aufmerksamkeit aller zu erregen. Für eine so junge Frau war sie reichlich anmaßend. Lady Louisa zuckte die Achseln.

Genau in diesem Augenblick verlor ihr Sohn die Selbstbeherrschung und geriet in Rage. Mr. Burton hatte völlig recht gehabt mit seiner Prophezeiung, daß sich sein Freund auf diese Nachricht hin wie wild gebärden würde. Mit einem Zornesausbruch, der selbst ihn überraschte, fiel Lord Umber über Felicia her.

»Wer gibt Ihnen das Recht, sich hier so zu Hause zu fühlen, daß Sie die Kühnheit besitzen, meine Orchideen zu pflücken?« verlangte er zu wissen. »Warum habe ich mir nur einreden lassen, daß Sie die geeignete Gesellschafterin für meine Mutter sind?«

»Also wirklich, Ian«, warf Mr. Burton ein. »Übertreibst du nicht ein wenig?«

»Lassen Sie nur, Mr. Burton«, sagte Felicia mit eisiger Stimme. »Lord Umber hat mir schon überdeutlich zu verstehen gegeben, welche Rolle er mir zugedacht hat.« Zu seinem Kummer errötete Lord Umber, als er an dieses anfängliche Mißverständnis erinnert wurde. Felicia war nicht mehr zu halten. »Wenn Sie mit mir so unzufrieden sind, reise ich gleich morgen früh nach Manchester. Es tut mir mehr als leid, daß ich es gewagt habe, Ihre Orchideen anzurühren, doch das ist jetzt nicht mehr zu ändern. Ich möchte Ihnen noch versichern, daß mehrere prächtige Orchideen übriggeblieben sind, mit denen Sie Ihre Wette noch gewinnen können.« Beide Männer waren baß erstaunt über die Geringschätzung, die in ihrer Stimme mitschwang. Felicia wandte sich mit gleichgültiger Miene an Mr. Burton: »Würden Sie mich freundlicherweise in den Salon zurückbegleiten? Ich möchte mich von Lady Louisa verabschieden. Dann will ich alle Vorkehrungen treffen, damit ich gleich bei Tagesanbruch fort kann.«

Lord Umber sah sie stirnrunzelnd an. »Zum Teufel mit dem Mädchen und seiner Gelassenheit«, dachte er. Er bereute, daß er so grob zu ihr gewesen war. Doch wie hätte er auch ahnen können, daß sie so wild entschlossen handeln würde? Bei seiner Wortwahl war er nicht sehr zimperlich gewesen. Er hatte seine ganze Verärgerung und Frustration herausgeschrien. »Das ist nun auch wieder nicht nötig, Miß Richards«, warf er hastig ein, als die beiden schon fast an der Tür angelangt waren. »Ihre Entschuldigung und die Zusicherung, daß Sie nichts Ungehöriges mehr tun werden, solange Sie hier bei uns sind, genügen mir.«

Felicia wollte gerade wütend etwas darauf erwidern, als sich Mr. Burton rasch einmischte. »Jetzt hört aber auf. Ich kann gar nicht glauben, daß ihr das ernst meint. Wir wollen uns den schönen Abend nicht mit so einem Wortgefecht verderben. Die Gäste werden sonst sicher einen Grund suchen, um morgen schon nach London zurückzukehren.«

»Spielst du wieder mal den Diplomaten, David?« murmelte Lord Umber. Er warf Felicia einen raschen Blick zu und bemerkte, daß die Anspannung unter Mr. Burtons freundlichem Blick von ihr abfiel und sie sich langsam entspannte. Ärger stieg in ihm auf. Das war das erstemal, daß David eine Dame so verteidigte. Das störte ihn sehr. Doch er wollte sich keine Blöße geben und zuckte betont gleichmütig die Achseln. »Wollen wir zu den anderen gehen?« fragte er beiläufig und ging zum grünen Salon voraus.

Lady Louisa sah sie forschend an, als sie den Salon betraten. Sie runzelte die Stirn, als sie gewahr wurde, was ihr Sohn für ein Gesicht machte und fragte sich, worüber er sich wohl so erregt hatte. Doch beim Anblick seiner Mutter hellte sich seine Miene sofort auf, und seine schlechte Laune schwand angesichts der bezaubernden Lady Barbara. Er schlenderte auf seine neueste Eroberung zu, verneigte sich tief und entschuldigte sich wortreich für seine Verspätung. Schon Sekunden später lachte sie. Währenddessen fragte sich Lady Louisa, ob Felicia wissentlich oder unwissentlich der Grund für die finstere Laune ihres Sohnes war.

6.

Felicia litt an diesem Abend zunehmend an einer Verwirrung der Gefühle. Sie war heilfroh, als sie sich nach dem Abendessen zurückziehen konnte. Lady Louisa gab sich nur widerstrebend mit der Entschuldigung zufrieden, Felicia habe Kopfschmerzen. Doch sie sah ja, daß irgend etwas das junge Mädchen sehr bedrückte.

Inzwischen war es hellichter Tag, und die Sonne schien durch das Fenster herein. Da fragte sich Felicia, ob die Szene vom Abend zuvor nicht nur ein Alptraum war. Leider war das nicht der Fall. Nie würde sie die finsteren Blicke vergessen, die ihr Lord Umber während der ganzen Mahlzeit zugeworfen hatte. In welchem Gegensatz sie zu dem offensichtlich liebevollen Lächeln standen, mit dem er Lady Barbara bedachte. Die harten Worte schmerzten immer noch, die er ihr nach ihrem sorglosen Geständnis an den Kopf geworfen hatte. Es war nur Mr. Burtons Eingreifen zu verdanken, daß nicht noch mehr böse Worte gefallen waren – Worte, von denen Felicia ganz genau wußte, daß sie sie später bereut hätte. Denn was für Gefühle sie auch immer für Lord Umber hegte, es stand fest, daß sie Lady Louisa aufrichtig ins Herz geschlossen hatte. Sie wollte ihrer Wohltäterin auf keinen Fall Kummer bereiten.

Erst am Vortag hatte Lady Louisa Felicia anvertraut,

was für Ängste sie wegen ihres Sohnes quälten. Sein schlechter Ruf war ihr sehr unangenehm. Der Klatsch im Hinblick auf seine neueste Eroberung entsetzte sie. Es war zu befürchten, daß er ernsthaft an eine Ehe dachte. Da hatte sie Lady Barbara noch nicht gekannt, doch ihre lebhafte Fantasie hatte ihr die reinsten Schreckensbilder vorgegaukelt. Das lag daran, daß Lady Louisa Barbaras Mutter schon seit ihrer Kindheit kannte. »Sie ist die besitzergreifendste, hochmütigste und streitsüchtigste Frau, die mir je begegnet ist.« Und von Barbara hieß es sie sei genau wie ihre Mutter.

Felicia schüttelte die deprimierenden Gedanken ab und ging hinunter, um Dr. Ross zu suchen. Sie wollte ihn noch ein letztesmal sehen, bevor er nach London aufbrach. Sie ging zum Rosengarten. Als sie an dem Treibhaus vorbeikam, in dem die restlichen Orchideen blühten, verzog sie das Gesicht.

»Dadurch wachsen diese hochempfindlichen Blumen ganz bestimmt nicht besser, Miß Richards«, murmelte eine Stimme hinter ihr.

Sie fuhr erschrocken herum. Lord Umber lächelte höhnisch.

»Man hat mir sehr ans Herz gelegt, mich für mein Benehmen gestern abend zu entschuldigen«, fuhr er fort und ignorierte ihren Schreckensruf. »Mr. Burton, Ihr Favorit, verliert langsam die Geduld mit mir.«

»Sie können sich Ihre Entschuldigungen sparen«, zischte Felicia völlig außer sich, und ihre Augen glitzerten gefährlich. »Ich gestehe, daß ich Ihre Reaktion auf meinen kleinen Fehler reichlich übertrieben fand...«

»Einen kleinen Fehler nennen Sie das?« rief er aus. »Ihre Missetat hätte mich zehntausend Guineen kosten können.«

Felicia rang nach Luft. Sie verachtete ihn wegen seiner Spielleidenschaft. Seine Worte bewiesen ihr wieder einmal, daß er davon offenbar nicht lassen konnte. »Das ist immer noch weniger als ein Haus in Richmond gekostet hätte«, sagte sie ganz ruhig. Als sie den angewiderten Gesichtsausdruck Lord Umbers sah, bereute sie ihre Worte sofort. Sie rechnete mit einer weiteren Schimpfkanonade, richtete sich kerzengerade auf und nahm kampflustig die Schultern zurück.

Ihr Verhalten entwaffnete Lord Umber völlig. Den Schwall von Beschimpfungen, den er ihr entgegenschleudern wollte, erstarb ihm auf den Lippen. Plötzlich erkannte er, wie verletzlich sie war. Sein Ärger über die widerrechtliche Aneignung und den Mißbrauch seiner Orchideen war schon längst verraucht, und als David ihm seine unmöglichen Manieren vorhielt, hatten ihn Schuldgefühle geplagt. Was hätte er darum gegeben, dieser umgestürzten Kutsche nie begegnet zu sein.

Er sah Felicia an und mußte lächeln. Was für ein aufreizendes junges Ding sie war! Er griff nach ihrer Hand und zog sie an die Lippen. Er streifte ihren Handrücken nur ganz leicht und sagte mit unendlich sanfter Stimme: »Verzeihen Sie, Miß Richards. Ich wollte Sie nicht kränken.«

Felicia entriß ihm ihre Hand. Sie wußte sich nicht zu fassen vor Staunen über die unerwartete Zärtlichkeit, die aus seiner Stimme klang. Sie zitterte vor Erregung — genau wie bei seinem ersten Kuß. »Nein... nein«, stammelte sie. »*Ich* sollte mich entschuldigen! Ich muß mir angewöhnen, nachzudenken bevor ich etwas Unüberlegtes sage.«

»Und ich sollte mich bemühen, nicht so unbeherrscht zu sein.« Sein Lächeln wurde intensiver. Einen kurzen Augenblick sahen sie sich in die Augen. Felicia überkam ein seltsames Gefühl. Sie erwiderte sein Lächeln.

Sie sahen sich noch immer in die Augen, als Dr. Ross zu ihnen trat. Er spürte die Spannung zwischen ihnen sofort, legte sie aber falsch aus. Rasch entzog er Ian Felicia. »Wenn du nichts dagegen hast, Ian«, sagte er lebhaft, »möchte ich dir Miß Richards entführen. Ich muß unbedingt noch mit ihr sprechen, bevor ich abreise.«

»Aber sicher, Paul«, entgegnete Lord Umber mit erzwungener Ruhe. »Ich muß mich sowieso um das Wohlergehen meiner Gäste kümmern.« Er deutete Felicia gegenüber eine Verbeugung an und wandte sich abrupt auf dem Absatz um. Er war Dr. Ross ausgesprochen dankbar für die Unterbrechung; denn er wußte ganz genau: wäre er noch länger mit Felicia allein gewesen, so hätte er sie in die Arme geschlossen und wieder geküßt. Er betrat das Haus durch die Balkontür seines Arbeitszimmers. Da sah er zu seiner Verwunderung Lady Barbara an seinem Schreibtisch stehen. Beim Geräusch seiner Schritte drehte sie sich um und kicherte nervös.

»Ach, Sir Ian! Wie haben Sie mich erschreckt!« flötete sie. »Ich habe etwas gesucht, womit ich meinen Federkiel anspitzen kann.« Sie streckte ihm hilflos ihr Schreibgerät hin.

»Sie hätten sich an einen der Diener wenden sollen«, gab Lord Umber mit scharfer Stimme zurück. Er ging auf Lady Barbara zu und nahm ihr den Federkiel aus der Hand. »Ich glaube, mindestens zwei Diener haben in der Eingangshalle Dienst.« Er lächelte schwach und nahm damit seinen Worten die Schärfe. Lady Barbara entspannte sich. Ihre kleine List hatte offenbar Erfolg. In ihre Kulleraugen trat ein triumphierender Blick.

Sein Verhalten ihr gegenüber am Abend zuvor hatte sie verwirrt. Vor dem Zubettgehen hatte sie ihrer Cousine Milly gestanden, sie befürchte, seine Verliebtheit lasse allmählich nach. Sie beschloß, am nächsten Morgen eine Begegnung mit ihm zu erzwingen. Um ihn noch vor dem Frühstück abzupassen, war sie ganz besonders früh aufgestanden. Auf ihre Cousine Milly wirkte das schockierend; aber Milly hatte sowieso eine völlig antiquierte Lebensauffassung.

»Alle schienen mit dem Frühstück zu tun zu haben. Da wollte ich nicht stören.«

Lord Umber sah sie mit zur Seite geneigtem Kopf an. Ihre Worte bewirkten nichts als Verachtung in ihm. Er kannte Barbara gut genug, um zu wissen, daß es ihr nicht das geringste ausmachte, jemanden zu stören und für ihre Zwecke auszunutzen.

»Wie rücksichtsvoll von Ihnen, Lady Barbara«, murmelte er. Er nahm ein Messer aus der obersten Schreibtischschublade und spitzte den Federkiel an. »So, das müßte eigentlich genügen«, meinte er. »Wenn ich auch bezweifle, daß Sie heute Zeit zum Schreiben haben werden. Ich habe nämlich ein Picknick arrangiert, und wenn wir noch vor Mittag ans Ziel gelangen wollen, müssen wir gleich nach dem Frühstück aufbrechen.«

Lady Barbara klatschte begeistert in die Hände. »Ach, was für eine grandiose Idee! Ich liebe Picknicks über alles! Reiten wir oder fahren wir mit unseren Kutschen hin?« Sie ging im Geiste die mitgebrachten Kleider durch. In ihrem Reitdreß aus grünem Samt würde sie berückend aussehen. Ohne seine Antwort abzuwarten, sagte sie: »Bitte versprechen Sie mir, daß wir reiten.« Ihre Stimme klang ganz atemlos.

Lord Umbers Stimmung besserte sich merklich. Nach der verwirrenden Begegnung mit Felicia wirkte Lady Barbaras belangloses Geschwätz irgendwie tröstlich auf ihn.

»Ich reite gern mit Ihnen, Lady Barbara. Natürlich stelle ich für diejenigen eine Kutsche zur Verfügung, die gern gemächlich ans Ziel gelangen möchten. Wenn Sie mich jetzt bitte entschuldigen wollen — ich muß den anderen Gästen sagen, daß für heute ein Picknick geplant ist.«

Er war schon gegangen, bevor sie noch etwas darauf erwidern konnte. Das Porträt von Lord Umbers streng blickendem Vater war der einzige Zeuge ihres selbstzufriedenen Gesichtsausdrucks.

Das Picknick war ein großer Erfolg. Das milde Wetter hielt an. Die paar Wolken, die sich am Vormittag zusammenballten, bargen keine wirkliche Gefahr für die Gesellschaft. Lord Umber hatte seinen Reitknecht und zwei Diener zu der Stelle vorausgeschickt, die er für das Picknick ausgewählt hatte. Als die Gäste dort eintrafen, war das Essen schon auf blendend weißen Leinentüchern auf der Wiese aufgetischt.

Keinem außer David Burton fiel auf, daß Felicia nicht mitgekommen war. Als er sich bei Lord Umber nach ihrem Verbleib erkundigte, fuhr ihn dieser an: »Ich weiß nicht, wo sie ist und warum sie nicht mitgekommen ist. Meine Mutter weiß Bescheid.« Er hatte sich ausgesprochen darauf gefreut, sie bei dem Picknick dabeizuhaben und war sehr enttäuscht, als sie mit einer fadenscheinigen Entschuldigung ankam und behauptete, sie könne nicht an dem Picknick teilnehmen.

Lady Barbara hörte das mit an und nickte zufrieden. Sein Tonfall verriet ihr, daß er an dieser entfernten Verwandten nicht im geringsten interessiert war — wenn ihre Cousine Milly sie auch gewarnt hatte. Bei einem so heiteren und hübschen Mädchen wie Felicia müsse man immer auf der Hut sein.

Ihre gute Laune hielt bis nach dem Abendessen an. Lord Umber hatte sie den ganzen Tag allen anderen Gästen vorgezogen und keinen Hehl daraus gemacht, daß er sie sehr charmant und anziehend fand. Er brachte sie mit seinen bissigen Bemerkungen zum Lachen, und ihr Talent, die prahlerischsten Leute ihres Bekanntenkreises nachzuahmen, beeindruckte ihn offensichtlich. Eine zarte Röte überzog ihre lieblichen Züge als sie sah, daß ihre Cousine Milly und ein paar andere Damen ihr neidische Blicke zuwarfen.

Doch als Lady Louisa eine musikalische Einlage vorschlug, bat sie Felicia ans Klavier. Schon nach ein paar Minuten bestand kein Zweifel mehr daran, daß Felicia hochbegabt war. Als sie geendet hatte, klatschte die ganze Gesellschaft frenetisch Beifall.

Es trieb Lady Barbara die Zornesröte in die Wangen, daß sie nicht mehr im Mittelpunkt der Aufmerksamkeit stand. Sie klappte ungeduldig ihren Fächer zu.

»Spielt sie nicht herrlich?« flüsterte ihr ihre Cousine Milly ins Ohr. »Ich glaube, ich habe Chopin noch nie schöner gehört.«

»Da hast du mich noch nicht spielen gehört«, hielt ihr Lady Barbara bissig entgegen – uneingedenk der Tatsache, daß Lord Umber unmittelbar hinter ihr stand.

»Das ist Ihrer nicht würdig, Lady Barbara«, bemerkte er aufgeräumt und ging.

»Aber es entspricht der Wahrheit«, gab Lady Barbara zurück.

»Barbara!« rief die Cousine sie zur Ordnung. »Wie konntest du nur? Es ist mehr als ungehörig, sich so gehenzulassen.«

Dieser Vorwurf von seiten der Cousine kam so völlig unerwartet, daß Barbara die Stirn runzelte. Doch sie mußte sich eingestehen, daß daran etwas Wahres war. »Milly, du hast wie immer recht. Ich muß mich wirklich bemühen, meine Zunge im Zaum zu halten.« Sie sah zu Lord Umber hinüber, der anscheinend in ein Gespräch mit Lord Rowbotham vertieft war. Das Lächeln schwand aus ihrem Gesicht.

Felicia lehnte alle Zugaben rigoros ab. Lady Barbara bebte vor Zorn. Das war Felicia nicht entgangen. Ob Lord Umber etwas damit zu tun hatte? Als sie sich nach ihm umsah, bemerkte sie, daß er ebenfalls in ihre Richtung blickte. Verwirrt senkte sie die Augen und erhob sich rasch. Sie spürte seine Gegenwart ganz eindringlich und wünschte, sie wäre rechtzeitig an die schützende Seite Lady Louisas geflohen. Den ganzen Tag war es ihr gelungen, ihm aus dem Weg zu gehen — seit ihrer Begegnung im Rosengarten. Doch hier konnte sie ihm nicht entkommen. Mit einem verführerischen Lächeln sah er sie an.

»Sie müssen sehr guten Unterricht gehabt haben, Miß Richards«, sagte er leise. »Sicherlich bei einem Meister. Wir sind alle tief beeindruckt von Ihren Fähigkeiten.«

Seine Komplimente bewirkten, daß sie noch verwirrter wurde. Hätte er sie irritiert wie sonst, wäre sie damit fertig geworden. So aber wußte sie nicht, wie sie sich verhalten sollte.

»Ach, Unsinn, Lord Umber«, erwiderte sie brüsk. »Ich spiele ganz leidlich, das ist alles. Lady Barbara wäre vermutlich viel eher imstande, ein richtiges Konzert zu geben.«

»Sie beide müßten gut zusammenpassen; denn sie ist der gleichen Meinung.«

Felicia fuhr zornig auf, doch in Lord Umbers Augen lag zärtlicher Spott. Also hielt sie lieber an sich.

»Sie glaubt wirklich, daß sie besser spielt. Ich habe sie das selber sagen hören«, versicherte er ihr mit ausgesuchter Höflichkeit. Gleich darauf entfernte er sich.

Felicia mußte wider Willen lächeln. Er ist wirklich ein Schuft, dachte sie. Sie spürte die Feindseligkeit, die in der Luft lag und die von Lady Barbara ausging. Dieser war die Unterhaltung Lord Umbers mit Felicia nicht entgangen. Felicia lächelte noch heiterer und ging zu Lady Barbara.

»Lord Umber hat mir erzählt, wie großartig Sie spielen«, sagte sie mit einschmeichelnder Stimme. »Bitte machen Sie uns doch die Freude, uns etwas vorzuspielen. Es wäre ein

Erlebnis für mich, ein paar der Stücke, die ich nur sehr un-
vollkommen spiele, von einer Meisterin zu hören.«

Lady Barbara fühlte sich geschmeichelt und erklärte sich
bereit, etwas vorzuspielen. Sie begab sich ans Klavier. Felicia machte es sich bequem. Es geschah Lord Umber ganz
recht, daß er seiner Angebeteten jetzt die Seiten umblättern
mußte.

Lord Umber warf ihr einen lodernden Blick zu, bevor er
Lady Barbaras Bitte nachkam, doch das boshafte Glitzern in
Felicias Augen entging ihm. Es freute sie, daß er sich unbe-
haglich fühlte.

Nach einem langen, mit Lady Barbara verbrachten Tag
mußte er sich eingestehen, daß ihr Charme seine Wirkung
auf ihn verlor. Er bereute, daß er angefangen hatte, ihr den
Hof zu machen. Sie war ein eitles, hohlköpfiges kleines Luder, das zu allem was er tat, ja und amen sagte. Daß sie ihn
langweilte, überraschte ihn eigentlich nicht; denn das geschah unweigerlich nach einer Weile. Es wunderte ihn immerhin, daß es dieses Mal so schnell gegangen war. Außer
Janie Slagle war es noch keiner Frau gelungen, ihn bei der
Stange zu halten – aber das war etwas anderes. Er bekam es
langsam mit der Angst zu tun. Ob er wohl je einer Frau begegnen würde, die als Ehefrau für ihn in Frage kam? Er
wußte, daß sich seine Mutter wegen seines offensichtlich lo-
sen Lebenswandels Sorgen um ihn machte. Ihm war sehr
daran gelegen, ihre Ängste zu zerstreuen. Doch er war nicht
bereit, eine Ehe einzugehen, die nicht auf gegenseitigem Re-
spekt beruhte.

Er sah auf Lady Barbara hinunter und begriff, daß er nicht
einen Ton gehört hatte. Er rief sich sofort zur Ordnung und
konnte gerade noch applaudieren als sie endete. Gleich darauf entfernte er sich, um sich mit David Burton zu unterhalten.

Die nächsten Tage vergingen überaus rasch. Er vermied
es, Lady Barbara allein zu begegnen. Die belustigten Blicke
Felicias in seine Richtung, irritierten ihn mehr und mehr.

Lady Louisa stellte ungeheuer erleichtert fest, daß das Interesse ihres Sohnes an Lady Barbara abflaute. Da war sie
beruhigt, entspannte sich und machte sich allmählich mit

dem Gedanken an die bevorstehende Fahrt nach London vertraut.

»Jetzt kann ich ganz beruhigt sein«, vertraute sie Felicia an. »*Ihr* wird Ian ganz bestimmt keinen Antrag machen.«

Felicia stimmte ihr lächelnd zu. Sie befand sich in überaus gehobener Stimmung. »Da haben Sie sicherlich recht, Lady Louisa. Ich fürchte nur, daß Lady Barbara das noch nicht begriffen hat. Die Ärmste macht sich langsam lächerlich. Selbst Lord Rowbotham ist schon aufgefallen, daß Ihr Sohn Lady Barbara jetzt sehr viel ablehnender gegenübersteht.«

Lady Louisa bemühte sich, hinreichend schockiert auszusehen. Besaß Lord Rowbotham tatsächlich die Kühnheit, solche Herzensangelegenheiten mit einer Frau zu besprechen? Felicia kicherte, als ihr Lady Louisa scherzhaft mit dem Finger drohte.

»Er hat sie mit einer schönen Rose verglichen, Madam. ›Wie eine Rose‹ sagte er, ›verlangt Vollkommenheit, stetige Pflege und Aufmerksamkeit, wenn sie nicht vergehen soll. Doch sie hat schon einen Sprung.‹«

Sie brachen beide in Gelächter aus.

»So eine gute Beobachtungsgabe, hätte ich Cuthbert gar nicht zugetraut«, bemerkte Lady Louisa. Da näherte sich Mr. Burton. Sie wechselten schleunigst das Thema.

Es war nicht zu übersehen, daß sich Felicia in der Gesellschaft überaus wohl fühlte. Sowohl Lord Rowbotham als auch Mr. Burton kümmerten sich rührend um sie, und auch Lord Umber erwies sich als sehr zuvorkommend. Doch Felicia bildete sich darauf gar nichts ein. Jeder der Herren war aus einem ganz bestimmten Grund so freundlich. Lord Rowbotham hatte endlich jemanden gefunden, der sich seine neuesten Theorien über die Aufzucht von Rosenkreuzungen anhörte, und Mr. Burton hatte sich anscheinend zu ihrem Beschützer aufgeschwungen. Sie wußte nicht, daß Dr. Ross das angeordnet hatte – sonst wäre sie wohl sehr verstört gewesen. So sonnte sich die völlig Ahnungslose in der ungewohnten Atmosphäre und genoß die Aufmerksamkeit, die man ihr zollte. Selbst Lady Barbara konnte ihre übermütige Laune durch ihre hochmütige Haltung Felicia gegenüber nicht dämpfen oder gar vertreiben. Der einzige Schatten, der auf ihre Freude fiel, war die Tatsache, daß sie sich noch immer nicht an ihre Vergangenheit erinnern konnte. ·

Lord Umber und Felicia begannen widerwillig, einander zu respektieren. Lady Louisa ließ hin und wieder eine Bemerkung über seine Hilfeleistungen für wohltätige Zwecke fallen. Als sich ihr die Gelegenheit bot, fragte Felicia Mr. Burton, was es mit diesen *guten Werken* auf sich habe.

»Danach müssen Sie Ian selber fragen, Miß Richards. Über dieses Thema bewahrt er Stillschweigen. Was ich darüber weiß, ist eigentlich vertraulich.«

Felicia nickte verständnisvoll. Doch sie wußte, daß es ihr immer an Mut fehlen würde, dieses Thema bei Lord Umber anzuschneiden. Der Gedanke, daß er nicht nur ein Taugenichts war, hatte jedoch etwas Tröstliches. Sie erkannte nun viel klarer, was er alles tat, damit es seiner Mutter an nichts fehlte. Er setzte seinen Stolz daran, seinen Besitz gut zu verwalten.

Selbst Lady Barbara fiel die Harmonie auf, die jetzt zwischen den beiden Widersachern herrschte. Sie bemühte sich noch mehr, Lord Umber mit ihrem Charme zu bezaubern, wann immer er in ihrer Nähe war. Sie ahnte noch immer nicht, daß es ihr nicht gelingen würde, ihn vor den Traualtar zu schleppen. Ihre Cousine Milly machte sie behutsam darauf aufmerksam, daß Lord Umber zwar noch immer freundlich zu ihr war, daß er Lady Barbara jedoch nicht mehr den Hof machte. »Ach, Milly, sei doch nicht albern«, fauchte Lady Barbara sie an. »Er überschüttet doch seine Mutter mit Aufmerksamkeiten und bespricht sich mit seinem Anwalt. Mit mir verbringt er soviel Zeit wie nur irgendwie möglich.«

»Heute morgen habe ich ihn mit Miß Richards im Rosengarten gesehen. Sie haben miteinander gelacht und schienen sich glänzend zu verstehen.«

»Mach dir doch wegen dieser kleinen Landpomeranze keine Gedanken, Milly. Sie ist weder kultiviert noch geistvoll genug, um einen Mann von Welt wie Lord Umber auf die Dauer fesseln zu können.«

»Aber sie ist wunderschön«, wandte Milly ein. »Und Lady Louisa ist ganz vernarrt in sie.«

»Hör schon auf mit dem Geschwätz, Cousinchen, davon verstehst du nichts.«

Milly schwieg gekränkt. Wann würde Barbara begreifen, daß Lord Umber kaum noch etwas an ihr lag. Er würde ihr keinen Heiratsantrag machen. Milly seufzte traurig, griff nach ihrer Handarbeit und machte weiter. Felicia gefiel ihr sehr. Deshalb plagten sie Schuldgefühle. Sie fürchtete, Barbara könne sie für treulos und pflichtvergessen halten. Alles wurde immer komplizierter. Sie sehnte sich nach der Sicherheit, die ihr Zuhause bot.

Ihre Worte bewirkten immerhin, daß Lady Barbara Felicia und Lord Umber jetzt noch viel genauer beobachtete. Gegen Ende ihres Besuches in Alverston mußte sie sich eingestehen, daß Milly vielleicht doch ausnahmsweise einmal recht hatte. Irgendwie hatte sich Lord Umber aus dem engmaschigen Netz befreit, mit dem sie ihn umsponnen hatte, um ihn für sich zu requirieren. Sie mußte sich eine andere Taktik einfallen lassen. Wenn ihr das nicht gelang, würde ganz London über sie lachen.

7.

Die Freunde und Bekannten von Lady Louisa staunten nicht schlecht, als sie mitten in der Saison in London eintraf. Sie hatten alle jahrelang versucht, sie dazu zu bringen, daß sie nach London zurückkehrte. Nun war sie plötzlich aufgetaucht – noch dazu mit der entzückendsten jungen Dame im Schlepptau, die man sich nur vorstellen konnte. Alle die Felicia sahen, brannten sogleich vor Neugier und hätten gern erfahren, wer sie war. Lord Umber und seine Mutter blieben unverbindlich. Aus ihnen war nichts herauszukriegen. Lord Umber vermied es sogar, sich in der Öffentlichkeit allzuoft mit seiner Mutter zu zeigen; denn er wollte nicht den Eindruck erwecken als liefe er Felicia nach. Darum hätte er sich keine Sorgen machen müssen. Bei Whites wettete man darauf, daß er bald seine Verlobung mit Lady Barbara Whitelaw bekanntgeben würde. Daß er diese Schönheit mit dem kastanienbraunen Haar so umworben hatte, war auch Anlaß für Spekulationen und Eifersucht gewesen; denn sie war nicht nur die Ballkönigin der Saison, sondern auch die begehrteste reiche Erbin im heiratsfähigen Alter.

Felicia schien die fragenden Blicke, die sie trafen, gar nicht wahrzunehmen. Ihr ging es viel zu sehr darum, sich zu amüsieren. Ihren Widerstand dagegen, Lady Louisa nach London zu begleiten, hatte sie längst aufgegeben. Dr. Ross hatte ihr erklärt, was er damit bezweckte: »Miß Richards, Sie sollten diese Reise aus zwei Gründen machen. Erstens wird Lady Louisa ein Tapetenwechsel sehr guttun. Der zweite Grund ist sehr wichtig für Sie: vielleicht erkennt Sie in London jemand und kann Sie identifizieren.«

»Aber ich werde mir vorkommen wie ein Pferd im Tattersall«, protestierte sie. »Alle werden mich auf der Suche nach Pluspunkten ›abtasten‹ und taxieren.« Sie schwieg und dachte an Lord Umber. Seine Haltung ihr gegenüber war der Tatsache zuzuschreiben, daß sie nicht bereit war, auf Dr. Ross' Vorschlag einzugehen. Jetzt brachte Lord Umber sie nicht mehr aus der Fassung – ganz im Gegenteil. Manchmal fühlte sie sich in seiner Gesellschaft richtig wohl. Sie hätte nur gewünscht, daß sie sich nicht mehr stritten und daß es weniger Mißverständnisse gab.

»Ich kann Sie natürlich nicht zwingen, Miß Richards«, hatte Dr. Ross klugerweise gesagt. »Lassen Sie sich Zeit, um gründlich über meinen Vorschlag nachzudenken, bevor Sie sich entscheiden.«

Felicia kniff nachdenklich die Augen zusammen. »Ich möchte keinesfalls, daß Sie mich für kleinmütig oder ängstlich halten«, erwiderte sie lebhaft. »Es wäre auch sehr selbstsüchtig von mir, wenn ich Lady Louisa um diese Reise bringen wollte. Ich erkläre mich also einverstanden – ich fahre mit nach London. Doch sobald ich Nachricht von Mrs. Barton erhalte, reise ich nach Manchester. Das möchte ich von vornherein klarstellen.«

»So ist es richtig«, sagte er beifällig. »Ihren Wunsch, nach Manchester zu gehen, verstehen wir. Doch wir werden uns erst Gedanken darüber machen, wenn es soweit ist.«

Schon zwei Tage nach ihrer Ankunft in dem Haus am Berkeley Square in London gab sich ein nicht enden wollender Besucherstrom die Klinke in die Hand.

»Erstaunlich«, meinte Lady Louisa, als die Damen an ihrem zweiten Abend in London ihren Kaffee in dem kleinen blauen Salon tranken, »es bleibt einem kaum einmal eine ruhige Minute. Ich hatte ganz vergessen, wie ermüdend das alles sein kann. Wir müssen Gesellschaften besuchen, und ich darf auf keinen Fall vergessen, Eintrittskarten für Almack's zu besorgen.«

Felicia lächelte. Lady Louisas Stimme klang so aufgeregt. Trotz ihrer langen Abwesenheit war sie so beliebt wie immer.

»Lady Jersey hat mir geschrieben und lädt uns für übermorgen zum Tee ein«, fuhr Lady Louisa aufgeräumt fort. »Wir nehmen die Einladung natürlich an; aber ich möchte nicht, daß Sie auch nur mit einem Wort erwähnen, daß Sie meine Gesellschafterin sind.«

»Aber warum denn nicht, Madam?« fragte Felicia erstaunt.

»Mein liebes Kind, weil sie Ihnen sozusagen Zutritt zu Almack's verschafft. Wenn sie aber erfährt, daß Sie Gouvernante werden wollen, wird sie keinen Finger für Sie rühren.«

»Aber ich möchte nicht in einem falschen Licht erscheinen und niemanden belügen«, wandte Felicia ein. »Es wäre doch furchtbar peinlich, wenn doch etwas durchsickerte und die Leute anfingen zu klatschen. Dann würde doch ganz London über Sie lachen.«

Das erheiterte Lady Louisa ungemein. »Keine Sorge, mein Kind. Niemand wird Verdacht schöpfen, und ich möchte sicher sein, daß Sie sich gern an diese Zeit zurückerinnern, wenn Sie nach Manchester gehen. Jedenfalls hat Ian schon überall herumerzählt, daß Sie eine entfernte Verwandte sind.«

»Also wissen Sie, Lady Louisa«, protestierte Felicia. »Bestehen Sie wirklich darauf? Außerdem möchte ich mich nicht in Unkosten stürzen und nicht noch mehr teure Kleider kaufen, die ich nicht mehr tragen kann, wenn ich von hier fortgehe.«

»Felicia, Sie führen sich auf wie ein antiquiertes Nerven-bündel«, hielt ihr Lady Louisa vor. »Ich habe mir erlaubt, ein paar Ballkleider für Sie zu bestellen, als Miß Sophy in Alverston war.« Sie hob die Hand, um Felicia davon abzuhalten, weitere Einwände geltend zu machen. »Ich weigere mich, mir noch weitere Proteste anzuhören. Das ist meiner Gesundheit nicht zuträglich.« Ihre Augen glitzerten vor Vergnügen; denn Felicia rutschte verlegen auf ihrem Stuhl hin und her. »Sehen Sie, mein Kind, ich hege die größte Bewunderung für Ihre Unabhängigkeitsbestrebungen, doch manchmal müssen Sie sich eben auch geschlagen geben — vor allem, wenn es darum geht, die Launen einer alten Dame zu befriedigen.«

Felicia mußte wider Willen kichern. »Madam, Sie lassen mir ja keine andere Wahl, als Ihr großzügiges Angebot anzunehmen.«

»Ich habe Ian auch gebeten, Ihnen ein Pferd auszusuchen. Ich weiß ja, wie Sie sich in Alverston an die täglichen Ausritte gewöhnt haben. Ian hat eine ganze Reihe von Pferden, die bewegt werden müssen.«

»Hoffentlich sieht Lord Umber das nicht als Belästigung an. Er soll nicht glauben, daß ich nicht in der Lage bin, selbst für meine Unterhaltung und Zerstreuung zu sorgen.« Felicias Worte fielen schärfer aus, als es ihre Absicht war. Als Lady Louisa sie daraufhin fragend ansah, fügte sie in versöhnlicherem Ton hinzu: »Ich möchte damit nur sagen: Lord Umber braucht sich nicht verpflichtet zu fühlen, mich zu begleiten. Er hat sicher Wichtigeres zu tun.«

»Das kann ich wohl am besten beurteilen, Miß Richards«, warf Lord Umber von der Tür her ein. Er machte eine tiefe Verbeugung. »Guten Abend, meine Damen.«

Felicia starrte ihn zornig an. Es gelang ihm immer wieder, sie in eine mehr als vertrackte Lage zu bringen.

»Guten Abend, Ian«, begrüßte Lady Louisa ihren Sohn. »Du hast vermutlich schon gegessen.«

»Sehr gut sogar. Und mehr als reichlich«, erklärte er bekümmert. »David hat einen ausgezeichneten Koch.«

»Komm einen Augenblick herein, mein Lieber«, bat ihn Lady Louisa. »Wir haben gerade von dir gesprochen.«

77

»Das habe ich gehört. Ich glaube, es ging um mich und Pferdefleisch.« Er wandte sich an Felicia. »Ich bin heute abend nur vorbeigekommen, um Sie zu bitten, mir das Vergnügen Ihrer Gesellschaft zu verschaffen, Miß Richards. Am besten gleich morgen. Ich habe in meinen Stallungen ein entzückendes kleines Stutfohlen entdeckt, das mal wieder richtig galoppieren sollte.«

In seinem Blick lag Spott. Felicia sah ihn mißtrauisch an. Sie fühlte sich unbehaglich – trotz des versöhnlichen Tons, in dem er gesprochen hatte. Doch der Gedanke, im Hyde Park zu reiten, erschien ihr so verlockend, daß sie ihre Befürchtungen in den Wind schlug. »Ich reite gern mit Ihnen aus, Mylord«, bekannte sie. »Vor allem da mir Lady Louisa versichert hat, daß es sehr wichtig für mich ist, in Ihrer Gesellschaft gesehen zu werden.«

Lord Umber lachte laut. Sein Blick ruhte lange auf ihr. Er sah sie lächelnd und ohne eine Spur von Spott an. »Also dann bis Punkt zehn Uhr.« Er versprach seiner Mutter, mit ihr und Felicia ins Theater zu gehen, wann immer sie wünschten. Dann verbeugte er sich tief und sagte ihnen gute Nacht.

»Was habe ich für ein Glück mit meinem Sohn«, seufzte Lady Louisa überglücklich. »Er ist immer rührend um mich besorgt.« Felicia wollte ihr nicht widersprechen. Deshalb brachte sie lieber ein unverfänglicheres Thema zur Sprache.

Von da an verlief der Abend völlig ereignislos. Sie gingen beide zeitig zu Bett. Deshalb fiel es Felicia auch nicht schwer, sich am nächsten Morgen zur festgesetzten Zeit bei den Stallungen einzufinden.

Der Ritt war eine reine Freude. Felicia fand es herrlich, jeden Morgen auszureiten. Bei dem schönen Wetter waren viele Spaziergänger unterwegs. Es kam Felicia vor, als versuchte jede Frau, alle anderen durch ihre Aufmachung zu übertrumpfen.

»Die reinste Pfauenparade«, flüsterte sie Lord Umber zu. Dann fiel ihr ein junger Dandy auf, der sich im Kreise drehend auf eine Gruppe junger Damen zuhoppelte. »Wer das auch sein mag, Mylord«, flüsterte sie ausgelassen, »ich schwöre Ihnen, daß ich so etwas noch nie gesehen habe!

Diese Schuhe! Lieber Himmel — einfach nicht zu fassen!«
Sie konnte nicht mehr an sich halten und ritt im Trab davon.

Lord Umber ritt sofort hinterher. Sobald er sie eingeholt
hatte, las er ihr scherzhaft die Leviten: »Also wissen Sie,
Miß Richards, mit Ihrer Selbstbeherrschung ist es wirklich
nicht weit her. Sir Ashbury hält sich für den großartigsten
aller Menschen. Er käme nie auf den Gedanken, daß er bei
anderen nicht diese Wertschätzung genießt. Daher wäre er
sehr unangenehm berührt, wenn er erführe, daß Sie nicht
vor Bewunderung vergehen.«

»So, das ist also Sir Ashbury«, lächelte Felicia. »Letzte
Woche fiel eine Bemerkung über ihn. Lady Philippa sagte,
er sei ebenso eingebildet wie reich. Jetzt weiß ich, wie sie
das gemeint hat.«

Sie ritten weiter durch die Rotten Row und ließen sich von
Zeit zu Zeit über irgendwelche anderen Leute aus. Beide
fühlten sich sehr wohl. Felicia stellte ganz verwundert fest,
welche Harmonie jetzt zwischen ihnen herrschte.

Jemand hüstelte diskret und störte damit ihr Gespräch. Lord
Umber erschrak, als er Lady Barbara erblickte, die auf eine Ge-
sprächspause wartete. Ihr Kutscher hatte am Rande der Fahr-
straße gehalten, doch auch so versperrten sie den Weg.

»Guten Morgen, Lord Umber und Miß Richards«, begrüßte sie die Reiter mit eisiger Miene. »Ein herrlicher Tag, um
an die Luft zu gehen.«

Sie machten eine Weile Konversation und tauschten Ar-
tigkeiten aus. Sie hielten sich dabei nicht lange auf, doch Felicia konnte sich des Eindrucks nicht erwehren, daß Lady
Barbara aufgebracht war, weil sie nicht dazugehörte.

»Es sieht aus, als sei Lady Barbara gekränkt«, sagte sie,
und ihre Stimme klang ganz milde. Doch das trog. In Alverston hatte sie wahrhaftig keinen Grund gehabt, Lady Barbara liebenswert zu finden, obwohl sie selbst sich alle er-
denkliche Mühe gegeben hatte, freundlich zu ihr zu sein.
Lady Barbara war ein launisches, verzogenes Geschöpf und
war nur zufrieden, wenn sich alles um sie drehte. Felicia
staunte nicht schlecht, als sie erfuhr, daß Lord Umber ausgerechnet dieser Frau den Hof machte. Sie fragte sich, ob er
ernste Absichten hatte.

»Sie haben ihr den Rang abgelaufen«, erwiderte Lord Umber dreist. »Das wird sie Ihnen nie verzeihen!«

»Ich glaube, Sie benutzen mich«, fuhr ihn Felicia wütend an. »Sie haben mich absichtlich gebeten, heute mit Ihnen auszureiten — wohl wissend, daß Lady Barbara das als Affront empfinden würde, wenn sie uns sieht. Sie... Sie sind wirklich gräßlich!«

»Doch es stört Sie nicht, daß Sie auch mich benutzen? Ich bitte Sie, Miß Richards, benehmen wir uns doch wie Freunde — wenn auch nur, um den Schein zu wahren. Es täte Ihrem Rang und Ihrer Stellung nicht sehr gut, wenn Sie sich vor aller Welt mit mir entzweiten.«

Daß dieser Vorwurf gerechtfertigt war, machte Felicia noch wütender. »Ich möchte nach Hause«, sagte sie ungnädig. Ein gezwungenes Lächeln lag um ihren Mund, doch ihre Augen blickten ernst. »Vielen Dank, daß Sie mich der Stadt vorgeführt haben. Wie schade, daß mich niemand erkannt hat.«

Schweigend trabten sie zurück. Sie erreichten bald Lady Louisas Haus. Bevor Felicia noch Zeit hatte, aus dem Sattel zu gleiten, war Lord Umber abgesprungen und ihr zu Hilfe geeilt. Ihr blieb keine Wahl, als seine Hilfe anzunehmen. Er umfaßte ihre Taille und hob sie ganz sanft aus dem Sattel. Auch dann ließ er sie nicht gleich los.

»Sind Sie mir wieder gut?«, fragte er schelmisch und sah ihr in die Augen. »Ich schwöre Ihnen, daß ich Sie nicht kränken wollte. Mir war nur daran gelegen, Lady Barbara eins auszuwischen, damit sie sich keine Schwachheiten einbildet und nicht zuviel von mir erwartet.« Ohne ihre Antwort abzuwarten griff er nach ihrer Hand und zog sie an die Lippen. »Ich freue mich schon darauf, Sie ins Theater zu begleiten.« Er küßte ihr die Hand. Bevor Felicia etwas sagen konnte, saß er schon wieder im Sattel und ritt davon. Ihr Pferd zog er hinter sich her.

Felicia konnte es kaum fassen, wie dieser Handkuß sie aufgewühlt hatte. Verwundert starrte sie auf ihre behandschuhte Hand. Kopfschüttelnd stieg sie die Stufen hinauf und ging ins Haus.

»Felicia, sind Sie das?« hörte sie Lady Louisa rufen.

80

»Kommen Sie, mein liebes Kind, ich muß Sie dringend sprechen.«

Felicia eilte in den blauen Salon, aus dem die Stimme kam. Auf dem Weg dorthin nahm sie vorsichtig ihren Reitzylinder ab. »Hier bin ich, Lady Louisa«, sagte sie und blieb wie angewurzelt stehen, als sie erkannte, in welchem Zustand der Erregung sich Lady Louisa befand. »Um Himmels willen, Madam, was ist denn geschehen?«

»Felicia, ich habe gerade Antwort von meiner Freundin in Manchester bekommen. Sie schreibt, daß es dort keine Mrs. Barton gibt und daß die Adresse, die man Ihnen nannte, gar nicht existiert.«

8.

Dr. Ross hatte gerade den letzten Patienten aus dem Wartezimmer verarztet, da traf der Bote von Lady Louisa ein. Sie schrieb nur ein paar Zeilen, in denen sie ihn bat, sie so rasch wie möglich aufzusuchen. Er entließ den Boten und bat ihn auszurichten, daß er am Spätnachmittag kommen werde. Felicias Behandlung sollte erst am nächsten Morgen wieder beginnen. Er nahm deshalb an, daß es sich um einen ganz normalen Besuch handelte und er nicht in seiner Eigenschaft als Arzt eingeladen wurde.

Erst als eine Stunde später eine zweite Nachricht, diesmal von Lord Umber, eintraf, begriff er, daß die Sache dringend war. Er schob sofort die Papiere beiseite, an denen er gearbeitet hatte. Dann hastete er auf die Straße hinaus und entdeckte zum Glück an der Ecke eine Droschke. Schon zehn Minuten später wurde er in das kleine Arbeitszimmer in Lady Louisas Haus geführt. Lord Umber erhob sich, um ihn zu begrüßen.

»Paul, ich danke dir, daß du sofort gekommen bist! Es geht um meine Mutter. Wahrscheinlich nichts Ernstes, aber sie hatte wieder so etwas wie einen Nervenzusammenbruch.« Lord Umbers Stimme klang überaus besorgt.

»Ich gehe sofort zu ihr, Ian. Aber mach dir bitte keine

Sorgen. Das kommt sicher nur von der Aufregung. Schließlich hat sie jetzt all ihre alten Freunde wiedergesehen. Ich habe mir fast schon gedacht, daß so etwas passieren könnte.«

»Nein, das würde Mama nicht so aus der Fassung bringen.« Lord Umber lächelte. »Ihre alten Freundinnen waren überglücklich, sie endlich einmal wiedergesehen zu haben. Da steht alles zum besten. Doch sie hat gerade einen Brief von ihrer Freundin aus Manchester erhalten. Der hat sie so aufgeregt.«

»Dann muß Miß Richards also bald fort?«

»Weit gefehlt, Paul. Es sieht vielmehr danach aus, als habe jemand der entzückenden Miß Richards einen üblen Streich gespielt. Ihre Mrs. Barton gibt es nämlich gar nicht.«

»Es gibt sie nicht?« rief Dr. Ross verdattert aus. »Bist du dir da ganz sicher?«

»Und ob! Ich habe den Brief immer und immer wieder gelesen. Ein Irrtum ist völlig ausgeschlossen. Hier bitte, lies doch selbst.«

Dr. Ross tat wie geheißen. Dann schwieg er. Nach einer Weile fragte er: »Wie hat es denn Miß Richards aufgenommen?« Seine Stimme klang aufrichtig besorgt.

»Meine Mutter sagt, sie habe mit stoischer Ruhe auf diese Nachricht reagiert, sei jetzt aber davon überzeugt, daß wir annehmen werden, sie habe das alles absichtlich inszeniert.«

»Das ist doch blanker Unsinn! Was für eine absurde Idee!«

»Genau das sage ich ja auch, Paul. Ich fürchte nur, ich habe ein sonderliches Talent, Miß Richards zu verärgern. Ihr macht es offensichtlich Spaß, alles was ich sage, falsch zu interpretieren. Aus was für Gründen mag der Himmel wissen.«

»Dann entschuldige mich jetzt bitte. Am besten suche ich jetzt beide Damen auf und versuche, sie zu beruhigen. Vielleicht kann ich Miß Richards klarmachen, daß wir nicht im Traum daran denken, sie zu verdächtigen. Natürlich läßt sich nicht verleugnen, daß das für sie ein schwerer Schlag ist. Irgend jemand wollte sie los sein. Wer kann ihr so etwas nur antun?«

Kopfschüttelnd ging er aus Lord Umbers Arbeitszimmer. Als er wiederkam, schüttelte er immer noch den Kopf.

»Ich begreife das nicht, Ian«, sagte er betrübt. »Das ist so ziemlich das Gemeinste, was man einem Menschen antun kann.«

»Der Meinung bin ich auch. Wie geht es ihr denn jetzt?«

»Sie ist schon ruhiger geworden. Sie ist erstaunlich gefaßt und sieht die Sache ganz prosaisch. Dadurch ist sie imstande, auch große Krisen und Schwierigkeiten zu verkraften. Glaube mir, sie steht das durch. Ich hoffe sogar, daß dies ein heilsamer Schock ist und sie sich jetzt an etwas Wichtiges erinnert, das uns weiterhilft. Ian, es ist wirklich faszinierend, wie sonderbar und trügerisch unser Verstand oft arbeitet.«

»Das glaube ich dir, Paul«, unterbrach ihn Ian. Er verspürte keine Lust, sich jetzt einen Vortrag über den therapeutischen Nutzen des Tiermagnetismus anzuhören.

Dr. Ross lächelte — als habe er erraten, was in seinem Freund vorging. »Ach, ich habe ihr übrigens klargemacht, daß die Stellung als Gesellschafterin Lady Louisas eine Dauerstellung ist, die sie beibehalten kann, solange sie das wünscht.«

»Aber selbstverständlich. Wie könnte es auch anders sein. Hat sie angenommen?« Die Angst, die in dieser Frage lag, entging Dr. Ross nicht. Der Arzt nickte zustimmend. »Das wird zumindest meine Mutter glücklich machen«, fuhr er fort.

»Eine bessere Nachricht hätte ich Lady Louisa gar nicht überbringen können. Sie war sofort wie umgewandelt und ist richtig aufgelebt. Der Gedanke, Miß Richards könne in einer fremden Stadt ohne Geld und ohne Freunde stranden, hat ihr sehr zu schaffen gemacht. Wenn die beiden erst einmal eine ruhige Nacht verbracht haben, sind sie wieder ganz die alten und so frisch wie Frühlingsregen.«

»Sie... Miß Richards... hat sie gesagt, wie lange sie bei meiner Mutter bleiben will?«

»Zumindest bis wir etwas über ihre Familie herausgefunden haben. Sie ist sich natürlich darüber im klaren, daß sie nicht weiter durchs Leben gehen kann, ohne zu wissen wer sie ist.«

»Das steht außer Frage«, stimmte ihm Lord Umber zu. »Es darf einfach nicht sein. Hat sie schon gesagt, was sie zu tun gedenkt, falls ihr Gedächtnis sie für immer im Stich läßt?«

»Du meinst, wenn ich versage? Dieses Wort, mein lieber Freund, existiert in ihrem Wortschatz nicht. Ich fange langsam an, ihren Optimismus mit ihr zu teilen. Wie du weißt, bin ich fest davon überzeugt, daß sie aus einer vornehmen Familie stammt.« Er endete abrupt!

Lord Umber hätte gern gewußt, was in seinem Freund vorging.

»Ich habe Lady Louisa gebeten, über ihre Freunde Nachforschungen über eine Familie Richards anzustellen. Vielleicht könntest du das auch tun — natürlich ganz diskret.«

»Glaubst du, daß wir etwas herausfinden, was dir weiterhilft?«

»Es ist zumindest einen Versuch wert. Wenn ich Miß Richards in Trance versetze, brauche ich Fakten, mit denen ich arbeiten kann. Bisher konnte ich ihr Unterbewußtsein noch nicht hinreichend aufrütteln, so daß mehr als bloße Fragmente aus ihrer glücklichen Kindheit zutage gefördert werden. Ich weiß zwar, daß ich ganz dicht vor dem Durchbruch stehe, doch um Erfolg zu haben, brauche ich Namen und Orte, die ihr vertraut sind.«

»Ich werde daran denken, Paul«, versprach Lord Umber. Er zog seine Taschenuhr heraus und ließ den Deckel aufspringen. »Eigentlich kann ich sofort einen Anfang damit machen. Ich habe Lady Barbara versprochen, zum Tee bei ihr hereinzuschauen. Dort schart sich wie immer ein Heer von Bewunderern um sie. Die kann ich dann gleich aushorchen.«

»Sehr gut«, sagte Dr. Ross ganz in Gedanken. »Ich höre dann wieder von dir. Ich bin schon gespannt, was sich dabei herausstellt.«

Doch es war Lady Louisa, die am Nachmittag des folgenden Tages den ersten Hinweis auf Felicias wahre Herkunft erhielt. Sie waren zur ausgemachten Zeit in dem imposanten Haus von Lady Jersey am Belgrave Square eingetroffen. Lady Louisa war gleich von vielen ihrer alten Freunde umringt. Es gelang Felicia, sich aus dem Kreis zu entfernen, ohne daß jemand sie vermißte. Sie unterhielt sich lieber mit einem scheuen, unauffälligen jungen Mädchen, das hier ganz fehl am Platz wirkte. Ihre Anstandsdame war eine von den Frauen, die sich um Lady Louisa drängten.

Eine Weile nachdem sie gekommen waren, erspähte Lady Louisa einen freien Stuhl. Sie zog eine ihrer ältesten Freundinnen, die ehrenwerte Mrs. Melanie Courtney, aus der dichten Traube von Gästen und bat sie, Platz zu nehmen. Das geschah nicht ohne Grund. Melanie war sozusagen ein wandelndes Lexikon. Sie wußte ganz genau, wer wie mit wem verwandt war. Die Damen unterhielten sich eine Weile über unverfängliche Dinge, dann brachte Lady Louisa geschickt Felicias Namen aufs Tapet und berichtete in kurzen Zügen, welches Unglück sie befallen hatte und daß sie sich seitdem an nichts erinnern konnte.

»Wie schrecklich für das arme Kind«, murmelte Melanie mitleidig und nahm Felicia durch ihr Lorgnon in Augenschein. »Wie schön sie ist! Es ist wirklich eine Schande. Hast du nicht gesagt, sie ist deine Nichte, Louisa?«

»Nein, Melanie.« Lady Louisa stritt das hastig ab. Wenn diese Übertreibung erst einmal die Runde machte, käme sie damit nicht durch. »Sie ist die Enkelin von Großtante Agatha«, improvisierte sie rasch. »Eine ganz entfernte Verwandte. Aber als ich jemanden suchte, der mich auf dieser Reise begleitet, schlug mir die Großtante Felicia vor, weil sie glaubte, dieser Wechsel würde ihr guttun.«

»Und sie ist glänzend erzogen. Ihre Manieren können sich sehen lassen. Sie ist wirklich ganz reizend«, fuhr Melanie beifällig fort. »Ich kann mir gut vorstellen, daß sie in dieser Saison alle möglichen Herzen brechen wird. Wenn sie allerdings mit Agatha verwandt ist, kann sie wohl kaum mit einem großen Vermögen rechnen.«

Lady Louisa schüttelte den Kopf, als sie daran dachte, welche Verwicklungen sie mit dieser einen Lüge heraufbeschwören würde.

Melanie hatte zwei Söhne im heiratsfähigen Alter. Sie hatte daher nichts dagegen einzuwenden, daß noch ein schönes Mädchen auf der Bildfläche erschienen war. Sie bedau-

85

erte natürlich, daß Felicia keine große Mitgift zu erwarten hatte. Sie seufzte. Was für ein Jammer, daß Schönheit und Reichtum so selten bei ein und demselben Menschen zu finden waren.

»Melanie, hast du nicht gesagt, du hast Felicias Mutter gekannt?« fragte Lady Louisa beiläufig. Sie befürchtete, ihre Freundin könne eventuell abschweifen. »Ich habe sie leider nie kennengelernt. Sie muß in London gewesen sein, als Ian zur Welt kam und ich im Wochenbett lag.«

»Hast du nicht gesagt, daß sie mit Nachnamen Richards heißt?« vergewisserte sich Melanie. Sie runzelte die Stirn und dachte angestrengt nach, was bei ihr nicht häufig vorkam. »Ich glaube, ich bin Arabella ein- oder zweimal begegnet. Aber das liegt schon Jahre zurück. Wenn ich mich recht erinnere, galt es als sehr ungehörig, sich mit ihr abzugeben – auch nur mit ihr zu sprechen. Sie war mit einem Spieler durchgebrannt. Nur ein Gerücht, natürlich... dem ich nie viel Beachtung beigemessen habe... ich meine, daß er ein Spieler war. Die beiden sind dann plötzlich von der Bildfläche verschwunden. Er soll einem der Yorks ein kleines Vermögen abgewonnen haben. Aber du weißt ja, wie es damals zuging. Damen wurden in wirklich interessante Gespräche nie miteinbezogen. Doch das hat uns nicht davon abgehalten, Vermutungen anzustellen.« Sie lächelte versonnen als sie sich zurückerinnerte.

»Natürlich nicht«, pflichtete ihr Lady Louisa bei. Sie trank rasch einen Schluck von dem nur noch lauwarmen Tee. Sie war überwältigt. Endlich hatte sie etwas über Felicias Mutter in Erfahrung gebracht. »Was ist eigentlich aus Mr. Richards geworden? Die Großtante hat es immer abgelehnt, über ihn zu sprechen.«

Melanie konnte ein Gähnen kaum unterdrücken. Dieses Thema begann sie zu langweilen. »Weiß der Himmel«, meinte sie gleichgültig. »Sie sind wie gesagt beide verschwunden. Ich habe allerdings noch irgendwann gehört, daß er schwindsüchtig gewesen sein soll. Vielleicht ist er gestorben.« Sie sah sich im Salon um und entdeckte eine andere Bekannte. »Ach! Wie ich sehe, ist Lady Gordon angekommen. Was für einen fürchterlichen Hut sie aufhat! Man sollte wirklich meinen, daß sie soviel Verstand besitzt, sich nicht so mit Federn zu schmücken.«

Lady Louisa betrachtete die so geschmähte Dame. »Ich weiß nicht, liebe Melanie. Ich finde eigentlich, daß ihr das sehr gut steht. Außerdem sind Federn jetzt die große Mode, wenn sie einen auch ständig zum Niesen reizen.« Sie hatte gesprochen, ohne nachzudenken, weil sie so enttäuscht war, daß sie das ihr so wichtige Gespräch nicht weiterführen konnte. Melanie schnaubte verächtlich und rauschte mit ihren raschelnden Taftunterkleidern davon. Sie erinnerte an eine Galeone mit geblähten Segeln. Da fiel Lady Louisa siedend heiß ein, daß man keinesfalls anderer Meinung sein durfte, als die ehrenwerte Mrs. Courtney.

Sie lehnte sich besorgt zurück und dachte an Felicias Eltern. Ihr erster Impuls war, die Wahrheit vor Felicia geheimzuhalten, dieses junge Mädchen zu beschützen. Doch sie wußte, daß das ganz unmöglich war. »Armes Kind«, murmelte sie vor sich hin. »Ich hoffe, daß sie das verkraftet.«

»Louisa!« rief Lady Jersey dröhnend durch den Saal. »Du siehst einfach hinreißend aus! Richtig strahlend! Wer ist denn schuld daran, daß du dich solange nicht hast sehen lassen? Ich schwöre dir, wir leben richtig auf, seit du wieder hier bist.«

Lady Louisa lächelte angesichts solcher Komplimente zuckersüß und hing nicht weiter ihren Gedanken nach. »Meine liebe Sally, wie gut es tut, dich nach so langer Zeit wiederzusehen. Doch bei deinem Aussehen und deiner Vitalität brauchst du wirklich nichts was dich belebt. Bei deinem Anblick fühlt man sich daran erinnert, daß Glück und Gesundheit unauflöslich zusammengehören. Ich schäme mich jetzt richtig, daß ich so lange weggeblieben bin.«

»Ganz im Ernst, meine liebe Louisa, es ist wunderbar, daß wir dich wieder in unserer Mitte haben. Ich kann dir gar nicht sagen, wie wir dich mit deiner guten Laune vermißt haben. Seit du uns nicht mehr in unsere Schranken verwiesen und besänftigend auf uns eingewirkt hast, sind wir fast zu einer Horde von Wilden geworden.«

»Da bin ich ja froh, daß ich noch rechtzeitig zurückgekehrt bin, Sally«, erwiderte Lady Louisa lachend. »Es wäre mir gräßlich, wenn ich in die Lage eines Missionars käme.«

»Wer ist übrigens die junge Dame, die du so bemutterst?« erkundigte sich Lady Jersey ganz abrupt. »Kenne ich die Richards? Ein reizendes Mädchen.« Sie starrte Felicia mit unverhüllter Neugier an. Sie schien ihr wirklich zu gefallen. »Da kann man dir wirklich nur gratulieren. Du möchtest sicher Eintrittskarten für Almack's.«

Lady Louisa nickte. Ein Glück, daß Felicia gerade nicht in Hörweite war. Denn sie hatte gerade erst am Morgen sehr darauf gedrungen, daß sie auf keinen Fall teure Eintrittskarten oder ähnlich unsinnige Dinge wollte, die mehr kosteten als sie je würde zurückzahlen können.

»Ich stände damit hoch in deiner Schuld, Sally. Ich weiß ja, daß Felicias Aufenthalt in London ohne einen Besuch bei Almack's nicht vollkommen wäre. Da würde einfach etwas fehlen. Und mir ist zu Ohren gekommen, daß eine gewisse junge Dame unbedingt ein wenig Konkurrenz braucht.«

»Du hast dich überhaupt nicht geändert, Louisa.« Lady Jersey lachte. »Du wickelst uns noch immer alle um den Finger und bringst uns irgendwie dazu, genau das zu tun, was dir vorschwebt. Nun, diesmal wird es mir ein Vergnügen sein. Wie du ganz richtig bemerkst, kann noch ein schönes Mädchen auf dem Tanzparkett nichts schaden. Lady Barbara braucht unbedingt einen Dämpfer. Sie trumpft viel zu sehr auf, und dadurch, daß dein Sohn ihr so den Hof macht, sind ihre Erwartungen ins Unermeßliche gestiegen...« Ihre Stimme klang ganz harmlos, als sie Lady Louisa neckte: »Wie war das doch gleich mit ihrem Stammbaum?«

»Sally, den habe ich mit keinem Wort erwähnt. Du hast mir ja noch keine Gelegenheit dazu gegeben. Großtante Agatha. Sie ist eine entfernte Verwandte, aber aus sehr gutem Stall.« Sie sandte noch einmal ein Stoßgebet zum Himmel, er möge ihr diese Lüge verzeihen. Sie hoffte inständig, daß ihre Stellung in der Gesellschaft hinreichend gefestigt sein würde, bis die Wahrheit an den Tag kam.

»Ich schicke sie dir also zu, Louisa«, versprach Lady Jersey und verabschiedete sich lächelnd. Sie mochte Lady Louisa sehr.

Felicia blickte zu der imposanten Gestalt auf, die sich zu ihnen gesellt hatte und knickste tief als Lady Jersey sich vorstellte. Nachdem sie ein Weilchen Konversation gemacht hatten, nickte Lady Louisa Felicia zu. Felicia verstand den Wink und entschuldigte sich dankbar.

»Amüsieren Sie sich gut, mein Kind?« fragte Lady Louisa jetzt milde. »Sally Jerseys Soireen sind immer interessant, finden Sie nicht auch?«

»Diese heute abend ganz bestimmt, Madam — aber darüber hinaus kann ich das nicht beurteilen, weil ich noch nie auf einer Soiree war.«

»Wer war denn dieses Mädchen, mit dem Sie gesprochen haben? Sie scheint ein verschüchtertes kleines Ding zu sein. Es war sehr lieb von Ihnen, sich solange mit ihr zu unterhalten. Das ist auch Lady Jersey aufgefallen, und sie hat sich sehr lobend darüber geäußert.«

»Das war Miß Williams. Ihre böse Stiefmutter hat sie nach London geschickt, damit sie hier einen Ehemann findet...« Felicia rollte in gespieltem Entsetzen die Augen. »Und sie hat eine Todesangst vor dem, was sie erwartet, falls sie ohne einen Ehering am Finger nach Hause zurückkehrt.«

»Sie albernes Gänschen.« Lady Louisa lachte schallend. »So wie sie aussieht, hege ich die schlimmsten Befürchtungen — wenn sie noch dazu vielleicht kein Vermögen hat.«

»Das ist einfach unfair, Madam«, wandte Felicia ein. »Sie hat eine ansehnliche Mitgift. Wenn sie sich eine andere Frisur zulegte und Kleider trüge, die besser säßen, sähe sie ganz passabel aus, das können Sie mir glauben. Ich habe ihr übrigens geraten, sich an Miß Sophy zu wenden.«

»Das ist sehr nett von Ihnen, meine Liebe«, murmelte Lady Louisa geistesabwesend. Sie überlegte bereits, wie sie die Nachricht an Dr. Ross formulieren sollte und konnte es kaum erwarten, nach Hause zu kommen. »Doch, ich glaube es ist nicht nötig, daß Sie sich weiterhin für ihr Wohlergehen einsetzen. Das würde sogar einen sehr schlechten Eindruck machen; denn es würde bald heißen, daß Sie sozusagen heimatlose Einzelgängerinnen protegierten.«

Felicia kicherte. »Genau das würden die Leute Ihnen vorhalten, wenn sie die Wahrheit über mich wüßten. Miß Williams kann zumindest einen Stammbaum vorweisen.«

»Ganz recht«, gab Lady Louisa ungerührt zu. »Doch bei mir werden es die Leute meiner Exzentrität zuschreiben.« Sie erhob sich. Für sie war das Thema abgeschlossen. »Kommen Sie. Ich bin todmüde. Ian hat versprochen, früh mit uns zu Abend zu essen. Ich möchte vorher noch ein bißchen ruhen. Verabschieden Sie sich artig von Lady Jersey; denn sie war überaus großzügig.«

Felicia sah Lady Louisa fragend an. »Großzügig? Inwiefern?«

»Später mehr davon«, wehrte Lady Louisa hastig ab. »Gehen wir lieber, bevor mich wieder jemand in ein Gespräch verwickelt, um den neuesten Klatsch loszuwerden.«

Sie verabschiedeten sich also und bestiegen ihre Kutsche. Felicia sah trübsinnig aus dem Fenster. Der vergnügliche Nachmittag verblaßte immer mehr. Der Gedanke, daß Lord Umber mit ihnen zu Abend essen würde, behagte ihr nicht sonderlich. Eine solche Mahlzeit im kleinen Kreis war das letzte, was sie sich im Augenblick wünschte. Sie befürchtete, daß die feindseligen Gefühle, die sie füreinander hegten, Lady Louisa nicht verborgen bleiben würden. Vielleicht konnte sie Kopfschmerzen vorschützen. Andererseits hätte sie auch liebend gern gewußt, wie er nun zu Lady Barbara stand. Sie seufzte bedrückt. Sie hätte viel darum gegeben, wenn sie sich in seiner Gegenwart nicht so befangen fühlen würde. Seine Arroganz ließ sie immer wieder auffahren – obwohl David ihr versichert hatte, sie sei nur der äußere Anstrich und sie solle sie doch einfach ignorieren. Sie dachte an die Freunde Lord Umbers und sagte sich, daß David sicherlich der rücksichtsvollste war. Dr. Ross sah sie in einem völlig anderen Licht, wenn er auch mit der Familie am engsten befreundet war. Ihre Beziehung zu ihm war rein beruflicher Natur, da sie persönliche Gefühle ausklammerte.

Die Sitzungen bei ihm genoß sie regelrecht. Das einzige, was ihr Verhalten trübte, war die Tatsache, daß sie sich an nichts erinnern konnte, was ihm weiterhalf. Durch die vielen Gespräche mit ihm hatte sie erkannt, daß er große Stükke auf seinen Mentor Anton Mesmer hielt. Es war für ihn daher von größter Wichtigkeit, ihren Fall zu heilen. Denn Mesmer stieß in Paris und Wien auf große Schwierigkeiten. Er konnte die Leute nicht dazu bringen, an seine Heilmethoden zu glauben. Er stand in dem Ruf, sonderbare Methoden anzuwenden. Dafür interessierten sich ausschließlich Okkultisten. Dr. Ross war jedoch fest davon überzeugt, daß Ärzte und Chemiker ihm viel bereitwilliger zuhören und glauben würden, wenn er seine Theorien belegen konnte. Es mußte sich eben zeigen, daß auch ernsthafte Mediziner in der Lage waren, mit Mesmers Methoden Heilerfolge zu erzielen. Dr. Ross ging es darum, die Menschheit von der heilenden Wirkung magnetischer Kräfte eines Menschen auf Kranke zu überzeugen.

Als der Kutscher den Wagenschlag öffnete, wurde sie jäh aus ihren Träumen gerissen. Sie schüttelte ihre Depressionen ab. Der Butler überreichte Lady Louisa auf einem silbernen Tablett eine Nachricht von Lord Umber. Er teilte seiner Mutter nur mit, daß David auch zum Essen kommen würde.

Das ist wieder einmal typisch für ihn, dachte Felicia gereizt. Er brachte einfach noch jemanden mit, ohne auch nur eine Sekunde daran zu denken, was das für zusätzliche Arbeit mit sich brachte. Jetzt konnte sie sich natürlich nicht unter dem Vorwand zurückziehen, sie habe Kopfschmerzen. Schließlich konnte sie es Lady Louisa nicht allein überlassen, die beiden Männer zu unterhalten.

Lady Louisa war sehr daran gelegen, ihren Sohn allein zu sehen und ihm zu berichten, was sie herausgefunden hatte. Zum Erstaunen ihrer Zofe Lucy machte sie ganz eilig Toilette und erwartete ihren Sohn schon unten, als seine Ankunft gemeldet wurde.

»Was für ein Segen, daß du einmal überpünktlich bist, mein Junge«, begrüßte sie ihn lachend. »Ich muß dich nämlich unbedingt erst einmal allein sprechen.«

Lord Umber neigte sich über die Hand seiner Mutter. Er freute sich, daß sie so gut gelaunt war. »Nun, was gibt es denn so Wichtiges?« scherzte er. »Willst du mir ein längst vergessenes finsteres Geheimnis enthüllen? Oder soll ich den Klatsch aus Lady Jerseys Haus und Mund entkräften oder auch bestätigen?«

»Was bist du für ein Schafskopf, Ian. Es ist nichts derglei-
chen.« Sie schwieg — legte eine lange dramatische Pause
ein. »Ich weiß jetzt, wer Felicias Eltern sind.«

Lord Umber riß überrascht den Kopf hoch. »Donnerwet-
ter!« rief er aus. »Das ist wirklich eine gute Nachricht!«

Doch Lady Louisa schüttelte zweifelnd den Kopf. »Da bin
ich mir gar nicht so sicher. Ich weiß nicht, ob sie noch leben
oder tot sind.« Sie erzählte ihm, was sie am Nachmittag in
Erfahrung gebracht hatte.

»Dann hat Paul wahrscheinlich recht, Mama. Felicias Eltern sind allererste Garnitur.« Er unterbrach sich, als er hörte, wie sich Schritte näherten und sah erwartungsvoll zur
Tür. Als Felicia dann in der Tür stand, war er von ihrer
Schönheit wie geblendet. Zögernd ging er auf sie zu, um sie
zu begrüßen.

»Miß Richards, ich brauche Sie gar nicht erst zu fragen, ob
es Ihnen gutgeht; denn das ist nicht zu übersehen«, begrüßte er sie und verneigte sich tief. Seine Augen streiften ihre
Brüste, und er wandte rasch den Blick ab. Die sanfte Wöl-
bung ihrer Brüste, die in dem tiefausgeschnittenen Kleid
sehr gut zur Geltung kamen, zog ihn unwiderstehlich an.

Sein prüfender Blick entging Felicia nicht. »Guten Abend,
Lord Umber«, entgegnete sie atemlos. Sein Blick brannte auf
ihrer Haut. Sie ärgerte sich, weil ihr seine beifälligen Blicke
gefielen. Rasch wandte sie sich ab und sah Lady Louisa mit
einem entschuldigenden Lächeln an. »Es tut mir leid, daß
ich Sie habe warten lassen«, murmelte sie, »aber Lucy hat
heute so lange für meine Frisur gebraucht, wie ich es nie für
möglich gehalten hätte.«

»Das Ergebnis ist aber auch schlechthin vollkommen«,
sagte Lord Umber mit heiserer Stimme. »Da verzeihen wir
ihr gern, nicht wahr, Mama?«

Felicia staunte, wie angenehm und vergnüglich das ge-
fürchtete Abendessen verlief. Lord Umber sah in seinem
prächtig sitzenden pflaumenblauen Dinnerjackett und der
champagnerfarbenen Hose einfach blendend aus, und er
entzückte sie mit seinem Charme. Die Anspannung, die
noch von ihrer letzten Begegnung her auf Felicia lastete, fiel
in dieser Atmosphäre sehr schnell von ihr ab. Als David er-

schien, verlief alles so harmonisch wie man es sich nur wünschen konnte.

Lady Louisa war die Nachsicht und Zufriedenheit selbst. Es freute sie, daß sich ihr Sohn und David offenbar wohl fühlten. Felicia glühte förmlich von all der Aufmerksamkeit, die man ihr zollte und wußte sich in dieser Gesellschaft sehr wohl zu behaupten. Lady Louisa seufzte beglückt und schob die einzige Wolke beiseite, die ihr den Horizont verdüsterte. Für sie stand schon fest, daß sich Felicia mit ihrem Stammbaum in ihrer Familie sehen lassen konnte — auch wenn ihr Vater ein Spieler war.

9.

Dr. Ross hatte all seine Termine abgesagt, um sich ganz Felicia widmen zu können. Er hatte das deutliche Gefühl, daß ihre nächste Sitzung lange dauern und vieles zutage fördern würde. Felicia erschien zur vereinbarten Zeit. Schon nach ein paar Minuten hatte er sie tief in Trance versetzt.

»Miß Richards, verraten Sie mir bitte«, bat er sie, »ob Ihnen der Name Arabella irgend etwas sagt.«

»So heißt meine Mutter«, erwiderte Felicia prompt.

»Dann lebt sie also noch?«

»Natürlich«, antwortete Felicia.

»Und wo ist sie jetzt?«

»Zu Hause bei meinem Vater.«

»Und wo ist Ihr Zuhause?«

»In Hereford. Wir wohnen in einem kleinen Häuschen. Um diese Jahreszeit ist es dort so hübsch. Im Sommer ranken sich viele Rosen um die Haustür...« Felicia schwieg einen Augenblick, weil Kindheitserinnerungen sie überfluteten. Selbst ihre Stimme klang ganz kindlich.

Dr. Ross saß kerzengerade da. Er konnte vor Erregung kaum mehr an sich halten.

»Aber Papa muß wieder fort«, erklärte Felicia. »Er... er sagt, wir brauchen Geld. Ich wünschte, er bliebe zu Hause; denn Mama ist immer ganz elend zumute, wenn er fortgeht.«

»Aber was tut er denn, wenn er Sie und Ihre Mutter zurückläßt?«

Felicia starrte Dr. Ross an, ohne ihn zu sehen. »Das weiß ich nicht. Ich kann mich nicht daran erinnern.«

»Er spielt Karten, nicht wahr? Er spielt um Geld, um Ihnen und Ihrer Mutter Essen kaufen zu können.«

»Ich weiß es wirklich nicht«, rief Felicia verzweifelt. »Das liegt doch schon so lange zurück!«

»Natürlich können Sie sich erinnern, mein Kind. Sie wollen nur nicht.«

»Nein, das stimmt nicht! Bitte sagen Sie, daß das nicht wahr ist!« Die Tränen strömten ihr übers Gesicht, und sie warf vor Kummer den Kopf von einer Seite auf die andere.

»Ihr Vater ist nie zurückgekehrt, nicht wahr?« fragte Dr. Ross ganz sanft, doch Felicia rutschte verzweifelt auf dem gestreiften Regency-Stuhl hin und her und schüttelte unablässig den Kopf. Es war, als versuche sie, einen unaussprechlichen Gedanken abzuschütteln. »Aber er muß wiederkommen, er muß! Wenn er nicht wiederkommt...« Sie konnte vor Schluchzen nicht weitersprechen.

»Ist ja schon gut, meine Liebe«, tröstete Dr. Ross sie. »Jetzt ist es ja vorüber, nicht wahr?«

Felicia nickte. Dr. Ross konnte ihre Verzweiflung auch mit seiner ruhigen Art nicht eindämmen. »Der Mann hat gesagt, er sei bei einem Duell getötet worden. Ich sehe ihn ganz deutlich.« Es schauderte sie, als die Erinnerung an diesen Schicksalsschlag sie überflutete. Sie weinte bitterlich.

Da griff Dr. Ross nach ihrer Hand und streichelte sie. »Ich weiß ja, das muß schrecklich für Sie sein, Miß Richards; doch wenn wir Ihrem Traum wirklich auf den Grund gehen wollen, müssen wir noch ein wenig tiefer graben. Wie hieß denn der Mann, der Ihnen die Nachricht vom Tode Ihres Vaters überbracht hat?«

»Das weiß ich nicht.« Felicias Stimme klang jetzt nicht mehr kindlich. »Er sagte, er sei nur ein Bekannter von Papa gewesen. Ich habe ihn nie zuvor gesehen.«

»Wie ist Ihr Vater ums Leben gekommen?«

»Der Mann sagte, Papa sei von einem anderen Kartenspieler, den Papa des Betrugs bezichtigt hatte, erschossen worden.« Felicia unterbrach sich wieder. »Warum... warum mußte Papa das passieren? Wir waren doch so glücklich.«

Ein Strom von Tränen ergoß sich über ihre Wangen. Da nahm Dr. Ross sie in die Arme und wiegte sie wie ein Baby. »Beruhigen Sie sich doch, Miß Richards. Ich glaube, das genügt jetzt erst einmal. Wir machen ein andermal weiter.« Er hielt sie weiter in den Armen, bis sie sich wieder gefaßt hatte. Er strich ihr sanft das Haar unter die Haube zurück, bevor er sie wieder losließ.

Felicia schniefte laut und nahm dankbar das große Taschentuch entgegen, das Dr. Ross ihr reichte. Sie putzte sich gründlich die Nase, dann sah sie den Arzt fragend an. Sie war aus ihrer Trance erwacht. Er erhob sich und ging im Behandlungszimmer auf und ab. Wie sollte er ihr am besten beibringen, was sich bei dem Gespräch in Trance ergeben hatte? Er konnte das Triumphgefühl kaum unterdrücken, das ihn angesichts des langersehnten Durchbruchs überkam. Nach den vielen fruchtlosen Sitzungen hatte er schon angefangen, an der Wirkung des Experiments zu zweifeln. Nun hatte er endlich die Mauer des Schmerzes durchbrochen, die Felicia um sich herum errichtet hatte.

»Was haben Sie denn heute in Erfahrung gebracht, Herr Dr. Ross?« erkundigte sich Felicia zögernd. So nachdenklich hatte sie ihn noch nie erlebt. »Wie habe ich denn diesmal reagiert?«

Er zögerte noch immer. Das machte Felicia Angst. »Es ist also nichts Gutes dabei herausgekommen?« fragte sie mit tonloser Stimme.

»Meine Liebe«, begann Dr. Ross, blieb neben ihr stehen und legte ihr die Hand auf die Schulter. »Es hat sich etwas bestätigt, was wir schon vermutet hatten. Ihr Vater ist tot.«

»Und was ist mit meiner Mutter?«

»So weit sind wir nicht gekommen. Ich halte es für am besten, wenn Sie sich erst einmal ausruhen. Das woran Sie sich erinnert haben, hat Sie sehr aufgeregt.«

Er berichtete ihr kurz, was sie in Trance ausgesagt hatte. Als er endete, sprang Felicia erregt auf. »Arme Mama! Vielleicht können wir morgen weitermachen, Dr. Ross. Jetzt werde ich mir unaufhörlich Sorgen um sie machen, bis ich weiß, daß es ihr gutgeht. Wahrscheinlich braucht sie mich. Ach, wenn ich doch nur wüßte, warum ich nach Manchester unterwegs war!«

Dr. Ross sah sie erstaunt an. Diese Selbstlosigkeit! Selbst in ihrem Zustand dachte sie vor allem daran, daß ihre Mutter — falls sie noch am Leben war — möglicherweise litt, anstatt sich mit ihren eigenen Problemen zu beschäftigen. »Ich weiß, wie Sie sich fühlen, Miß Richards; aber ich halte es für ratsam, Ihnen ein paar Tage Ruhe zu gönnen, bis Sie all das Neue einigermaßen verkraftet haben. Kommen Sie doch übermorgen wieder.«

»Wenn Sie meinen, Herr Doktor«, sagte Felicia zweifelnd, »aber wenn ich mich auch nur an das Geringste erinnere, stehe ich sofort vor Ihrer Tür.«

Dr. Ross lachte. »Wenn das so ist, hoffe ich, daß Sie morgen schon bei mir erscheinen. So, das wär's für heute. Grüßen Sie Lady Louisa von mir. Sie möge mir verzeihen, daß ich morgen nicht mit ins Theater gehen kann.«

Felicia nahm ihren Mantel auf und ließ sich von Dr. Ross hineinhelfen. »Ich danke Ihnen, Herr Doktor«, sagte sie leise. »Vielen vielen Dank für alles.« Mein Vater war also ein Spieler, dachte sie, als sie eine Droschke herbeiwinkte. Jetzt wunderte sie sich nicht mehr über ihre Reaktion als Cuthbert ihr enthüllte, daß Lord Umber seine Orchideen wegen einer Wette züchtete. Sie überlegte, ob sie das Lord Umber erklären sollte oder nicht, entschied sich aber dagegen. Der Zwischenfall war sowieso schon viel zu sehr aufgebauscht worden.

Der Theaterbesuch war der erste öffentliche Auftritt Lady Louisas. Sie bestand darauf, daß Felicia ihr schönstes Kleid trug — aus saphirblauer Seide, am Saum und an den Ärmeln mit einem blaßblauen Band verziert. Der tiefe muschelartig verzierte Ausschnitt enthüllte mehr von Felicias Busen, als ihr angebracht erschien. Doch Lady Louisa versicherte ihr, es sei der letzte Schrei, so offenherzig zu sein.

»Also wirklich, Felicia, meine Liebe, wenn der Ausschnitt nicht so tief wäre, würden Sie wie eine Landpomeranze aussehen. Was ist denn so schlimm daran, wenn Sie ein wenig von Ihren Reizen zeigen?«

Felicia dachte an den Abend, an dem Lord Umber zum Essen dagewesen war. Sie erinnerte sich gut daran, wie er diese »Reize« mit Blicken verschlungen hatte.

»Aber ich komme mir richtig nackt vor«, jammerte sie, »und fühle mich nicht wohl dabei. Werden mich nicht alle anstarren?«

»Ja, weil Sie so schön sind, meine Liebe«, versicherte ihr Lady Louisa. »Ach, das ist sicher Ian.« Sie wandte sich an ihre Zofe. »Frisieren Sie Miß Richards weiter, Lucy. Ich gehe jetzt hinunter; denn ich habe mit meinem Sohn etwas zu besprechen.«

Sie eilte aus dem Zimmer, während Lucy Felicia noch frisierte. Sie lächelte in sich hinein, als sie an den zweifelnden Gesichtsausdruck Felicias dachte. Ihre Bescheidenheit war ganz entzückend.

»Was Madam sagt, stimmt ganz genau«, versicherte Lucy Felicia. »Sie haben einen so natürlichen Charme, und eine solche Grazie, daß die meisten Frauen Sie glühend beneiden würden.«

Felicia wandte den Blick vom Spiegel ab und sah Lucy ins Gesicht. »Danke, Lucy – aber ich fürchte, Sie gehen mit Ihren Komplimenten zu verschwenderisch um.«

Lucy zuckte die Achseln. Sie war nicht dieser Ansicht, enthielt sich aber jedes weiteren Kommentars. Es war eine reine Freude, für so einen reizenden Menschen zu arbeiten. Felicia war immer so rücksichtsvoll.

Lady Louisa ging rasch in den Salon. Sie hatte befürchtet, Ian könne vielleicht etwas dagegen haben, daß er wieder auf einen vergnüglichen Abend verzichten mußte, um sie ins Theater zu begleiten; doch er war offensichtlich glänzender Laune.

»Guten Abend, Ian«, begrüßte ihn Lady Louisa freundlich. »Ich bin schon vor Felicia heruntergeeilt, um mich zu vergewissern, daß du nichts dagegen hast, schon wieder einen Abend in unserer unbedeutenden Gesellschaft zu verbringen.«

»Ich habe absolut nichts dagegen, Mama«, erwiderte er

höflich. »Ich freue mich sogar darauf. Wie geht es Miß Richards? Paul hat mir erzählt, was sich bei der letzten Sitzung Trauriges herausgestellt hat.«

»Sie wird sicher froh sein, wenn das alles vorüber ist. Sie gibt sich große Mühe, zu verbergen, wie sie sich um ihre Mutter sorgt. Ich glaube ehrlich gesagt nicht, daß sie noch am Leben ist. Niemand mit dem ich gesprochen habe, kann sich an Arabella Richards erinnern. Wenn sie noch am Leben wäre, müßte ihr doch irgend jemand irgendwann begegnet sein.«

»Nicht unbedingt, Mama«, wandte Lord Umber ein. »Besonders dann nicht, wenn die Familie in ärmlichen Verhältnissen lebte. Dann haben sie wohl kaum am gesellschaftlichen Leben teilgenommen, sondern ganz zurückgezogen gelebt.«

»Felicia darf auf keinen Fall merken, daß wir über sie gesprochen haben«, sagte Lady Louisa und versuchte, ihre Verzagtheit abzuschütteln. »Das würde sie noch trauriger machen.«

»Mama, du hast völlig recht. Vielleicht vergißt sie über dem Theaterstück wenigstens vorübergehend ihren Kummer.« Seine Stimme klang ganz weich, als er das sagte. Lady Louisa sah ihn verwundert von der Seite an.

»Ich finde es ganz rührend, Ian, wie besorgt du um Felicia bist. Eines Tages wird sie dir selbst dafür danken.«

Lord Umber lachte. »Das bezweifle ich, Mama. Wir tun doch alle, was in unserer Macht steht, um ihr zu helfen — ohne daß wir Dank dafür erwarten.«

Lady Louisa versuchte, ihr Erstaunen darüber zu verbergen, wieviel Gefühl in der Stimme ihres Sohnes mitschwang. Sollte ihr Wunschtraum etwa in Erfüllung gehen? Sie wechselte lieber das Thema, damit er nicht erriet, was in ihr vorging.

Die kurze Fahrt zur Drury Lane verlief ereignislos. Sie saßen überaus bequem in Lord Umbers Loge. Lady Louisa nickte mehreren Bekannten zu. Sie machte Felicia auf ein paar Leute aufmerksam, und Lord Umber gab die neuesten Gerüchte zum besten.

»Grundgütiger Himmel! Ian«, rief Lady Louisa plötzlich

aus, »ist das etwa Lord Davenport? Mein Gott, ist er alt geworden!«

»Doch beim Anblick eines hübschen jungen Mädchens bekommt er immer noch Stielaugen«, scherzte Lord Umber. »Ich weiß noch, daß du mir einmal erzählt hast, daß er dir gegenüber das Herz auf der Zunge hatte, Mama.« Er wandte sich Felicia zu. »Ich habe gehört, daß es mit ihm rapide bergab gegangen ist, nachdem ihn Mama abgewiesen hatte. Er hat sich geschworen, niemals zu heiraten.«

»Hat er wirklich nie geheiratet?« fragte Felicia.

Lord Umber verneinte und schlug die Augen in gespieltem Erstaunen zum Himmel. »Und das alles wegen Mama!«

»Jetzt aber Schluß damit!« Lady Louisa wurde rot. »Erinnere mich nicht an meine Jugendsünden. Und übertreib nicht so. Sonst hält mich Miß Richards noch für kokett.«

»Und ich bin überzeugt davon, Sie haben sich kein bißchen geändert.« Felicia lachte.

»Das wird sie wohl auch in Zukunft nicht tun«, stimmte ihr Lord Umber zu.

Lady Louisa war inzwischen eine vulgär aussehende Frau unten im Parkett aufgefallen, die unverwandt zu Felicia hinaufstarrte. Sie schien ziemlich aufgeregt zu sein. Immer wieder neigte sie sich zur Seite und sprach völlig außer sich auf ein pickeliges Mädchen ein, das neben ihr saß. Lady Louisa machte ihren Sohn unauffällig auf die beiden aufmerksam und sah ihn fragend an.

Lord Umber schüttelte auf die unausgesprochene Frage langsam den Kopf. Er hatte diese Frau noch nie gesehen. Er warf Felicia einen raschen Seitenblick zu und stellte erleichtert fest, daß sie gar nicht merkte, welche Aufmerksamkeit sie erregte. Er staunte über den Beschützerinstinkt, den er ihr gegenüber hatte und nahm sich vor, so bald wie möglich festzustellen, wer die Frau war. Vielleicht kannte sie Felicia. Es erschien ihm plötzlich ungeheuer wichtig, alles über Felicias Herkunft zu erfahren. Nach einem kurzen Seitenblick auf seine Mutter lehnte er sich bequem zurück und verfolgte die Handlung des Stückes. Der erste Akt hatte gerade angefangen.

Lady Barbara saß ein paar Logen weiter. Sie schäumte innerlich vor Zorn, als sie begriff, daß Lord Umber sie gar nicht bemerkte. Sie fauchte verächtlich, als ihr Blick auf Felicias schönes Profil fiel. Dann tröstete sie sich mit dem Gedanken, daß Lord Umber unmöglich auf so ein fades Geschöpf hereinfallen konnte. Es war ja allgemein bekannt, daß er schönen lebhaften Frauen wie *ihr* den Vorzug gab.

»Lord Umber scheint ja heute abend keinerlei Notiz von dir zu nehmen, mein liebes Kind«, hechelte ihre Mutter boshaft. »Du hast doch hoffentlich nichts gesagt, womit du ihn gekränkt haben könntest.«

Lady Barbara biß sich auf die Lippen und senkte die langen seidigen Wimpern, um dem fragenden Blick ihrer Mutter zu entgehen. Wahrscheinlich behandelte er sie so von oben herab, weil sie sich neulich beim Tee wegen ihrer Bemerkung über Felicia fast in die Haare geraten waren. Wahrscheinlich hätte sie besser daran getan, ihm nicht zu erzählen, was sie ihre Mutter hatte sagen hören: daß Felicia Lady Louisa nur benutze, um Zugang zur Gesellschaft zu finden. Ihre Cousine Milly hatte jedenfalls durchblicken lassen, daß sei eine Behauptung zur Unzeit gewesen. Höchst überflüssig und unangebracht.

»Nun, mein Kind?« drang ihre Mutter mit scharfer Stimme in sie.

»Nein, Mama«, versicherte ihr Lady Barbara hastig. »Nicht daß ich wüßte. Vielleicht hat er beim Spiel verloren und ist deshalb so geistesabwesend.«

Zum Glück ging in diesem Augenblick der Vorhang auf. Lady Barbara hatte vorerst ihre Ruhe. Sie gab sich den Anschein, als konzentriere sie sich ganz auf das, was auf der Bühne vorging. Doch in Wahrheit plante sie schon bis ins kleinste, wie sie Lord Umber umgarnen und einfangen wollte. Sie bekam kein Wort mit.

In der Pause entschuldigte sich Lord Umber. »Ich habe gerade jemanden entdeckt, dem ich meine Aufwartung machen muß«, behauptete er und nickte unauffällig, als Lady Louisa andeutungsweise auf die Frau im Parkett wies.

Felicia, die gesehen hatte, wie Lady Barbara ihnen zuwinkte, nahm an, daß Lord Umber sie begrüßen wollte. Das deprimierte sie. Trotzdem winkte sie zurück. Dann wandte sie sich Lady Louisa zu, um sich nach einem der Schauspieler zu erkundigen.

Lord Umber schloß die Logentür hinter sich und ging rasch ins Foyer. Er entdeckte die vulgäre Frau sofort. Ohne Hast ging er auf sie zu und verbeugte sich tief. »Verzeihen Sie die Störung, Madam«, sagte er mit trügerischer Sanftmut. »Aber mir ist aufgefallen, daß Sie das junge Mädchen in meiner Loge angestarrt haben...« Er schwieg erwartungsvoll.

»Na und?« fuhr ihn die Frau an. »Selbst eine Bettlerin darf eine Königin ungestraft ansehen – oder etwa nicht?«

Recht bestürzt angesichts ihrer völlig unnötigen Grobheit betrachtete Lord Umber die Frau und ihre Schutzbefohlene verächtlich durch sein Augenglas. Er deutete eine Verbeugung an. »Es tut mir leid, daß ich Sie gestört habe. Aber ich dachte, daß Sie die junge Dame vielleicht kennen. Ich habe mich ganz offensichtlich geirrt.«

»Ja, das haben Sie, junger Mann. Ich kenne weder Sie noch dieses junge Mädchen. Überdies habe ich es nicht gern, wenn man mich mit Fremden sprechen sieht.« Sie wandte sich dem Mädchen zu, das während dieses Wortwechsels verwirrt geschwiegen hatte. »Komm, mein Kind, wir gehen zu unseren Plätzen zurück. Dort sind wir sicher.«

Lord Umber blieb wie angewurzelt stehen und sah den beiden Frauen nach, wie sie sich ihren Weg durch die Menge bahnten. Die heftige Reaktion der Frau auf seine harmlose Frage hatte seinen Verdacht bestätigt. Die bruchstückhaft aufgeschnappten Gesprächsfetzen fielen ihm wieder ein und trieben ihn dazu, den beiden Frauen nachzugehen. Hatte das Mädchen die Frau nicht gefragt, warum sie nicht zugab, daß sie Felicia kannten?

Bevor er sie eingeholt hatte, hielt ihn David Burton auf. »Ich muß schon sagen, Ian«, hielt er ihm vor. »Du scheinst ja in übelster Laune zu sein. Was hat dich denn so aus der Fassung gebracht? Hat Lady Barbara dir einen Korb gegeben?«

Lord Umbers Gesicht hellte sich auf, als er seinen Freund begrüßte. »Weit gefehlt, alter Junge. Da solltest du mich wirklich besser kennen. Nein, ich hatte eben eine seltsame

Begegnung. Siehst du die Dame da drüben? Nein, nicht Mrs. Hardcastle, die Dame hinter ihr. Die mit dem Pickelgesicht an ihrer Seite. Kennst du sie vielleicht?"

Mr. Burton stierte die fragliche Dame ungläubig an und begriff nicht, wieso sich Lord Umber für sie interessierte. Er wollte gerade den Kopf schütteln, da kam ihm die Dame doch bekannt vor, und er nickte langsam. Die Hakennase war ihm aufgefallen. »Ich glaube, das ist Lady Ormstead, und das Pickelgesicht, wie du sie so liebenswürdig nennst, muß ihre Tochter sein. Eine gräßliche Frau, soweit ich mich erinnere, ein richtiges Schandmaul, unflätig und rücksichtslos.«

»Du kennst sie also doch?« Jubel schwang in Lord Umbers Stimme mit. »Sie hat Miß Richards erkannt, weigert sich aber, das zuzugeben. Was weißt du über diese Frau?«

»Nichts Genaueres«, sagte Mr. Burton rasch. »Bist du dir ganz sicher, daß sie Miß Richards kennt?«

Er lauschte verblüfft, als Lord Umber ihm berichtete, was soeben vorgefallen war.

»Das ist ja unglaublich!« rief er aus, als Lord Umber endete. »Ich bin Lady Ormstead nur ein paarmal begegnet; denn ich habe ihren Gatten juristisch beraten. Ich habe sie zum letztenmal gesehen...« Er überlegte, tief in Gedanken versunken. »Wann war denn die große Gesellschaft bei Charles?«

»Vor mindestens sechs Monaten«, erwiderte Lord Umber. »Aber warum fragst du?«

»Weil ich Lady Ormstead um diese Zeit aufgesucht habe. Ian... Ian, mein Freund...« Mr. Burtons Stimme klang mit einemmal erregt. »Jetzt habe ich es!« rief er triumphierend. »Damals lebte eine Mrs. Richards bei Lady Ormstead, da bin ich mir ganz sicher.«

»Weißt du das wirklich ganz genau?« vergewisserte sich Lord Umber.

Mr. Burton nickte. »Sie saß im Hintergrund, während ich mit Lady Ormstead rechtliche Dinge besprach. Ich kann mich nicht sehr gut an sie erinnern, weil sie so ruhig war. Ich weiß nur noch, daß sie etwa Anfang Vierzig war. Sie muß einmal sehr schön gewesen sein.« Er zuckte bedauernd die Achseln. »Mehr weiß ich nicht, Ian, so leid es mir tut. Ich wünschte, ich könnte dir weiterhelfen.«

Lord Umber legte ihm die Hand auf die Schulter. »Laß nur, fürs erste ist das ausreichend. Ich werde dieser Lady Ormstead gleich morgen einen Besuch abstatten und sie zwingen, mir alles über Mrs. Richards zu erzählen. Vielleicht sind sie doch irgendwie miteinander verwandt.«

»Das ist möglich«, gab Mr. Burton zu. Doch er war vorsichtig und sah seinen Freund mit einem wachsamen Blick an. Es sah Lord Umber so gar nicht ähnlich, seine Erregung so offen zur Schau zu stellen. »Ist es denn so wichtig für dich, etwas über Miß Richards' Abstammung herauszufinden?« fragte er leichthin.

»Es macht mir eben Freude, dem Geheimnis auf die Spur zu kommen«, behauptete Lord Umber. Doch er mußte sich eingestehen, daß das nicht der Wahrheit entsprach. David besaß Scharfblick, und so war seine Frage nicht verwunderlich.

Als Mr. Burton sah, daß seine Frage bei dem Freund Unbehagen auslöste, wechselte er rasch das Thema. »Ich gehe später noch zu Whites, um ein paar Partien Robber mit Paul zu spielen. Möchtest du, daß ich ihn davon unterrichte? Möglicherweise hilft ihm das bei seiner nächsten Sitzung mit Miß Richards.«

Lord Umber nickte nachdenklich. »Ja, tu das bitte, David. Miß Richards hat gleich morgen früh wieder eine Sitzung mit Paul.«

Bald darauf trennten sie sich. Lord Umber überzeugte seine Mutter und Felicia geschickt davon, daß es besser sei, schon kurz vor Ende des Stückes zu gehen, bevor sich die Menschenmassen auf die Restaurants stürzten. »In Wirklichkeit möchte ich nicht, daß Miß Richards jetzt schon mit dieser fürchterlichen Frau konfrontiert wird«, flüsterte er Lady Louisa ins Ohr.

10.

Felicia hatte die ordinäre Frau im Theater sehr wohl gesehen, doch das wußte weder Lord Umber noch Lady Louisa. Der Vorfall fiel ihr erst wieder ein, als sie schon im Bett lag. Das Gesicht der Frau – oder vielmehr die Grimasse – kam ihr irgendwie bekannt vor. Doch sie wußte auch bei dieser Frau nicht, wo sie sie unterbringen sollte. Nachts wurde sie immer wieder wach. Vor ihrem Geiste erstanden immer Bilder, die sie sich nicht zusammenreimen konnte. Sie schien ständig Hausarbeiten zu verrichten. Wenn sie nicht schwere Wassereimer endlose Treppen hinauf- oder hinuntertrug, saß sie über tropfende Kerzen oder eingerissene Laken gebeugt – oder sie nähte spitzenbesetzte Unterröcke. Einmal hörte sie sich nach ihrer Mutter rufen. Als sie davon erwachte, war ihr Gesicht in Tränen gebadet. Als der Morgen dämmerte, fühlte sie sich wie zerschlagen. Mit den dunklen Ringen unter den Augen sah ihr Gesicht ganz spitz aus. Stirnrunzelnd betrachtete sie sich im Spiegel.

»Zum Glück habe ich heute eine Sitzung bei Dr. Ross«, sagte sie zu ihrem Spiegelbild. »Vielleicht fällt mir mit seiner Hilfe der Name dieser widerwärtigen Frau ein. Sie muß wohl in meinem Leben einmal eine wichtige Rolle gespielt haben, sonst könnte sie mich nicht so belasten.«

Böse Vorahnungen quälten sie. Sollte dies etwa der Tag sein, an dem ihr alles wieder einfiel – der Tag, an dem sich der Schleier des Vergessens hob? Irgend etwas Trübes, Finsteres lag auf der Lauer. Zum erstenmal seit ihrem Unfall hatte sie Angst vor der Wahrheit. Sie versuchte, die Angst zu verdrängen und widmete sich ganz ihrer Toilette. Nach all den trüben Gedanken blieb ihr nun kaum noch Zeit für das Frühstück.

Sie erschrak, als sie hinuntereilte und Lord Umber aus dem Zimmer seiner Mutter kommen sah. Er muß in aller Herrgottsfrühe aufgestanden sein, dachte sie.

»Guten Morgen, Lord Umber«, sagte sie leise, ohne stehenzubleiben. »Entschuldigen Sie meine Eile, aber ich bin schon sehr spät dran.«

»Hoffentlich noch nicht zu spät für das Frühstück«, entgegnete Lord Umber schärfer als beabsichtigt, doch dann erfüllte ihn ihr bleiches, hohlwangiges Aussehen mit Besorgnis.

»Nein, das nicht. Genau dahin bin ich unterwegs.« Sie ging weiter die Treppe hinunter. Wie sanft seine Stimme geklungen hatte. Aber wenn er von seiner Mutter kam, war er ja immer viel freundlicher.

Lord Umber stand noch eine ganze Weile auf dem unteren Treppenabsatz und sah zum Frühstückszimmer. Was mochte Felicia so bedrücken, daß sie so mitgenommen aussah? Der Butler hüstelte diskret. Da erst kam Lord Umber wieder zu sich.

»Frühstücken Sie hier, Mylord?«

»Sims, das ist eine glänzende Idee. Ich glaube ja.« Er betrat den Salon und bat Felicia sitzenzubleiben. »Sie haben doch nichts dagegen, daß ich mich zu Ihnen setze, Miß Richards?« fragte er und nahm sich Eier und Nieren, die auf der Anrichte warmgehalten wurden.

»Was würde es mir nutzen, wenn ich das bejahen wollte«, gab Felicia gleichmütig zurück und blickte bedeutsam auf seinen vollen Teller. »Denn was würden Sie dann damit anfangen?« Sie war jedoch ausgesprochen dankbar für die Ablenkung, wenn auch ihr Herz in seiner Gegenwart ganz plötzlich stürmisch klopfte. »*Was ist denn nur los mit mir?*« fragte sie sich. »*Ich benehme mich ja wie ein kleines Kind. Wahrscheinlich bin ich übermüdet.*«

»Sims würde dafür sicher eine Lösung finden«, erwiderte Lord Umber und ging auf ihren leichten Ton ein, obwohl er sehr um sie besorgt war. Im harten Tageslicht sah er die dunklen Ringe unter ihren Augen. Sie stocherte in ihrem Essen herum, rührte aber nichts an. Seine Besorgnis nahm zu. Irgend etwas quälte Felicia.

»Wenn das so ist, Sir, setzen Sie sich bitte; denn ich möchte keinesfalls, daß Sims noch mehr Arbeit hat.« Sie sagte das lächelnd. Ihre Blicke trafen sich und ließen sich eine ganze Weile nicht mehr los.

Lord Umber setzte sich. Die Intensität seiner Gefühle erschreckte ihn. »Soviel Liebenswürdigkeit und Rücksichtnahme muß belohnt werden, Miß Richards«, murmelte er und brach damit das Schweigen, das auf ihnen lastete.

Sie aßen eine ganze Weile schweigend. Felicia rang um Selbstbeherrschung. Die Gefühle, die sie überkamen, als sie sich so tief in die Augen sahen, versetzten sie in Alarmbereitschaft. Zum Teil war ihre Ruhelosigkeit natürlich auf die schlaflose Nacht zurückzuführen, die hinter ihr lag.

»Stimmt irgend etwas nicht, Miß Richards? Sie sind heute morgen nicht so gut gelaunt wie sonst.«

»So, bin ich sonst so gut gelaunt? Das ist doch erst das zweitemal, daß wir uns so früh am Tag begegnen. Sie müssen wie alle anderen wissen, daß ich erst am Nachmittag richtig zu mir komme und bis dahin eine schlechtgelaunte Hexe bin.«

Lord Umber lächelte gezwungen. Er suchte seine Enttäuschung darüber zu verbergen, daß Felicia offensichtlich nicht bereit war, sich ihm anzuvertrauen. Er sagte sich, daß seine Reaktion ganz albern war. Trotzdem wünschte er, er könnte sie dazu bringen, ihm zu erzählen, was sie so quälte.

»Da kann ich ja von Glück sagen, daß ich der finsteren Seite Ihres Wesens bisher entgangen bin. Es gibt in der Tat nichts Schlimmeres, als schon beim Frühstück einer finsteren Miene gegenüber zu sitzen.«

Felicia versank wieder in Schweigen und beschäftigte sich in Gedanken mit der Frau, die ihr im Traum erschienen war. Fast war sie versucht, Lord Umber zu fragen, ob sie ihm im Theater auch aufgefallen war, doch irgend etwas hielt sie davon ab. Wenn Dr. Ross ihr da nicht weiterhelfen konnte, würde sie Lord Umber vielleicht doch noch ins Vertrauen ziehen.

»Miß Richards...«, begann Lord Umber, doch in diesem Augenblick trat Sims ein. Er schritt majestätisch zum Tisch und präsentierte Lord Umber einen Brief auf einem silbernen Tablett. Lord Umber nahm ihn und riß ihn verärgert auf. Sein Ärger wuchs beim Lesen. Seine schönen Gesichtszüge verfinsterten sich.

»Doch nicht schon wieder schlechte Nachrichten?« fragte Felicia besorgt.

»Nein... nein. Nur eine Nachricht von Lady Barbara.«

Sein Tonfall hatte sie eigentlich von jedem weiteren Kommentar abhalten müssen, doch Felicia war froh, daß sich das

106

Gespräch nicht mehr ausschließlich um sie drehte. Deshalb fuhr sie fort: »Ich kann mir schon vorstellen, was in dem Brief steht. Selbst Lady Louisa hat sich zu dem Affront geäußert, mit dem Sie Lady Barbara gestern abend sicherlich gekränkt haben.«

»Wie, meine Mutter? Erstaunlich, daß ihr außer ihren Freundinnen und deren Kleidung irgend etwas aufgefallen ist.« Warum hätte seine Mutter eine solche Bemerkung machen sollen? Wahrscheinlich wollte sie Felicia von Lady Ormstead ablenken. »Ihre Vermutung trifft nicht zu.«

Felicia errötete. Ihre Neugier zeugte in ihren Augen nicht nur von schlechten Manieren, sie war auch ganz und gar nicht ladylike. Sie konnte allerdings nicht leugnen, daß es sie mit tiefer Befriedigung erfüllte, als Lord Umber Lady Barbara im Theater offensichtlich mit voller Absicht ignorierte. Sie mußte sich auch eingestehen, daß sie die Neugier plagte und sie gern gewußt hätte, was Lady Barbara Lord Umber schrieb. »Verzeihen Sie meine alberne Neugier. Ich weiß ja, daß mich das nichts angeht«, sagte sie hastig. »Jetzt müssen Sie mich bitte entschuldigen. Ich habe einen Termin bei Dr. Ross und möchte keinesfalls zu spät kommen.«

Lord Umber hatte alle Mühe, sein Amüsement darüber zu verbergen, daß Felicia so genau wissen wollte, wie er zu Lady Barbara stand. »Ich begleite Sie. Ich habe auch ganz früh eine Verabredung. Und zu Ihrer anderen Frage: Lady Barbara fühlt sich offenbar indisponiert und glaubt, darauf sei es zurückzuführen, daß sie in letzter Zeit verändert war. ›Nicht sie selbst war‹, wie sie sich ausdrückt.«

»Ach, Sie meinen, daß sie auch ganz anders sein kann?« fragte Felicia ohne nachzudenken. Sie bereute ihre Worte sofort. »Ich meine, ich wollte sagen... es ist doch hoffentlich nichts Ernstes?« »Warum kann ich den Mund nicht halten?« dachte sie verstört. »Aber das erklärt zumindest seine Verärgerung. Er muß sich fühlen wie ein gehetztes Tier, seit diese wildentschlossene Frau Jagd auf ihn macht. Doch er hatte sich das fraglos selber eingebrockt. Er hätte sie nicht so ermutigen dürfen.«

Lord Umber sah an Felicias Gesichtsausdruck wie eine Emotion die andere jagte. So ging er taktvoll auf ihre zweite Frage ein. »Nein, ich glaube kaum, daß es etwas Ernstes ist.

Sie drückt sich zwar nicht deutlich aus und verrät nicht, was ihr fehlt, aber sie läßt durchblicken, daß sie Besucher empfängt.« Felicia sah ihn fragend an. In ihrem Blick lag Mißbilligung. »Nein, zu ihr will ich nicht«, beantwortete er ihre unausgesprochene Frage.

Felicia errötete und senkte den Kopf. »Ich... ich...«

»Vielleicht können Sie meine Mutter beruhigen«, fiel er ihr rasch ins Wort. »In Wahrheit verhält es sich so, Miß Richards, daß ich am Ende meiner Weisheit bin und mich allen Ernstes frage, wie ich Lady Barbara davon abhalten kann, der Zeit, zu der ich ihr den Hof machte, allzu große Bedeutung zuzumessen. Ich sehe jetzt ganz deutlich, daß sie die Möglichkeit gar nicht in Betracht zieht, daß irgend jemand – und ganz besonders ich – nicht unaufhörlich an sie denkt. Ihre Mutter hat sie darin sicher unterstützt; aber der Himmel weiß, daß ich nichts getan habe, woraus sie hätte schließen können, daß ich ernste Absichten habe. Was würden Sie mir raten?« Er verstummte. »Warum um alles in der Welt habe ich meine Mutter als Vorwand benutzt, um Felicia klarzumachen, daß mir Lady Barbara nichts mehr bedeutet«, fragte er sich. »Ich muß den Verstand verloren haben.«

»Einen Ratschlag wollen Sie? Ausgerechnet von mir? Was würde Lady Barbara wohl davon halten, wenn sie wüßte, daß sie der Gegenstand einer solchen Unterhaltung ist? Ich... ich kann Ihnen unmöglich helfen.«

Er ließ sich nicht erschüttern durch die Leidenschaft, mit der sie sprach, versuchte aber, das Gespräch in unverfänglichere Bahnen zu lenken. Was hatte ihn dazu gebracht, sie um ihren Rat zu bitten? »Meine liebe Miß Richards«, versuchte er sich einzuschmeicheln. Seine Augen glitzerten fröhlich. »Lady Barbara hat immer nach dem Grundsatz gelebt: ›Es ist mir ganz egal, was die Leute reden. Hauptsache sie reden über mich.‹ Deshalb wäre sie keineswegs pikiert, wenn sie von unserem Gespräch wüßte.«

»Genug davon, Lord Umber!« rügte ihn Felicia. Dabei mußte sie sehr an sich halten, um nicht über seine Stichelei zu lachen. »Ich glaube, ich kenne Sie inzwischen gut genug, um zu wissen, daß Sie einen Ausweg aus dem Dilemma finden werden. Sie geben doch wohl zu, daß Sie sich das selbst eingebrockt haben.«

Lord Umber lachte laut. »Touché, Miß Richards.« Er konnte es nicht lassen: »Wenn Ihnen aber zufällig etwas einfallen sollte...« Er beendete den Satz nicht, sondern fragte: »Sollen wir gehen?«

Felicia hatte sich noch immer nicht gefaßt, als Lord Umber neben ihr in der Kutsche Platz nahm. Sie hätte das vorausgegangene Gespräch gern dem »Morgensyndrom« — wie Lady Louisa es nannte — zugeordnet. Ganz früh am Morgen sagten die Menschen manche Dinge nur, weil ihr Geist noch nicht wach war — weil das Gehirn noch schlief. Sie hatte Lord Umber durch ihre Unverblümtheit ermutigt, sich ungehörig zu benehmen. Lady Louisa würde natürlich hocherfreut sein, wenn sie erfuhr, daß ihr Sohn nicht die Absicht hatte, Lady Barbara zu heiraten. Auch mußte sie sich eingestehen, daß ihr das auch mehr als gelegen kam. Sie sah Lord Umber verstohlen von der Seite an. Sein eindrucksvolles Profil faszinierte sie. Sie seufzte leise vor sich hin. Sie würde ihn vermissen, wenn sie fortging. Er strahlte soviel Sicherheit und Selbstvertrauen aus, daß sie sich in seiner Gegenwart sofort getröstet fühlte.

»Sitzen Sie nicht bequem?« fragte Lord Umber, als er sie seufzen hörte.

»O doch. Das ist doch wohl in einer so weich gefederten Kutsche gar nicht anders möglich. Ich wollte mich der schwierigen Aufgabe unterziehen, mich in Gedanken auf Dr. Ross einzustellen.«

»Finden Sie die Sitzungen bei ihm strapaziös?« Er sah sie eindringlich an, während sie nach einer Antwort suchte. Vielleicht lag es an diesen Sitzungen, daß sie eine schlaflose Nacht hinter sich hatte.

»Eigentlich machen mir diese Sitzungen Freude. Ich fürchte nur, ich koste den guten Doktor sehr viel Zeit.«

Das beruhigte Lord Umber, doch er fragte sich erneut, was Felicia solchen Kummer machte. Er hatte keine Gelegenheit mehr, der Sache auf den Grund zu gehen; denn die Kutsche hielt. »Machen Sie sich darum keine Sorgen«, bat er sie mit sanfter Stimme. »Jede Sekunde dieses Experiments ist ein Erlebnis für Dr. Ross.« Er griff nach ihrer Hand und drückte sie. »Viel Glück! Ich hoffe, daß Sie sich an etwas Wichtiges erinnern.« Als der Lakai den Wagenschlag aufriß, ließ Lord Umber ihre Hand los. Felicia murmelte etwas Unverständliches und betrat die Praxis von Dr. Ross.

Auf der kurzen Fahrt zum Haus von Lady Ormstead lehnte sich Lord Umber bequem in die Polster zurück und dachte über das Gespräch nach, das er gleich führen würde. Er war gespannt darauf, was die Frau zu sagen hatte. Vielleicht konnte sie sogar etwas Licht in Felicias geheimnisvolle Fahrt nach Manchester bringen; denn das war das Verwirrendste an diesem sonderbaren Fall. Die Frau hatte sich am Abend zuvor sehr merkwürdig verhalten. Das bestärkte ihn in dem Verdacht, daß sie etwas zu verheimlichen hatte. Warum hätte sie sich sonst so verdächtig benommen?

Lady Ormsteads Aufenthaltsort verdankte er dem Spürsinn seines Sekretärs. Dieses unbezahlbare Genie hatte eine Stunde fruchtlos damit zugebracht, ihren Namen im *Who's who* nachzuschlagen. Schließlich hatte er sie aufgespürt, als eine der Zofen gestand, ihre Schwester sei bis vor kurzem bei dieser »gräßlichen Frau« in Stellung gewesen. Lord Umber staunte über den Einfallsreichtum seines Sekretärs; denn er wußte, daß es ihm niemals eingefallen wäre, die Dienstboten zu befragen. Doch wenn er es sich recht überlegte, war es eigentlich das Naheliegendste.

Das Haus lag in einer weniger eleganten Wohngegend Londons − an einer Durchgangsstraße. Als der Kutscher in die Upper Grosvenor Street einbog, kannte Lord Umber die Gegend nicht mehr. Die Kutsche hielt vor einem gar nicht imposanten, etwas verkommenen Haus. Da glaubte er fast, sein Sekretär habe sich vielleicht in der Adresse geirrt. Seine Zweifel nahmen zu, als auf seine kräftige Betätigung des Türklopfers niemand erschien. Nichts rührte sich. Fast wollte er schon aufgeben. Er ging die paar Stufen wieder hinunter. Da hörte er wie Ketten rasselten. Er machte sofort kehrt und wartete ungeduldig bis die Tür geöffnet wurde.

Drinnen schien jemand schwer mit dem Riegel zu kämpfen. Dann endlich ging die Tür auf. Ein zerzaust wirkender Lakai erkundigte sich, ob er helfen könne.

»In der Tat, das können Sie«, entgegnete Lord Umber hochnäsig. »Können Sie mir bestätigen, daß Lady Ormstead hier residiert?« Er warf dem Lakaien einen verächtlichen Blick zu. So ein schlampiger Bediensteter war ihm noch nie begegnet.

»Yes, Sir, Mylord. Aber sie is nich zu Hause«, murmelte der Lakai nervös und warf über die Schulter einen Blick in das Innere des Hauses, wo alles finster war.

Lord Umber sah ihn mißtrauisch an; denn es erschien ihm unwahrscheinlich, daß irgend jemand das Haus zu dieser frühen Morgenstunde schon verlassen hatte. Als er kam, waren die Ketten ja noch eingehängt.

»Ich verstehe«, meinte er, und aus seiner Stimme troff Sarkasmus, »die Gegend ist so gefährlich, daß man die Tür am besten stets verriegelt läßt.«

Der Lakai nickte trübsinnig. Ihm war deutlich anzumerken, wie unbehaglich er sich fühlte.

»Dann seien Sie doch so gut und nehmen Sie meine Karte, junger Mann. Richten Sie Lady Ormstead unbedingt aus, daß ich heute nachmittag um Punkt drei Uhr wiederkomme.« Er zog mit einer schwungvollen Geste die Brieftasche und entnahm ihr eine edel bedruckte Visitenkarte. Die drückte er dem zitternden Lakaien mit spitzen Fingern in die ausgestreckte Hand. Ohne eine Antwort abzuwarten, machte er auf dem Absatz kehrt und saß schon wieder in der Kutsche, bevor der Lakai die Anweisungen Lady Ormsteads ganz an den Mann bringen konnte. Der Bedienstete starrte der Kutsche noch lange mit offenem Munde nach. Dann verschwand er mit schleppenden Schritten im Inneren des Hauses und verriegelte die Tür.

Als ihn der Butler fragte, ob er alles ausgerichtet habe, was ihm Lady Ormstead aufgetragen hatte, schüttelte er traurig den Kopf.

»Bin nich dazu gekommen. Der war schon weg, bevor ich auch nur ›piep‹ sagen konnte. Hat gesagt, er käme heut' nachmittag wieder.«

»Was bist du für ein Schwachkopf!« schrie ihn der Butler an und ließ seinen ganzen Ärger und seine schlechte Laune an dem armen Untergebenen aus. »Ich habe nicht übel Lust, dich zu Lady Ormstead zu schicken, damit du ihr erklärst, was du Dummes angerichtet hast.«

»Mmmmmich, Mr. Nestor? Das halte ich für keine so gute Idee, wenn ich das sagen darf. Sie würde meinesgleichen gar nicht zu Wort kommen lassen.«

Mr. Nestor sah ihn mit durchdringender Miene an. »Schluß jetzt, ich habe genug von deinen Unverschämtheiten. Sieh zu, daß du wenigstens alles ausrichtest, wenn Lord Umber wiederkommt.« Er ließ den zitternden Lakaien stehen, als Lady Ormstead ungeduldig läutete und eilte zu seiner Herrin.

Lady Ormstead hörte Nester schweigend zu, als er ihr Bericht erstattete. Sie wirkte geistesabwesend. Sie befahl ihm lediglich, dafür zu sorgen, daß ihre Anweisungen am Nachmittag genauestens eingehalten wurden. Sie dachte an Felicia und fragte sich, durch welche Intrigen es diesem Luder gelungen war, sich in diese illustre Gesellschaft einzuschleichen. Wie hatte sie ihren ausgeklügelten Plan durchkreuzen können, Felicia in Manchester loszuwerden? Wie hatte der Plan nur mißlingen können? Nun mußte sie sich etwas anderes einfallen lassen.

Lord Umbers Zorn kannte keine Grenzen, während sich die Kutsche immer weiter von der Upper Berkeley Street entfernte. Er hatte es noch nie erlebt, daß sich jemand ihm gegenüber so rüde benahm. Mit einem so liederlichen Menschen hatte er noch nie zu tun gehabt. Und als sei das noch nicht ungeheuerlich genug, mußte er sich auch noch eine so offenkundige Lüge gefallen lassen. Die Frau war selbstverständlich zu Hause gewesen. Warum lag ihr so daran, ihm aus dem Weg zu gehen? Je mehr er darüber nachdachte, desto sicherer war er, daß sie ihm Aufschluß über Felicias Identität geben konnte. Er schluckte seinen Ärger hinunter und schwor sich, am Nachmittag ein Gespräch mit Lady Ormstead zu erzwingen. Er würde keine Ausflüchte mehr gelten lassen.

Er befahl dem Kutscher ganz abrupt, ihn zu Whites zu fahren. Plötzlich sehnte er sich nach der Gesellschaft zivilisierter Menschen und nach einem guten Gespräch. Ihm war zumute als habe sich sein Hirn in Spinnweben verfangen.

Seine Sorge um Felicias Wohlergehen artete allmählich zur Besessenheit aus. Seit seine Mutter in London war, hatte er alles andere vernachlässigt und sich um nichts und niemanden gekümmert. Das galt auch für die schöne Witwe Janie Slagle. Höchste Zeit, daß er wieder sein eigenes Leben lebte. Ab morgen bin ich wieder ganz der Alte, schwor er sich.

11.

Die Tür fiel mit einem Knall hinter Felicia ins Schloß. Sie stand im Flur. Ihre Hand war von Lord Umbers Händedruck noch warm. Sie drückte sie an ihre Wange. »*Jetzt aber Schluß mit diesem Unsinn*«, flüsterte sie verärgert vor sich hin. »*Was er tut, darf ich nicht so wichtig nehmen. Ich weiß ja, daß alles nur aus Mitleid geschieht.*« Sie zuckte die Achseln, betrat das Behandlungszimmer und begrüßte Dr. Ross.

Sie erzählte ihm, was sie nachts geträumt hatte und wartete ungeduldig darauf, daß er sie in Trance versetzte.

»Miß Richards, ich glaube, daß wir dem Geheimnis auf der Spur sind«, sagte er und wich damit ganz bewußt von dem Schema ab, nach dem er sonst bei Felicia vorzugehen pflegte. »Lord Umber hat die Frau, von der Sie mir berichten, ebenfalls gesehen und herausgefunden, daß sie Lady Ormstead heißt. Sagt Ihnen der Name irgend etwas?«

Felicia starrte ihn entgeistert an und flüsterte den Namen mit erstickter Stimme immer wieder vor sich hin. »Nein! Nein! Das kann nicht sein! Bitte, Herr Doktor, sagen Sie, daß es nicht wahr ist.« Sie sprang auf und ging erregt im Zimmer auf und ab.

Dr. Ross versuchte, sie zu beruhigen und selber Ruhe zu bewahren, doch die Erkenntnis, daß ihm der langersehnte Durchbruch gelungen war, ohne daß er die Patientin in Trance versetzt hatte, erregte ihn so, daß er kaum an sich halten konnte. »Setzen Sie sich doch, Miß Richards«, bat er sie hastig. »Wir wollen versuchen, Klarheit zu schaffen. Warum bringt Sie dieser Name so aus der Fassung? Wer ist denn diese Lady Ormstead?«

Felicia antwortete nicht. Sie ging erregt auf und ab, ballte die Fäuste und blieb nur hin und wieder stehen, um Dr. Ross einen Blick zuzuwerfen, aus dem nackte Verzweiflung sprach. Ohne Vorwarnung sank sie in die Knie und schlug die Hände vors Gesicht. Ihr Ausbruch begann als leises Stöhnen, das tief aus ihrem Innern zu kommen schien. Bis Dr. Ross zu Hilfe eilen konnte, schrie sie ihre ganze Qual heraus. Er hob sie unendlich sanft vom Boden auf und machte sich Vorwürfe, weil er die Symptome der Hysterie nicht früher erkannt hatte. Das Triumphgefühl, das er empfand, hatte ihn vorübergehend blind für alles andere gemacht.

Felicia schrie und schrie, bis er kräftig zuschlug. Da verstummte sie und sah ihn hilflos an. Sie sank an seine Brust. Alle Farbe war aus ihren Wangen gewichen. Nur der Abdruck seiner Hand zeichnete sich wie ein feuerrotes Mal ab.

»Miß Richards, Sie können sich wieder erinnern, ist es nicht so?« Er sprach ganz beherrscht. Er wollte sie nicht noch mehr verschrecken, doch er wußte, daß er sie zum Sprechen bringen mußte, bevor die Angst so übermächtig wurde, daß sie wieder alles auslöschte.

»Jetzt erinnere ich mich wieder − an alles. Es ist grauenhaft! Ach, Herr Dr. Ross, was soll ich nur tun? Sie hat versucht, mich loszuwerden. Sie hat mich absichtlich nach Manchester geschickt − wohl wissend, daß es dort keine Stellung für mich gab. Wie konnte sie nur so grausam sein?« Felicia unterbrach sich, als ihr plötzlich zu Bewußtsein kam, wo sie sich befand. Dr. Ross ließ sie los. Er stützte sie und half ihr beim Aufstehen.

»Das kann ich Ihnen noch nicht beantworten, Miß Richards. Wenn Sie sich stark genug fühlen, können wir weiter über Lady Ormstead sprechen. Welche Vorkommnisse haben dazu geführt, daß Sie solche Angst vor ihr haben?« Er führte sie zu einem Stuhl und sah zu, daß sie sich setzte. »Wer ist sie eigentlich?«

Felicia ließ sich mit der Antwort Zeit, bis sie sich einigermaßen gefaßt hatte. Als sie dann zu ihm aufsah, lag eine solche Qual in ihrem Blick, daß er leise vor sich hinfluchte. »Lady Ormstead ist meine Tante«, sagte sie mit ausdrucksloser Stimme.

Jetzt ging Dr. Ross im Zimmer auf und ab. Das Gelingen des Experiments war teuer erkauft. Es brachte unsägliches Leid über einen jungen Menschen. Dabei müßte er eigentlich überglücklich sein, weil es ihm gelungen war, ihr Unterbewußtsein mit dem ganz bewußten Denken und Fühlen in Einklang zu bringen. Mesmer und sein Kollege Nicolas Bergasse würden das zweifellos sehr zu schätzen wissen, wenn er ihnen alle Unterlagen schickte. Sein Fehler bestand jedoch darin, daß er sich persönlich zu sehr engagierte, sich der Patientin viel zu nahe fühlte. Als ihm so richtig aufging, was für entsetzliche Dinge er mit seiner Methode ans Tageslicht befördert hatte, bangte er um Felicia. Was hielt die Zukunft für sie bereit? »Möchten Sie mir alles so erzählen, wie Sie sich daran erinnern – oder ist es Ihnen lieber, wenn ich Sie in Trance versetze? Ich möchte nicht, daß Sie mehr leiden als unbedingt nötig.«

»Ich muß mich eben an den Gedanken gewöhnen, daß meine einzige noch lebende Verwandte mich in Manchester regelrecht aussetzen wollte.« Sir rang sich ein verzerrtes Lächeln ab. »Es ist mir noch immer ein Rätsel, wie sie das über sich bringen konnte.«

Dr. Ross ging zu einem kleinen Tischchen, auf dem eine Karaffe stand. Rasch goß er etwas von der bernsteinfarbenen Flüssigkeit in ein Glas und reichte es Felicia. »Hier, Miß Richards, trinken Sie das aus bevor Sie mit Ihrer Geschichte beginnen. Das ist Balsam für die Nerven.«

Felicia schnupperte an dem Glas und verzog das Gesicht.

»Es ist nur ein Tropfen Brandy. Betrachten Sie ihn als Medizin. Sie brauchen keine Angst zu haben, daß Ihnen davon schwindlig wird. Wie Sie sehen, ist es nur ein kleiner Schluck.«

Felicia leerte das Glas in einem Zug. Sie hustete, als ihr die feurige Glut durch die Kehle rann. Sie schnappte nach Luft. »Lieber Himmel!« keuchte sie.

»So, und nun noch einen Schluck Wasser«, riet ihr Dr. Ross. »Dann werden Sie sich sofort besser fühlen.«

Felicia griff dankbar nach dem Glas und trank begierig. Sie schloß die Augen, lehnte den Kopf zurück und spürte, wie das Brennen in ihren Eingeweiden allmählich wieder nachließ. Sie fuhr sich ermattet mit der Hand über die Stirn. »Ich weiß gar nicht, wo ich anfangen soll«, sagte sie schließlich. »Eigentlich gibt es gar nicht viel zu erzählen.« Sie schlug die Augen wieder auf und sah Dr. Ross mit einem Blick an, in dem unaussprechliche Trauer lag. »Was möchten Sie als Erstes wissen?«

Er sah sie mitleidig an. Ihm war klar, daß er ihr jetzt nicht mehr helfen konnte. Er konnte seine Fragen höchstens so formulieren, daß es ihr leichter fiel, sich mit der Vergangenheit auszusöhnen. »Darf ich aus dem, was Sie eben gesagt haben schließen, daß Ihre Mutter nicht mehr am Leben ist?«

Felicia nickte traurig. »Sie ist vor ein paar Monaten gestorben. Der Arzt sagte damals, sie sei lungenkrank gewesen, doch ich glaube eher, Mama hatte einfach keinen Lebenswillen mehr.« Sie sah Dr. Ross fragend an. Von seinem aufmunternden Lächeln ermutigt, fuhr sie fort: »Nach dem Tode meines Vaters waren wir gezwungen, uns an meine Tante zu wenden. Uns blieb keine andere Wahl, wenn wir nicht ins Armenhaus wollten.«

»Gab es denn keine anderen Verwandten, die Ihnen hätten helfen können?«

»Nicht, daß ich wüßte«, antwortete Felicia und schüttelte den Kopf. »Meine Eltern sind einfach durchgebrannt. Dadurch ist eine Kluft zwischen ihnen und ihren Familien entstanden, die nicht mehr zu überbrücken war. Ich weiß nicht, wer die Eltern meines Vaters waren. Vielleicht sind sie noch am Leben. Papa hat sie nie erwähnt. Mama hat einmal erzählt, er stamme aus einer einflußreichen Familie. Er sei der jüngere Sohn. Nach ihrer Heirat nannten sie sich Richards, um der Familie meines Vaters nicht zu schaden. Ich weiß nicht einmal, wie mein Vater wirklich hieß.«

»Und was ist mit den Eltern Ihrer Mutter?«

»Sie sind schon gestorben, als meine Mutter noch ein Baby war. Sie und Tante Gweneth sind bei einem Onkel aufgewachsen. Mama hat sich kaum ein Wort über ihn entlocken lassen. Sie hielt ihn offenbar für einen groben, zügellosen Menschen.«

»Lady Ormstead ist also die Schwester Ihrer Mutter.«

»Ja, Tante Gweneth ist Mamas ältere Schwester. Ich habe

sie erst kennengelernt, als wir gezwungen waren, zu ihr zu ziehen. Mama hat nämlich genau wie Papa nie von ihren engsten Verwandten gesprochen.«

Dr. Ross fiel Felicias geistesabwesender Gesichtsausdruck auf. Da fragte er sie rasch: »Ihre Eltern waren wohl sehr glücklich miteinander, daß sie solche Qualen auf sich nahmen?«

»Oh ja. Meine Mutter hat immer wieder betont, sie habe es nie bereut, durchgebrannt zu sein.« Es war Dr. Ross gelungen, sie zurückzuholen. Ihre Augen glänzten als sie sagte: »Wir waren ein Herz und eine Seele. Wenn mein Vater fort mußte, haben wir ihn sehr vermißt.« Bei dem Gedanken an diese Fahrten nach London, die allerdings nicht sehr häufig vorkamen, verdüsterte sich ihr Gesicht. »Wenn er bei uns war, spürten wir gar nicht so sehr, daß wir ständig in Geldnöten steckten. Papa hat mit seinem Klavierspiel Geld verdient. Eine Weile unterrichtete er die Kinder aus dem Herrenhaus. Alle, die ihn spielen hörten, versicherten ihm stets, mit ein wenig Übung könne er berühmt werden.«

»Dann hat Ihr Vater vermutlich auch Sie unterrichtet.«

»Ja. Ein Flügel war der einzige Luxus, den wir uns geleistet haben.« Bei dem bloßen Gedanken daran bereitete sich ein warmes Lächeln auf ihrem Gesicht aus. »Sie hätten diesen Flügel sehen sollen. Er stand in dem größten Raum des gemieteten Häuschens gequetscht. Ein lächerlicher Anblick! Doch uns hat das nicht gestört, wir haben alle sehr gern gespielt. Ach, was für eine schöne Zeit! Die Dorfbewohner waren mehr als freundlich. Sie ließen es sich nicht nehmen, für die Kräutermixturen zu zahlen, die Mama zusammenbraute, und die gegen jede Art von Schmerz halfen. Was die Heilkraft der Pflanzen anging, war sie wirklich sehr bewandert.«

»Was geschah, nachdem Ihr Vater starb?«

Da zog sich ein Schleier über Felicias Augen. Gepeinigt berichtete sie: »Von dem Geld, das Mama verdiente, konnten wir nicht leben. Also wurden der Flügel und das Mobiliar verkauft, damit wir die Fahrt nach Chepstow bezahlen konnten. Mamas Stolz verbot es ihr, Tante Gweneth um das Fahrgeld zu bitten.«

»Wann ist das gewesen?«

»Vor etwa sechs Jahren. Das erklärt auch, warum ich so schlecht Klavier spiele. Ich habe bei Lady Louisa zum erstenmal wieder gespielt. Tante Gweneth hat außer Wendy niemanden ans Klavier gelassen.«

Ihre Stimme klang so resigniert, daß Dr. Ross entrüstet ausrief: »Das muß ja eine gräßliche Person sein! Erzählen Sie mir bitte mehr von ihr, Miß Richards. Ich zweifle nicht daran, daß sie der wahre Grund für Ihre Amnesie ist. Sie haben alles versucht, um die letzten sechs Jahre Ihres Lebens aus Ihrem Gedächtnis zu streichen.«

»Das waren grauenhafte Jahre«, gab Felicia zu. Sie konstatierte dankbar, daß er ihre Ängste genau beim Namen nannte. »Nach dem heiteren, unbeschwerten Leben in Herefordshire erschien mir das Leben in Graystones wie ein Alptraum. Mama und ich verdienten uns unseren Unterhalt. Tante Gweneth behauptete, sie könne es sich nicht leisten, uns durchzufüttern.« Sie lachte verbittert. »Mama saß vom frühen Morgen bis zum späten Abend in der Nähstube. Ich mußte mich um meine Cousine Wendy und Tante Gweneth kümmern.« Die Erinnerung an diese fürchterlichen Jahre überfiel sie mit Macht. Wie konnte sie nur je vergessen, wie grausam ihre Tante war? Es hatte ihr stets eine diebische Freude bereitet, sie in Gegenwart von Gästen für eine noch nicht beendete Arbeit wie einen Dienstboten abzukanzeln. Ihre Freundinnen waren zumeist frustrierte ältere Witwen wie Tante Gweneth, für die es ein Genuß war, Zeuge ihrer Demütigung zu sein.

Es schauderte Felicia, wenn sie nur daran dachte. Wie dumm von ihr, daß sie nicht schon längst erkannt hatte, daß ihre Tante offensichtlich darauf aus war, sie und ihre Mutter auf perfide Art und Weise zu zerbrechen. Da ihr das bei ihr, Felicia, nicht gelingen wollte, verfiel Tante Gweneth darauf, sie nach Manchester zu schicken. Gar nicht auszudenken, was ohne diesen Unfall aus ihr geworden wäre. Sie wäre ohne Freunde und fast ohne einen Pfennig in einer fremden Stadt gelandet. Was wäre nur aus ihr geworden, hätte sich Lord Umber ihrer nicht erbarmt? *»Ach, Tante Gweneth«*, schrie es in ihr, *»ich habe nicht gewußt, daß du mich so sehr* *haßt*!« Lord Umber fiel ihr wieder ein und sein unsittlicher Antrag, mit dem er sie an sich binden wollte. Vielleicht hätte sie doch lieber annehmen sollen. Was sollte nun aus ihr werden? Was hielt die Zukunft für sie bereit?

»Wir wissen nun, wo die Alpträume der vergangenen Nacht herrühren«, unterbrach Dr. Ross behutsam ihre Gedankengänge. »Womit erklären Sie sich das Verhalten Ihrer Tante Ihnen und Ihrer Mutter gegenüber? Ich habe immer wieder die Erfahrung gemacht, daß eine so drastisch zur Schau gestellte Herzlosigkeit auf tiefverwurzelten Ängsten, auf Eifersucht oder Minderwertigkeitskomplexen beruht.«

Felicia überlegte. Ein Gespräch fiel ihr wieder ein, das ihre Mutter und ihre Tante am Tage ihres Eintreffens in Graystones geführt hatten. »Da fällt mir höchstens eine Unterhaltung ein. Meine Tante sprach über meinen Vater. Aber das ist wohl nicht wichtig.«

»Überlassen Sie es lieber mir, das zu beurteilen, Miß Richards. Sie dürfen nicht vergessen, daß jedes kleine Bruchstück zählt, wenn Sie ein kaputtes Glas reparieren wollen. Mit Ihrem Verstand ist es genau das gleiche. Hinter Ihnen liegt eine furchtbar schwere Zeit. Deshalb hat Ihr Gedächtnis Sie im Stich gelassen. Damit es wieder richtig funktioniert, müssen wir Teilchen um Teilchen zusammensetzen.«

Felicia lächelte über den Vergleich. »Alles was Sie sagen, klingt so logisch und so selbstverständlich. Ach, Herr Doktor, ich wollte, ich könnte auch so logisch denken. Dann könnte ich ganz ohne fremde Hilfe wieder ganz die Alte werden.«

Dr. Ross mußte lachen. Er hegte die allergrößte Bewunderung für ihren Mut und ihre Haltung. »Worum ging es denn bei dieser Unterhaltung?«

»Sie fand am Tage unserer Ankunft bei meiner Tante statt. Ich weiß noch gut, wie Tante Gweneth über meine Mutter herzog, sie ausschalt und ihr vorhielt, sie habe einen Taugenichts geheiratet. Sie höhnte, es geschähe uns ganz recht, wie alles gekommen sei. Sie staune, daß wir nicht schon längst im Armenhaus gelandet seien. Ich weiß noch, daß Mama meinen Vater nach Kräften verteidigte; aber Tante Gweneths Mundwerk war sie einfach nicht gewachsen.

Doch eines sagte sie, was Tante Gweneth für eine Weile verstummen ließ.« Felicia legte die Stirn in Falten und versuchte angestrengt, sich an den genauen Wortlaut zu erinnern. »Ja, so war es. Sie sagte: ›Du hast dich nie mit der Tatsache abgefunden, daß Andrew mich heiraten wollte. Du hast dir immer eingeredet, er habe dich vorgezogen. Ich habe mich oft gefragt, wie du wohl darauf reagiert hast, daß ich mit dem Manne durchgebrannt bin, den wir beide liebten. Was du dir auch ausdenkst, um dich dafür zu rächen, Gweneth — meine glücklichen Erinnerungen kannst du mir nicht nehmen!‹ Nach einer Weile schrie meine Tante hysterisch: ›Glücklich! Glücklich! Davon kann ja jetzt wohl kaum die Rede sein, nicht wahr, meine liebe Schwester? Du kommst hier angekrochen und flehst mich an, dich und dein Balg bei mir aufzunehmen und für euch zu sorgen. Ich hätte nicht übel Lust, euch hinauszuwerfen und verhungern zu lassen.‹ Ich glaube, das entmutigte meine Mutter so, daß sie Tante Gweneth anflehte, uns nicht die Tür zu weisen.«

»Durch das, was Sie mir da gerade erzählt haben, bin ich zu der Überzeugung gelangt, daß Ihre Tante nicht ganz richtig im Kopf ist. Deshalb sollten Sie versuchen, alles zu vergessen, was sie Ihnen angetan hat und nur an die glückliche Zeit zurückdenken als Ihre Eltern noch lebten.«

»Herr Doktor, ich will gerne jeden Rat befolgen. Aber raten Sie mir bitte nicht, daß ich zu meiner Tante zurückkehre. Denn das tue ich auf keinen Fall.«

»Ihnen das zu raten, käme mir nie in den Sinn.«

Da wandte sich Felicia vertrauensvoll an Dr. Ross. »Vielleicht können Sie mir helfen, eine Stellung zu finden.«

Diese Frage kam völlig unerwartet. Dr. Ross runzelte die Stirn. »Ich weiß nicht, was Sie damit meinen. Sie haben doch eine Stellung.«

»Aber sehen Sie denn nicht ein, daß ich nicht weiter für Lady Louisa arbeiten kann? Jetzt weiß ich, wer ich bin und muß mich daran gewöhnen, ganz auf mich gestellt meinen Weg zu gehen. Ich kann diese Großmut nicht annehmen. Das... das ziemt sich nicht.«

Dr. Ross sah sie prüfend an. Die Sache war so sonnenklar,

als habe sie ihm reinen Wein eingeschenkt. Ihre Empfindungen standen ihr deutlich im Gesicht geschrieben. Felicia liebte Ian. Großer Gott, was für eine Gefühlsverwirrung, dachte er — um so mehr als ich bezweifle, daß sie den wahren Grund für ihre Flucht erkennt. Sie hat sicher das Gefühl, daß sie ihm nicht ebenbürtig ist. Er erkannte, wie sehr ihm ihr Glück am Herzen lag. Er sorgte sich weit mehr um sie, als es von Berufs wegen vertretbar war. Er hätte ihr gern mehr geholfen als nur mit seinem Rat, doch das wäre unfair und unprofessionell gewesen. Sie erschien ihm so zerbrechlich wie ein zartes Vögelchen, das jämmerlich um Hilfe piepste, und doch besaß sie ein unerschütterliches Selbstvertrauen. So konnte sie an nichts zerbrechen und war zu keinem Kompromiß bereit. Wenn er es sich recht überlegte, hatte sie ganz recht, wenn ihr daran gelegen war, eine gewisse Distanz zwischen sich und Ian zu schaffen. Bliebe sie nämlich bei Lady Louisa, würde sie unendlich leiden.

Felicia wunderte sich selbst darüber, daß sie Dr. Ross um Hilfe bat. Als er daraufhin so lange schwieg, fürchtete sie schon, daß er ihr das verübelte. Doch sie mußte Gewißheit haben. »Sie wollen mir also nicht helfen?« fragte sie ihn.

»Doch, Miß Richards, ich helfe Ihnen gern — selbst auf die Gefahr hin, daß Lady Louisa mir das nie verzeiht.«

»Danke! Vielen Dank!« rief Felicia erleichtert aus. »Ich wußte doch, daß Sie mich nicht im Stich lassen.«

»Ich brauche ein paar Tage, um mich umzuhören; aber ich bin sicher, daß ich Ihnen eine angenehme Stellung bei einem meiner Patienten verschaffen kann.« Felicia strahlte vor Freude. Da zerrannen seine Befürchtungen zu nichts. »Sie müssen Lady Louisa aber von Ihren Plänen unterrichten. Meine größte Sorge gilt nach wie vor ihrer Gesundheit.«

»Selbstverständlich, Herr Doktor«, versicherte ihm Felicia. »Sie wird mich sicher verstehen. Sie kann ja nicht von mir erwarten, daß ich für immer bei ihr bleibe. Es ist für beide Seiten am besten, wenn ich gehe, bevor wir uns zu sehr aneinander gewöhnt haben.« In Wirklichkeit fürchtete sie das Gespräch, das ihr bevorstand. Felicia wußte genau, daß Lady Louisa sich nicht so einfach mit ihrem Entschluß abfinden würde. Jedenfalls geschieht das zu meinem eigenen Besten, redete sie sich ein. Wenn ich bei ihr bliebe, würde ich ihren Lebensstil bald auch als den meinen betrachten. Wohin soll das führen? »Herr Doktor, es gibt auch noch einen anderen Grund, warum ich unbedingt fort möchte. Jetzt wo Tante Gweneth weiß, wo ich mich befinde, heckt sie vielleicht noch etwas Schlimmeres aus, als die Fahrt nach Manchester.«

»Dazu dürfte sie wohl kaum Gelegenheit haben, Miß Richards. Das läßt Ian auf keinen Fall zu. Er wird sie so zusammenstauchen, daß Sie nie wieder einen Gedanken an sie zu verschwenden brauchen.«

»Wie kommen Sie darauf, daß sich Lord Umber so für mich einsetzen könnte? Ist das dann auch eine seiner ›guten Taten‹? So wie er sonst für wohltätige Zwecke spendet?«

Ihre Stimme klang so schmerzlich, daß sie Dr. Ross ganz traurig machte. Ihm war sehr daran gelegen, sie zu trösten. »Wohl kaum. So würde ich das ganz bestimmt nicht nennen. Ian setzt sich unentwegt für Menschen ein, die ins Unrecht gesetzt und betrogen werden. Es besteht ja wohl kein Zweifel daran, daß Sie um Ihr rechtmäßiges Erbe betrogen und von einer rachsüchtigen Tante schwer ins Unrecht gesetzt worden sind. Lady Ormstead gehört zu den brutalen Menschen, denen Ian gern das Handwerk legt. So kann er Ihnen wenigstens ein klein wenig von dem vergelten, was er Ihnen verdankt.«

»Verdankt? Was sollte er mir wohl verdanken?«

»Sie haben seine Mutter sehr glücklich gemacht. Sie glauben ja nicht, wie sehr sich der Zustand Lady Louisas gebessert hat, seit Sie ihr Gesellschaft leisten. Bevor Sie kamen, Miß Richards, hatten wir alle schon fast die Hoffnung aufgegeben, daß sie je wieder Freude am Leben haben würde. Das wirkte sich natürlich auch auf Ian aus. Die eingebildeten Krankheiten seiner Mutter deprimierten ihn zutiefst, und es ging mit ihm bergab. Er ist ein sehr vielschichtiger Mensch, und es gelingt ihm fast immer, seine wahren Gefühle zu verbergen und der Welt eine Fassade der Leichtfertigkeit zu präsentieren. Daß Mutter und Sohn wieder zu sich gefunden haben, ist im Grunde Ihr Verdienst.«

Felicia sah den Arzt nachdenklich an. Seine Worte überraschten sie nicht. Vieles von dem eben Gesagten hatte sie selbst schon gespürt. Sie dachte an die wenigen Male, als Lord Umber seine Maske hatte fallenlassen. Da hatte sie in ihm einen rücksichtsvollen sensiblen Menschen erkannt. Er verbarg sein wahres Wesen meistens hinter einer undurchdringlichen Miene. Trotzdem wußte sie eines ganz genau: Sie wollte seiner Gnade und Barmherzigkeit nicht ausgeliefert sein — vor allem dann nicht, wenn er seine Arroganz hervorkehrte.

»Und vergessen Sie bitte nicht, sich an mich zu wenden, falls Sie irgend etwas brauchen«, sagte Dr. Ross. »Wenn Sie Hilfe benötigen, suchen Sie mich einfach auf. Nun wünsche ich Ihnen erst einmal, daß sich Ihre letzten Tage bei Lady Louisa so schön wie möglich gestalten, und zerbrechen Sie sich nicht den Kopf darüber, ob es recht oder unrecht ist, Wohltaten anzunehmen. Das tun Sie nämlich nicht. Sehen Sie das ein?«

»Ja, Herr Doktor«, erwiderte Felicia bescheiden. »Ich will mich bemühen, Ihrem Rat zu folgen. Aber da ist noch etwas... es wäre mir eigentlich lieber, wenn Sie Lord Umber und Lady Louisa nichts über meine Vergangenheit erzählten. Ich fürchte, ich könnte ihr Mitleid nicht ertragen. Das würde die letzten Tage noch viel schwerer machen.«

»Aber, Miß Richards«, wandte Dr. Ross ein, »was soll Ian denn von mir denken, wenn ich mich plötzlich weigere, mich mit ihm über das wichtigste Experiment zu unterhalten, das ich bisher durchgeführt habe?«

»Sie können ruhig mit ihm über meinen Fall sprechen. Ich möchte Sie nur bitten, ihm nichts über meine Herkunft zu verraten; denn wenn Lord Umber auch nur halb so neugierig und geschäftig ist wie ich vermute, gerät er vielleicht in Versuchung, meinen wahren Familiennamen zu erforschen. Ich sehe sowieso nicht ein, wieso er und seine Mutter jede Einzelheit erfahren sollten. Meine Erinnerungen sind zu schmerzlich.«

»Ich schwöre Ihnen, Ihren Wunsch zu respektieren.« Ihr Stolz duldet keine andere Möglichkeit, dachte er bewundernd.

12.

Als Felicia die Praxis von Dr. Ross verließ, beschloß sie, nicht gleich einer Droschke zu winken, sondern lieber erst ein Stück zu Fuß zu gehen. Sie brauchte Zeit, um zu verkraften, was geschehen war. Die Erinnerungen überfielen sie mit Macht. Es pochte und hämmerte in ihrem Kopf, daß ihr ganz schwindlig wurde. Sie mußte erst einmal Ordnung in ihre Gedanken und Gefühle bringen, bevor sie Lady Louisa einigermaßen gelassen gegenübertreten konnte. Es würde nicht leicht sein, Lady Louisa klarzumachen, daß sie eine andere Stelle anzutreten wünschte. Sie mußte sich genau überlegen, wie sie die Sache am besten anging. Eines stand jedoch fest: Nichts und niemand konnte sie noch dazu bringen, ihre Meinung zu ändern.

Wie konnte sie bleiben und Lady Louisas Gastfreundschaft genießen, wenn sie ihr das doch nie zurückzahlen konnte? Da war es doch weit besser, wenn sie ging. Auch Lord Umber spielte dabei eine Rolle. Er ließ ihr keine Ruhe. Sie sah ihn ständig vor sich und schloß gequält die Augen.

Felicia blieb an der Bordsteinkante stehen, überquerte die Kopfsteinpflasterstraße und bog ganz in Gedanken in eine kleine Nebenstraße ein. Was für einen Einfluß übte er auf sie aus? Plötzlich dämmerte ihr die Erkenntnis, daß er der wahre Grund für ihren Entschluß war, ein neues Leben anzufangen. War er ihr so unsympathisch? Nein. Sie wußte, daß das nicht der Fall war. Sie unterhielt sich gern mit ihm — auch wenn sie nicht immer einer Meinung waren. Sie empfand seine Gegenwart als sehr belebend. Gespräche mit ihm regten den Verstand an. Sie freute sich schon immer auf die nächste Begegnung mit ihm.

Mit einem Schlag erkannte sie die Wahrheit: Sie liebte ihn! Sie blieb wie angewurzelt stehen.

Als sie sich wieder in Bewegung setzte, achtete sie nicht darauf, wohin sie ging. Wie im Traum bahnte sie sich ihren Weg zwischen Rollfuhren, Pferden und Händlern hindurch. Wie unsagbar dumm von ihr, daß sie sich nicht schon viel früher darüber klargeworden war, was sie für ihn empfand. Kein Wunder, daß ihr Herz immer zum Zerspringen klopfte, wenn er sich näherte. Jetzt begriff sie auch, warum sie so wenig von Lady Barbara hielt. War sie eifersüchtig?

»*Ich war mit Blindheit geschlagen*«, flüsterte sie vor sich hin, als sie die Erkenntnis, was ihr Lord Umber bedeutete, mit aller Macht überfiel. »*Wie dumm bin ich gewesen!*«

Das schändliche Verhalten ihrer Tante und die Tatsache, daß sie selbst eine Waise war, verblaßten angesichts dieser überwältigenden Erkenntnis, an die sie sich nun erst gewöhnen mußte.

»*Ach, jetzt wünschte ich fast, ich hätte mich mit seinem Vorschlag einverstanden erklärt, seine Geliebte zu werden*«, seufzte sie. »*Dann hätte ich jetzt wenigstens schöne Erinnerungen, die mir niemand nehmen kann ... Mama, bist du jetzt sehr schockiert?*« So hielt sie Zwiesprache mit ihrer toten Mutter. Schamröte überzog ihr Gesicht angesichts des kühnen Wunsches, den sie zu äußern wagte.

Felicia dachte sehnsüchtig daran zurück, wie er sie am Tage ihrer Ankunft auf Alverston umarmt und geküßt hatte. Sie nahm die Schultern nach vorn und glaubte, seine Liebkosungen wieder zu spüren. Ob sie wohl je vergessen würde, wie sich beim Lachen tausend kleine Fältchen um seine Augen bildeten. Sie würde immer vor sich sehen, wie er sein Haar trug — ganz leger zurückgenommen, und doch der neuesten Mode entsprechend. Und wie rührend er sich um seine Mutter kümmerte. Sie liebte so vieles an ihm. Nun, es hatte wenig Sinn, sich auszumalen, was hätte sein können. Sie durfte sich ihren Tagträumen nicht mehr überlassen, bevor sie nicht eine andere Stellung fand. Gar nicht auszudenken, wenn Lord Umber erriet, was sie bewegte. Sie konnte sich lebhaft vorstellen, wie er sie dafür verachten würde, wenn er erkannte, daß aus ihrer Abneigung inzwischen eine so starke Zuneigung geworden war. Wie er sich jetzt gegenüber Lady Barbara verhielt, sagte ihr mehr als genug. Schon der Gedanke war ihr unerträglich, er könnte mit jemand anderem so über sie reden.

Sie tat wahrhaftig besser daran, über das Verhalten ihrer Tante nachzudenken. Das half ihr ganz gewiß, die nächsten Tage irgendwie zu überstehen. Es war ihr nach wie vor ein Rätsel, warum ihre Tante sie hatte loswerden wollen. Inwiefern stellte sie eine Bedrohung für ihre Tante dar, die sie zu diesem fürchterlichen Schritt getrieben hatte? Eifersucht war sicher nicht der einzige Grund — höchstens in Verbindung mit einem wahnsinnigen Zorn, der nicht mehr normal zu nennen war.

Jemand rempelte sie schmerzhaft an und riß sie jäh aus ihren Träumen. »Warum passen Se nich auf, wose hingehen, Fräulein?« geiferte ein Mann. »Schließlich is der Bürgersteig für alle Leute da und nicht nur für Sie.«

»Ich . . . es tut mir leid . . .« stammelte Felicia. Doch da war der Mann schon in der Menge untergetaucht.

»Lieber Himmel«, dachte sie schuldbewußt, als sie sah, wie spät es war. »Wenn ich nicht bald zu Hause bin, wird sich Lady Louisa Sorgen um mich machen.« Sie sah sich nach einer Droschke um, die meistens an Straßenecken standen. Zu ihrem großen Schrecken bemerkte sie auf einmal, daß sie in eine völlig unbekannte Gegend Londons geraten war. Nichts erschien ihr mehr vertraut — weder ihre unmittelbare Nachbarschaft, noch die höheren Gebäude überall. Besorgt hielt sie nach einem freundlichen Gesicht in der Menge Ausschau. Sie wollte sich erkundigen, in welcher Richtung der Berkeley Square lag. Als sie sich so umsah, fiel ihr ein offener Wagen auf, der stetig näher kam. Vor Entsetzen wie gelähmt, erblickte Felicia ihre Tante, die hochmütig in einer Ecke thronte. Felicia konnte sich vor Schreck nicht rühren. Sie sah die Kutsche näherkommen. Erst als sie begriff, daß ihre Tante sie gesehen hatte, versuchte sie zu fliehen. Sie wollte sich in einem Hauseingang verbergen. Wie gehetzt wandte sie sich um und wollte gerade davonlaufen, da schrie eine befehlsgewohnte Stimme: »Haltet die Diebin! Das junge Mädchen da! Es hat versucht, mir mein Reticule zu entreißen.«

Schon im nächsten Augenblick ging es sehr turbulent zu. Felicia versuchte, in dem Gewirr zu entkommen, doch die laute Stimme verfolgte sie überallhin. »Das Mädchen dort in dem grauen Kleid. Schnell, du Dummkopf — daß sie nur nicht entkommt!«

Felicia spürte plötzlich eine Hand auf ihrer Schulter und wurde grob herumgewirbelt.

»Ist sie das, Madam?« rief ein älterer Mann über die Menge hinweg. Felicia versuchte währenddessen, sich seinem festen Zugriff zu entziehen. »Das könnte dir so passen, du schmutzige Diebin! Was es doch für Gesindel gibt. Glaub nur nicht, daß du mir entkommst. Ich halte dich gut fest.« Er drehte ihr den rechten Arm auf den Rücken als wolle er gleich den Beweis dafür liefern.

»Bitte lassen Sie mich gehen, Sir«, flehte Felicia ihn an, während sie ein scharfer Schmerz durchzuckte. »Das Ganze ist ein Irrtum.«

»Das kannst du gleich der Polizei weismachen. Mal sehen, was die dazu sagt. Ich bezweifle allerdings, daß sie dir glauben werden. Wetten, daß die der Dame glauben, die dich beschuldigt hat? Für Miststücke wie dich haben wir schließlich die Strafkolonie − Hängen ist für deinesgleichen eine viel zu milde Strafe.«

Damit sprach er der Menschenmenge aus der Seele, die sich inzwischen um sie versammelt hatte. Angesichts der Feindseligkeit dieser Menschen protestierte Felicia lieber gar nicht erst. Lady Ormstead war inzwischen aus der Kutsche gestiegen und drängte sich rücksichtslos durch die Menge auf Felicia zu.

»Ja, guter Mann, das ist das Mädchen, das versucht hat, mein Reticule zu stehlen. Wenn Sie nicht gewesen wären, könnten wir sie jetzt nicht ihrer gerechten Strafe zuführen.« Sie drückte dem Mann eine Münze in die freie Hand. Sie sah Felicia an und schüttelte sich angewidert. So konnte sie sich des Beifalls der Menge sicher sein.

»Madam, Sie befinden sich im Irrtum«, wiederholte Felicia. Ihre Stimme zitterte vor Angst und Erregung. »Vielleicht ist jemand so freundlich und benachrichtigt...« Sie verstummte. Sie brachte es nicht über sich, Lord Umbers Namen vor all diesen Menschen zu nennen. Sie zog es vor, auf die Polizei zu warten. Einen Polizisten konnte sie die mißliche Lage, in der sie sich befand, gewiß viel besser erklären.

Felicia erstarrte, als sie den haßerfüllten Blick ihrer Tante mehr instinktiv spürte, als daß sie ihn sah. Sie fuhr gepeinigt herum. »Warum tun Sie mir das an, Madam? Was habe ich verbrochen, daß Sie mich so behandeln? Was haben Ihnen meine Eltern getan?« Felicias Stimme klang jetzt zwar ganz ruhig, doch ihres Zitterns wurde sie nicht Herr. Der gemeine Mann verdrehte ihr den Arm noch mehr. Felicia stöhnte vor Schmerzen.

»Nun seinse doch nich so herzlos!« schrie ihn eine Frau an. »Se brauchen ja nich gleich so brutal zu sein!«

»Paß auf, was du sagst! Du solltest vor der Lady hier auf deine Worte achten!« schnauzte sie ein dicker Mann an und wies auf Lady Ormstead. »Wir wolln se ja schließlich nich vaschrecken.« Er lachte zynisch und fuhr sich mit seiner schmutzverkrusteten Hand durchs Gesicht.

Lady Ormstead sah den Mann verächtlich an und wandte sich dann Felicia zu. »Ihre Fragen können Sie sich sparen«, höhnte sie. »Ich rede nicht mit Ihresgleichen.«

»Aber Tante...« wandte Felicia ein.

»Jetzt ist es aber genug! Hast du nich gehört, was die Lady sagt? Sie will nich mit dir reden.«

Bevor sich Felicia zur Wehr setzen konnte, teilte sich die Menge. Zwei Polizisten näherten sich. Sie wollten sehen, was da vorging. Sie schwangen ihre Knüppel, wandten kein Auge von der Menge und schoben ein paar langsame Leute einfach aus dem Weg.

»Na, was haben wir denn hier?« fragte der ältere der beiden Polizisten.

»Dieses junge Ding hier hat versucht, der Lady ihre Tasche zu entreißen«, riefen mehrere zugleich.

Der Polizist wandte sich Lady Ormstead zu. »Entspricht das der Wahrheit, Madam?« Lady Ormstead nickte. »Dann wird sie bald hinter Schloß und Riegel sitzen. Wir können nicht zulassen, daß ehrenwerte Leute ausgeplündert werden.«

Felicia sah den Polizisten flehend an, doch bevor sie auch nur ein Wort äußern konnte, trat Lady Ormstead vor. »Jawohl, Officer, da bin ich ganz Ihrer Meinung. Es verhält sich genau, wie diese Leute sagen... Diese... diese Person hat versucht, mein Reticule zu stehlen. Der liebenswürdige Mann da drüben hat sie festgehalten, als sie fliehen wollte.« Sie öffnete ihr Täschchen und entnahm ihm eine Karte. »Hier haben Sie meine Adresse. Sollten Sie irgendwelche

Fragen an mich haben, werde ich Ihnen diese gern beantworten. Wenn Sie nichts dagegen haben, möchte ich jetzt weiterfahren.«

Der Polizist nickte — sprachlos ob der Autorität, die von dieser Frau ausging. Ihre Allüren beeindruckten ihn zutiefst. »Aber... aber selbstverständlich, Eure Ladyschaft«, stammelte er kleinlaut und steckte die Visitenkarte ein, ohne einen Blick darauf zu werfen. Er spürte eine Münze zwischen seiner Hand und dieser Karte.

Er trat wichtigtuerisch vor Felicia hin und sagte mit feierlicher Miene: »Sie wissen, was man Ihnen vorwirft. Sie kommen also am besten mit und machen nicht erst Schwierigkeiten.« Er befreite Felicia recht unsanft von dem Zugriff des Grobians, der ihren Arm umklammert hielt und befahl den Leuten, aus dem Weg zu gehen. »Wer Zeuge dieser Straftat war, soll sich hier in Reih und Glied aufstellen. Mein Kollege nimmt Ihre Aussagen zu Protokoll.« Er marschierte los und zog Felicia hinter sich her.

Felicia haderte mit sich. Sie hätte wissen müssen, daß mit dieser Frau auch jetzt noch nicht gut Kirschen essen war. Sie ließ sich bereitwillig abführen. Ein Blick in das wildentschlossene Gesicht des Häschers zeigte ihr, daß er sich viel zu wichtig nahm, als daß er ihrer Version der Geschichte vor all diesen Menschen Gehör geschenkt hätte. Außerdem gönnte sie niemandem die Genugtuung, sie um Gnade bitten zu sehen — und schon gar nicht ihrer Tante. Daher ging sie hocherhobenen Hauptes davon und überstieg graziös die Hindernisse, die ihr die Leute absichtlich in den Weg legten.

Kaum außer Hörweite wandte sich Felicia an den Polizisten und bat ihn mit wohlklingender Stimme, sich anzuhören, was sie ihm zu sagen hatte.

Widerstrebend verlangsamte er seine Schritte und sah sich die ihm Anvertraute näher an. Verwundert stellte er fest, daß dieses junge Mädchen zwar sichtlich nervös, aber durchaus damenhaft und gut gekleidet war.

»Bitte, bitte, hören Sie mich an. Das Ganze ist ein großes Mißverständnis. Die Frau, die eben behauptet hat, daß ich ihr Reticule stehlen wollte, ist meine Tante...«

»Ja, ja, natürlich...« murmelte der Polizist gottergeben. »Und sie will Sie irgendwie loswerden und Sie um Ihr Vermögen bringen. Mein liebes Kind, da müssen Sie sich schon etwas Besseres einfallen lassen.«

»Es stimmt, daß sie mich loswerden will«, setzte sich Felicia zur Wehr. »Aber ganz gewiß nicht wegen meines Geldes. Bitte helfen Sie mir doch!« Sie schwieg und fragte sich, wie sie ihn davon überzeugen konnte, daß sie die Wahrheit sprach.

»Nun, verraten Sie mir mal, warum ich Ihnen eher Glauben schenken sollte als dieser feinen Dame.« Er tastete in seiner Tasche nach der Münze. »Glauben Sie nur nicht, daß Sie die Erste sind, die mir eine Geschichte von einer bösen Tante aufbinden will. Das sind Sie nämlich nicht.«

»Aber Sie müssen mir glauben«, bat Felicia flehentlich. Die Verzweiflung übermannte sie. »Ich sage wirklich die Wahrheit. Bitte, Officer, glauben Sie mir doch!«

Es entging dem Polizisten nicht, daß ihre Stimme ganz aufrichtig klang. Dieses junge Mädchen schien sich sehr zu quälen. »Ich wüßte nicht, wie ich Ihnen helfen sollte, Miß. Wissen Sie, das wäre gegen die Bestimmungen. Wenn ich Sie erst einmal in Gewahrsam genommen habe, kann ich Sie nur noch in Newgate abliefern.« Er kratzte sich am Kopf und überlegte. »Nein. Ich kann nichts tun als Sie dort hinzubringen und Sie der Justiz zu überantworten, damit die Gerechtigkeit ihren Lauf nimmt.«

»Nein, nicht nach Newgate!« schrie Felicia völlig außer sich. Ihr Gesicht drückte fassungsloses Entsetzen aus. »Das kann unmöglich Ihr Ernst sein, Sir. Dort... dort werden doch Verbrecher eingeliefert.«

»Spielt noch immer das Unschuldslamm!« fauchte der Polizist, der langsam die Geduld verlor. »Was glauben Sie wohl, was Sie sind? Verdammt noch mal, Sie sind eine Verbrecherin, und ich bringe Sie genau da hin, wo Sie hingehören!«

Da verlor Felicia zum zweitenmal an diesem Morgen die Besinnung und wäre umgesunken, wenn der Polizist sie nicht aufgefangen hätte.

Wieder empfand er Mitleid mit ihr; denn sie sah wirklich nach einer anständigen jungen Frau aus. Warum sie sich wohl aufs Stehlen von Handtaschen verlegt hatte? Aber was ging das ihn an. Er zuckte gleichgültig die Achseln. Er durfte nicht nachgiebig sein, nur weil sie ihn ein wenig an seine Tochter erinnerte. Er hielt nach dem Polizeiwagen Ausschau und entdeckte ihn ein Stück entfernt. Er machte dem Fahrer ein Zeichen, winkte ihn herbei, hob Felicia ohne viel Federlesens hoch und stieß sie hinten in den Wagen. Er knallte die Türen zu und verriegelte sie.

»Sie können Mrs. James alles erklären. Dann werden Sie ja sehen, ob sie Ihnen hilft«, rief er Felicia zu und schwang sich neben den Fahrer hinauf. »Vielleicht nimmt sie Ihnen die Geschichte von der bösen Tante ab.« Er wandte sich dem Fahrer zu und grinste verschwörerisch. »Böse Tante, nicht zu glauben. Was sich diese Schlampen so für Lügengeschichten ausdenken!«

»Sie sieht mir aber gar nicht nach einer dieser Schlampen aus«, erwiderte der Fahrer. Er deutete ein Grinsen an, indem er die Oberlippe über die schwärzlichen Schneidezähne hochzog. »Kommt mir eher vor wie eine, die ein feiner Lord hinausgeworfen hat, nachdem er seinen Spaß mit ihr gehabt hat.«

»Na, das soll nicht unsere Sorge sein. Wir brauchen bloß abzuwarten, ob jemand erscheint, der Anspruch auf sie erhebt und sie abholt.«

Felicia kam erst wieder zu sich, als ringsum Gefängnismauern aufragten. Angstgepeinigt versuchte sie sich zu erinnern, wo sie sich befand und was geschehen war. Da zerrte sie der Polizist aus dem Wagen ins bleiche Tageslicht hinaus, das durch die Wolken drang und den Gefängnishof in einen düsteren Glanz hüllte. Blitzartig fiel ihr David Burton ein. Warum hatte sie nicht schon früher an ihn gedacht? Er würde ihr ganz sicher helfen. Ein wenig getröstet sah sie ihren Wärter an. Sie faßte wieder Mut.

»Zu wem werde ich gebracht?« erkundigte sie sich. »Ich möchte meinem Anwalt sofort von diesem unglückseligen Mißgeschick berichten.«

»Sieh mal einer an! Vornehm geht die Welt zugrunde,

was? Anwalt – ich höre wohl nicht recht. Sie warten erst einmal, bis Mrs. James zu Ihnen kommt. Mal sehen, ob Sie dann noch immer Ihren Anwalt sprechen wollen.«

Bei soviel Hohn zerrann Felicias Mut zu nichts. Sie ignorierte seine boshafte Bemerkung. Von Angst getrieben fragte sie: »Wieviel verlangen Sie dafür, daß Sie mich in ein Privatzimmer oder eine Einzelzelle bringen, damit ich an meinen Freund schreiben kann, *bevor* ich diese Mrs. James spreche?« fragte sie. Diese Erleuchtung war ihr ganz plötzlich gekommen.

Der Polizist riß die Augen auf. Es schadete ja niemandem, wenn er sie erst einmal ein Weilchen in das kleinere Bürogebäude brachte. »Wieviel haben Sie denn bei sich?«

Widerstrebend öffnete Felicia ihre Börse und zeigte ihm die wenigen Münzen, die sich darin befanden. »Bis Mr. Burton kommt, ist das alles, was ich habe«, antwortete sie. »Aber ich weiß, daß er Sie für Mühe, die ich Ihnen gemacht habe, hinreichend belohnen wird.«

»Haben Sie wirklich Mr. Burton gesagt?« fragte der Polizist in scharfem Ton und steckte rasch das Geld ein. »Ich muß schon sagen, Sie haben einflußreiche Freunde.«

Felicia lächelte grimmig, weil plötzlich eine solche Wandlung mit dem Polizisten vorgegangen war. »Mr. Burton ist ein guter Freund der Familie. Wenn ich ihm erzähle, wie schlecht ich behandelt worden bin, würde ihm das sehr mißfallen...«

»Folgen Sie mir bitte, Miß. Ich sorge dafür, daß es Ihnen an nichts fehlt«, versicherte ihr der Polizist. »Mr. Burton ist ein sehr einflußreicher Mann. Er ist hier kein Unbekannter. Richten Sie ihm einfach aus, daß sich Jack Walsh um Sie gekümmert hat.«

Sie gelangten in ein kleines stickiges Hinterzimmer. Felicia war kolossal erleichtert, daß ihre List eine solche Wirkung zeigte. »Wenn Sie so freundlich sein wollen, mir Feder und Papier zu besorgen, kann ich Mr. Burton benachrichtigen. Und bitte auch noch eine Kerze.«

Der Polizist verschwand und schloß die Tür hinter sich ab. »Nur kein Risiko eingehen«, murmelte er vor sich hin. »Daß sie Mr. Burton kennt, besagt noch lange nicht, daß er auch bereit ist, ihr zu helfen. Und diese Lady, die auf einer Bestrafung besteht, scheint ein übles Weib zu sein, das bestimmt noch eine Menge Ärger macht. Nur immer schön sachte, Jack, mein alter Junge. Nur immer schön sachte.«

Kaum war Felicia allein, da erfaßte sie mit einem Blick, in was für einem schauderhaften Raum sie sich befand. Auf allem lag eine dicke Staubschicht. Eine plötzliche Bewegung in einem Winkel hinter der Wandverkleidung zeugte davon, daß hier eine Ratte ihr Unwesen trieb. Felicia konnte von Glück sagen, daß solche Nager keine Schrecken für sie bargen. Seit ihrer Kindheit auf dem Lande war sie daran gewöhnt. Sie maß den Kratzgeräuschen also keinerlei Bedeutung bei und machte sich daran, den Tisch in der Mitte des Raumes abzuwischen. Jede Art von Tätigkeit war entschieden besser als nur herumzustehen. Als sie den Tisch mit ihrem feinen Batisttaschentuch notdürftig gesäubert hatte, trat sie an das vergitterte Fenster und starrte trübsinnig auf den Hof hinaus. Sie mußte sich zwingen, Ordnung in ihre Gedanken zu bringen. Immer wieder stieg das Bild Lord Umbers vor ihr auf. Sie zwang sich, diese Bilder zu verdrängen und überlegte anstatt dessen, was sie David schreiben sollte. Sie konnte ihm natürlich nicht alles sagen. Ihr Stolz verbot es ihr, ihm gegenüber zu erwähnen, welche Rolle ihre Tante bei ihrer Festnahme gespielt hatte. Sie mußte sich kurz und bündig, aber doch ganz klar ausdrücken.

Als der Schlüssel im Schloß herumgedreht wurde, fiel Felicia wieder ein, wo sie sich befand.

»Ich habe getan, was ich konnte, Miß«, erklärte Jack Walsh entschuldigend und legte auf dem Tisch ab, worum sie ihn gebeten hatte. »Aber mit Kerzen sieht es hier schlecht aus.«

»Es wird schon gehen«, meinte Felicia. So mußte ihr eben dieses kleine Stümpfchen Wachs vorübergehend als Lichtquelle dienen. »Vielen Dank. Es wird nicht lange dauern, bis ich den Brief geschrieben habe.« Sie neigte sich über das Papier und fing an zu schreiben. Nach ein paar Minuten hatte sie die ganze Seite vollgeschrieben. Sie faltete die Seite in der Mitte und schrieb die Adresse von Davids Büro auf die Rückseite. »Mr. Burtons Kanzlei befindet sich Lincoln's

Inn 40, Mr. Walsh. Sein erster Sekretär gibt Ihnen sicher eine Guinee dafür, daß Sie diesen Brief abliefern.« Sie hielt es für angebracht, ihm immer wieder vor Augen zu halten, was bei der Sache für ihn an Geld herausspringen konnte. Eine andere Sprache verstand er nämlich nicht. »Aber bevor Sie gehen, könnten Sie mir vielleicht noch verraten, woher Sie Mr. Burton kennen. Ich wußte nicht, daß sein Ruf bis hierher reicht.«

»Er ist hier gut bekannt, weil er nicht davor zurückschreckt, die Ärmsten der Armen zu verteidigen. Er und der Richter Lord Davenport arbeiten zusammen. Wenn der Richter den Vorsitz hat, können Sie sicher sein, daß Mr. Burton als Verteidiger auftritt. Dabei kommt oft eine komische Gerechtigkeit heraus; aber alle werden fair behandelt. Ich könnte Ihnen auch Richter und Anwälte nennen, bei denen das nicht so ist.«

»Ich verstehe«, erwiderte Felicia. Doch das stimmte nicht. Wie konnte David, ein so junger Mann, schon so berühmt sein? Auch überstieg es ihr Begriffsvermögen, wie David und sein Richter Recht sprachen.

»Und wenn Sie sagen, daß Mr. Burton ein Freund der Familie ist, wissen Sie ja auch genau, wie er und irgendein Lord sich um die Kinder der Verurteilten kümmern.«

»Darüber weiß ich nicht genau Bescheid«, wich Felicia aus. Ob das wohl Lord Umbers gute Werke waren, von denen ihr berichtet worden war? »Mr. Burton ist sehr bescheiden und spricht nicht viel über seine guten Werke.«

Jack Walsh kniff die Lippen zusammen. Ihm war da etwas eingefallen. »Wenn Sie diesen Mr. Burton wirklich kennen und ihn auf mich aufmerksam machen, könnten Sie vielleicht − wenn Sie die richtigen Worte finden − dafür sorgen, daß er in Erwägung zieht, mich und meine Frau als Leiter eines dieser Heime für die Kinder Gestrauchelter einzusetzen.«

»Sie haben sich mir gegenüber als freundlich erwiesen, Mr. Walsh. Deshalb wäre das durchaus zu überlegen«, meinte Felicia und zog sich damit erst einmal aus der Affäre. Bei den Worten dieses Polizisten war ihr ganz warm ums Herz geworden. Aus irgendeinem unerklärlichen Grund wußte sie genau, daß es sich bei dem Lord, von dem Walsh gesprochen hatte, um Lord Umber handelte. Es beglückte sie, daß er sich den Unterprivilegierten gegenüber genau so nobel verhielt, wie seiner Mutter gegenüber. Sie hatte ihn verkannt. »Ich versichere Ihnen, daß ich mit Mr. Burton über Sie sprechen werde.«

Er sah sie einen Augenblick eindringlich an. »Dann gehe ich jetzt, Miß, sonst bin ich vor Einbruch der Dunkelheit nicht zurück.«

»Vielleicht könnten Sie mir noch etwas verraten, bevor Sie gehen, Mr. Walsh. Wie hoch ist denn das Strafmaß, das auf ein Verbrechen steht, das ich begangen haben soll?«

»Tod durch Erhängen, Miß — oder Deportation. Es kommt natürlich ganz auf die Beweisführung an«, fügte er rasch hinzu, als er sah, daß alle Farbe aus Felicias Gesicht wich. »Es ist ein schlimmes Vergehen, Miß — ganz gleich wer Sie auch sind.«

»Aber ich bin doch unschuldig«, flüsterte Felicia. »Unschuldig. Bitte liefern Sie den Brief rasch ab. Ich habe keine Ruhe, solange ich nicht weiß, ob der Brief in die richtigen Hände gelangt ist.«

»Auf Jack Walsh ist Verlaß, Miß. Ich werde dafür sorgen, daß Mr. Burton diesen Brief erhält. Vielleicht fühlen Sie sich besser, wenn ich zusehe, daß Sie bis zu meiner Rückkehr in diesem Raum hier bleiben können. Das kostet natürlich ein bißchen mehr als Sie mir bisher gegeben haben; aber wir können ja eine Rechnung aufstellen, wenn Mr. Burton herkommt.«

»Was ist denn mit dieser Mrs. James, von der Sie gesprochen haben? Erwartet sie mich nicht?«

»Über die brauchen Sie sich Ihr hübsches Köpfchen nicht zu zerbrechen. Mit Ihrer Verlegung eilt es ja nicht, vor allem dann nicht, wenn ich ein gutes Wort für Sie einlege.«

»Ich danke Ihnen, Mr. Walsh«, flüsterte Felicia bedrückt. »Ich weiß wirklich nicht, was ich ohne Sie tun würde.

»Nur immer schön ruhig, Miß«, versuchte er sie zu trösten. Er bekam es langsam mit der Angst zu tun. »Werden Sie mir nicht wieder ohnmächtig. Noch geschieht Ihnen ja nichts. Und wenn Sie Mr. Burton wirklich kennen, erreicht er es vielleicht sogar, daß diese Dame ihre Beschuldigung zurücknimmt. Er soll ein großer Überredungskünstler sein. Überhaupt tue ich nicht mehr für Sie als hoffentlich ein jeder für meine Tochter täte, sollte sie sich je in einer ähnlichen Lage befinden – was Gott verhüten möge.«

Felicia lächelte ermattet. Sie wußte, daß Geldgier die einzige Triebfeder seines Handelns war. Trotzdem war sie ihm dankbar, weil er sich bereitgefunden hatte, ihr zu helfen. »Ich warte also hier, bis Sie wiederkommen.«

13.

Als Lady Ormstead in ihr gemietetes Haus in der Upper Grosvenor Street zurückkehrte, wirkte sie so selbstgefällig und zufrieden, daß sich der Lakai Mr. Nestor gegenüber dazu äußerte: »Sie ist ja heute mittag wie ausgewechselt – eine reine Freude. Und ich hatte schon befürchtet, sie könnte mich vor die Tür setzen, weil ich diesem Gentleman heute morgen nicht richtig Auskunft gegeben habe. Es geschehen noch Zeichen und Wunder. Finden Sie nicht auch, Mr. Nestor?«

Der Butler bedachte ihn mit einem eisigen Blick, bevor er sich zu einer Antwort herabließ. »Wenn du von Lady Ormstead sprichst, mein Junge, dann sei so nett und sage das auch. Ich weiß wirklich nicht, was sich die Agentur dabei gedacht hat, dich als erfahrenen Lakaien herzuschicken. Mir ist noch nie jemand begegnet, der so wenig Ahnung von seinen Pflichten hat wie du.« Er rümpfte die Nase und schlug die Augen zum Himmel. Er hielt sich für den Inbegriff der Vornehmheit. Doch das schien den Lakaien wenig zu beeindrucken.

»Ach, hören Sie doch auf, Mr. Nestor. Sie wissen doch, daß die Agentur niemanden außer mir hätte herschicken können. Sie – oh, Verzeihung, ich meine Lady Ormstead – hat doch in dieser Saison schon sieben arme Hunde wie mich verschlissen. Ich habe diese Stellung überhaupt nur angetreten, um Erfahrungen zu sammeln. Denn eines Tages werde ich der Gentleman eines Gentleman sein.« Er grinste seinen Mentor spitzbübisch an. Doch der trug eine undurchdringliche Miene zur Schau.

»Dann lernst du am besten erst einmal, wie man sich in Gegenwart eines Gentleman benimmt«, gab Mr. Nestor sarkastisch zurück. »Und sorg dafür, daß du diesem Lord Umber genau das ausrichtest, was dir Lady Ormstead aufgetragen hat, wenn er wiederkommt.«

Lady Ormstead würgte diese Moralpredigt vorzeitig ab, indem sie nach dem Butler läutete. Nestor eilte zu ihr.

Im Salon fragte er seine Herrin überflüssigerweise: »Sie haben geläutet, Madam?«

»Ja, Nestor. Ich wollte Lord Umber heute nachmittag eigentlich nicht empfangen. Doch ich habe es mir anders überlegt. Führen Sie ihn bitte in das braune Zimmer, wenn er wieder vorspricht.«

»Ich hoffe, Eure Ladyschaft verübeln es mir nicht, wenn ich darauf hinweise, daß der Kamin dort schrecklich qualmt. Es wäre vielleicht angebrachter, ihn in der Bibliothek zu empfangen.« Er hüstelte mißbilligend.

»Nein, nein, Nestor. Tun Sie, was ich Ihnen sage. Lord Umber wird nicht lange bleiben. Da fällt das bißchen Rauch nicht ins Gewicht.« Ihre Augen funkelten vor Erregung. »Und es besteht kein Grund für Sie, in der Nähe zu bleiben.«

»Wie meinen Madam?«

»Ich will nicht, daß Sie an der Tür lauschen, Nestor.«

»Aber Madam!« wehrte sich der Butler ganz entrüstet. »In meinem ganzen Leben habe ich so etwas Verabscheuungswürdiges noch nicht getan!«

»Ist ja schon gut«, sagte Lady Ormstead ungnädig. »Dann fangen Sie nicht ausgerechnet heute damit an.«

»Ist das alles, Madam?« erkundigte sich Nestor hölzern. Ihre Vulgarität nahm ihn so mit, daß er seinen unbändigen Zorn kaum mehr verbergen konnte. Sie hatte ihn mit ihren Verdächtigungen bis ins Mark getroffen.

Lady Ormstead entließ ihn, indem sie ihn mit einer Handbewegung wegscheuchte. Sie befahl ihm, Wendy herzuschicken. Dann lehnte sie sich zurück und dachte an die bevorstehende Unterredung. »Ich glaube, es ist geschafft«, sagte sie sich. Ihr Herz tat einen Freudensprung. »Endlich ist es mir gelungen, sie mir vom Hals zu schaffen. Kein Mensch wird je erfahren, daß Richard und Arabella eine Tochter hatten.« Ein irres Kichern und Gegacker quoll wie eine Eruption aus ihrer Kehle und erschütterte die ganze unförmige Gestalt. Sie erinnerte an einen Wackelpudding.

»Mama, Mama, dir fehlt doch hoffentlich nichts?«

Die besorgte Stimme ihrer Tochter riß Lady Ormstead jäh aus ihren Träumen. »Was ist denn, Kind?« fragte sie ungehalten. »Wie oft muß ich dir noch sagen, daß du dich nicht so anschleichen sollst. Du weißt doch, daß es Gift für mein Herz ist, wenn ich erschrecke. Du bist so rücksichtslos, Wendy.«

Wendy stand mit hängendem Kopf da und biß sich nervös auf die Lippen. »Verzeih mir bitte, Mama«, jammerte sie. »Aber Nestor hat gesagt, du willst mich sprechen.«

Lady Ormstead sah ihre Tochter scharf an. Dann sah sie aus dem Fenster. Was für ein Jammer, daß sie mit so einer fetten, unattraktiven Tochter geschlagen war. Dieses mit Pickeln übersäte Gesicht! Dagegen war kein Kraut gewachsen. Und diese Figur! Und wenn man sie noch so fest schnürte – die so gefragte schmale Taille hatte sie nun einmal nicht. Zu allem Unglück hatten sie noch nicht eine nennenswerte Einladung erhalten. Und dann mußte sie auch noch Felicia freudestrahlend zwischen Lord Umber und seiner verwitweten Mutter sitzen sehen, wo sie doch so sicher war, sich Felicia für immer vom Hals geschafft zu haben. Es ging über ihre Kräfte. Wendy dagegen hatte noch keinen einzigen Mann im heiratsfähigen Alter kennengelernt. Nur ihr Nachbar, Mr. Brown, hatte ihr einen Antrag gemacht. Doch der könnte altersmäßig Wendys Großvater sein. Zähneknirschend murmelte sie vor sich hin: »Es geschähe ihr ganz recht, wenn ich den Antrag annähme.«

»Wie bitte, Mama? Ich habe dich nicht verstanden.«

»Unterbrich mich nicht, Wendy. Merkst du denn nicht, daß du störst? Setz dich hin, und hör auf herumzuhampeln. Und streich gefälligst dein Kleid glatt du siehst ja fürchterlich aus.«

»Ja, Mama. Entschuldige, Mama«, raunte Wendy wehleidig und gehorchte.

»Du sollst wissen, daß zum erstenmal ein Mann um deine Hand angehalten hat. Ich überlege gerade, ob ich diesen Antrag annehmen soll.«

»Ja, Mama«, murmelte Wendy bedrückt.

»Willst du denn nicht wissen, durch wen dir diese Ehre widerfahren ist? Kind, du machst mich richtig krank. Außer Cremeschnitten und Bonbons interessiert dich rein gar nichts. Mr. Brown kann es kaum erwarten, dich zur Frau zu nehmen.«

»Mr. Brown?« rief Wendy erschrocken aus. »Aber wie kann er das tun? Er kennt mich doch überhaupt nicht. Wir haben noch kein einziges Wort miteinander gewechselt. Ich habe ihm nie die geringste Hoffnung gemacht, ihn nicht das kleinste bißchen ermutigt. Bitte, Mama, tu mir das nicht an. Er ist ... er ist doch viel zu alt für mich, und außerdem ist er taub.«

»Wendy, meine Antwort steht ja noch aus, du brauchst dich also nicht zu echauffieren. Aber wie du dich bei Bällen aufführst, machst du auf jüngere Männer natürlich keinen guten Eindruck. Du bist ein Mauerblümchen, meine Liebe«, sagte sie gehässig, »noch dazu ein reichlich welkes.«

»Aber Mama«, schniefte Wendy, »das ist doch nicht meine Schuld. Wenn du doch nur ein Mädchen — eine Zofe — wie Felicia für mich finden könntest. Ich weiß genau, daß ich dann viel besser aussehen würde. Die Zofe, die wir jetzt haben, ist ja noch schlimmer als Sadie. Niemand frisiert mich so schön wie Felicia. Niemand! Warum hast du sie bloß weggeschickt?«

»Wie?« Lady Ormsteads Stimme klang gefährlich leise. »Von wem sprichst du da? Habe ich dir nicht verboten, ihren Namen in meiner Gegenwart je wieder in den Mund zu nehmen? Habe ich dir nicht befohlen zu vergessen, daß es sie je gegeben hat? Ich dulde keinen Ungehorsam, Wendy. Geh sofort in dein Zimmer. Du verläßt es den ganzen Tag nicht mehr. Und wenn du dich meinen Wünschen weiterhin widersetzt, nehme ich Mr. Browns Antrag für dich an

und überlasse es ihm, ein bißchen Vernunft in dich hinein-
zuprügeln.«

Wendy brach in Tränen aus und schluchzte ganz hysterisch. »Bitte, Mama, tu das nicht«, flehte sie ihre Mutter an.
»Es tut mir leid, daß ich ungehorsam war. Ich verspreche
hoch und heilig, daß es nie wieder vorkommt. Aber bitte,
bitte, sage Mr. Brown nicht zu.«

»Geh sofort in dein Zimmer«, fuhr Lady Ormstead ihre
Tochter an. »Ich habe mehr als genug von deinen Szenen.
Geh in dich und denk darüber nach, was für Ärger du mir
ständig machst. Vielleicht bin ich dann morgen eher ge-
neigt, dir zu verzeihen.«

Wendy heulte zum Steinerweichen und stürzte aus dem
Zimmer. Ihre Mutter sah ihr tiefbefriedigt nach. Jetzt konnte
sie ganz beruhigt sein. Sie konnte sich nun ganz ungestört
mit Lord Umber unterhalten. Sie wußte, daß Wendy es
nicht wagen würde, an diesem Tag noch einmal herunterzu-
kommen.

Die friedliche Atmosphäre und die Ruhe bei Whites verfehl-
ten ihre Wirkung auf Lord Umber nicht. Er beruhigte sich
wieder. Als er die Lektüre der Morgenzeitungen gerade be-
endet hatte, tippte ihm jemand auf die Schulter. Er blickte
auf. Hinter ihm stand Dr. Ross. Lord Umber erhob sich und
verließ hinter Dr. Ross das Lesezimmer.

»Paul, mein lieber Freund, welchem Umstand verdanke
ich denn diese Ehre? Sonst verläßt du doch deine Praxis frühestens am Spätnachmittag.«

Dr. Ross lächelte. »Ich habe gehofft, du würdest mich auf-
fordern, einen Happen mit dir zu essen. Im übrigen kommt
es gelegentlich vor, daß ich meiner Praxis schon mittags den
Rücken kehre.«

»Mittagessen? Das ist eine glänzende Idee. Entschuldige
mich bitte. Ich reserviere einen Tisch für uns.« Er schnippte
mit den Fingern. Ein Ober eilte herbei. Lord Umber sprach
leise auf ihn ein. Dann kehrte er zu Dr. Ross zurück.
»Komm bitte mit, Paul. Es sieht ganz danach aus, als könnten wir sofort einen Tisch bekommen.«

Die beiden Männer schwiegen, als sie in den Speisesaal

140

mit der Kuppeldecke und dort zu einem Tisch am anderen Ende geführt wurden. Sie gaben die Bestellung auf. Erst dann brach Dr. Ross das Schweigen.

»Ian, ich weiß, es ist anmaßend von mir — aber ich möchte dich um dein Verständnis und deine Nachsicht bitten.«

»Was soll das heißen, Paul? Warum so förmlich? Wir kennen uns doch wahrhaft lange genug und können auf derlei Äußerlichkeiten verzichten. Was bedrückt dich denn so?«

Dr. Ross zögerte. »Ich... ich möchte mich mit dir über Miß Richards unterhalten.«

»Aha! Deine Lieblingspatientin. Warum blickst du denn so ernst drein?« Er versuchte, so gleichmütig wie möglich zu erscheinen, doch aus seinen Worten sprach Resignation. Anscheinend hatten sich alle verschworen, es ihm unsäglich schwer zu machen, Felicia zu vergessen. Er hatte ja geahnt, daß es nicht leicht sein würde. Doch Dr. Ross und viele andere machten es ihm unmöglich.

»Die Sitzung heute morgen ist meiner Ansicht nach allerbestens verlaufen. Miß Richards erinnert sich jetzt wieder an alles. Sie weiß, wer sie ist, wer ihre Eltern waren und vor allem, wer Lady Ormstead ist.« Dr. Ross fragte sich, was ihn eigentlich dazu bewogen hatte, einzugreifen, und wie er jetzt am besten vorging. Lord Umber wirkte irgendwie geistesabwesend. Daraus schloß Dr. Ross, daß sein Freund vielleicht ganz erleichtert sein würde, wenn er erfuhr, daß Felicia sich entschlossen hatte, Lady Louisa zu verlassen. »Nachdem ihr alles wieder eingefallen war, hat sie sich entschlossen, anderswo eine bezahlte Stellung anzutreten.«

»So«, meinte Lord Umber nachdenklich und fragte sich, warum ihm diese Auskunft so mißfiel. »An ihrem Entschluß ist wohl nicht mehr zu rütteln.«

Dr. Ross schüttelte den Kopf. »Meine Sorge gilt natürlich deiner Mutter. Miß Richards möchte ihre Güte und Großzügigkeit nicht länger in Anspruch nehmen — obwohl sie Lady Louisa inzwischen sehr ins Herz geschlossen hat.«

»Aber woraufhin hat sie sich dazu entschlossen, Paul?« unterbrach ihn Lord Umber ungeduldig. »Gibt es da irgend etwas in ihrer Vergangenheit, das sie glauben macht, daß sie nicht zur Gesellschafterin taugt? Sollte sich mein Verdacht etwa bewahrheiten, was ihren wirklichen Beruf angeht?« fragte er verbittert. Doch er rief sich gleich zur Ordnung.

»Weit gefehlt, Ian. Soviel ich weiß, hat sie vorbildliche Referenzen. Aber es muß dir doch schon aufgefallen sein, wie frei und unabhängig sie ist. Dieser Freiheitsdrang hat sie dazu gebracht, ihren Weg zu gehen. Ich sage das übrigens nur, weil ich möchte, daß du mir versprichst, ihr keine Steine in den Weg zu legen und ihr den Abschied nicht noch schwerer zu machen, als er ohnehin schon ist.«

Lord Umber erriet, daß sich hinter diesen Worten weit mehr verbarg, als Dr. Ross preisgeben wollte, doch er war nicht hellsichtig genug, um zu durchschauen, was Dr. Ross bewegte. So hob er nur fragend eine Augenbraue. »Was soll das denn heißen, Paul? Ich kann sie ja schließlich nicht anketten und zwingen, bei meiner Mutter zu bleiben. Wenn Miß Richards wirklich gehen möchte, steht ihr das selbstverständlich frei. Sie kann mit meinem Beistand rechnen. Das heißt, ich werde dafür sorgen, daß Mama nicht allzu massiv versucht, Miß Richards ihre Pläne wieder auszureden.« Lord Umber strich sich beim Sprechen unentwegt über die Krawatte. Dr. Ross erkannte mit geschultem Blick, daß seinen Freund etwas quälte. Doch er wußte, daß er sich vorerst mit den Versprechungen zufriedengeben mußte. Es wäre sinnlos, Lord Umber jetzt über seine Gefühle aushorchen zu wollen. »Ausgezeichnet. Dann brauche ich mir ja um meine beiden Patientinnen keine Sorgen mehr zu machen und kann mich unbeschwert dem Essen widmen.«

Lord Umber beobachtete seinen Freund eine ganze Weile und versuchte, sich wieder zu beruhigen. Sein Entschluß, sein altes Leben wieder aufzunehmen, erschien ihm plötzlich hohl und abgeschmackt. Der Gedanke, daß er Felicia nie wiedersehen würde, schmerzte ihn. Woher kam nur dieser ungeheure Freiheitsdrang bei ihr? Für eine so intelligente Frau war sie manchmal ziemlich unvernünftig.

»Paul, du hast mich neugierig gemacht. Wer ist denn diese Lady Ormstead? Ich habe heute morgen bei ihr vorgesprochen, wurde aber abgewiesen.«

Dr. Ross schwankte kurz, antwortete dann aber: »Lady Ormstead ist Miß Richards' Tante. Die beiden stehen sich aber nicht sehr nahe.«

Lord Umber dachte an die Szene zurück, die sich am Abend zuvor im Theater abgespielt hatte. »Das glaube ich — wenn man bedenkt, wie sie sich gestern abend Miß Richards gegenüber aufgeführt hat.« Er wirkte auch jetzt ganz gelassen, doch das täuschte. Seine Sinne waren aufs äußerste geschärft. Er merkte auf. Irgend etwas stimmte nicht an der Geschichte, wie Dr. Ross sie ihm servierte. »Eigentlich wollte ich Mrs. Ormstead noch einmal aufsuchen. Aber wenn sich Miß Richards wieder an alles erinnert, verzichte ich lieber auf dieses zweifelhafte Vergnügen. Gibst du mir da nicht recht?«

»Allerdings. Ein zweiter Besuch erübrigt sich ja jetzt. Und ich bin mir auch ganz sicher, daß es Miß Richards so viel lieber ist.«

Die Antwort kam überstürzt, doch Lord Umber ging der Sache nicht auf den Grund. Es hatte wenig Sinn, Paul auszufragen, wenn er nicht darüber sprechen wollte. »Wenn du meinst, Paul«, sagte er daher abschließend und zog sich so aus der Affäre. Insgeheim schwor er sich jedoch, sehr wohl noch einmal bei Lady Ormstead vorzusprechen. Gab es irgendeinen dunklen Punkt in Miß Richards Leben? Hatte sie etwas zu verbergen? »Was ist denn mit dieser Fahrt nach Manchester, Paul? Welche Erklärung hatte Miß Richards dafür?«

»Das läßt sich leicht erklären. Sie hatte die falsche Adresse. Als ich ihr das offenbarte, schien es sie gar nicht zu erschüttern. Sie hat dort anscheinend Verwandte, wäre dort also nicht vor die Hunde gegangen. Jedenfalls wäre sie dort nicht in die Bredouille geraten wie Lady Louisa sich das eingebildet hat.« Dr. Ross staunte nicht schlecht, daß er es fertigbrachte, zu lügen. Doch da Ian sich mit der Erklärung zufriedengab, machte er sich weiter keine Gedanken. Nun mußte er nur noch daran denken, Felicia mit seiner Version vertraut zu machen, damit sie ihm nicht widersprach.

»Wir haben uns also ganz umsonst Sorgen gemacht, wie? Wir haben alles viel zu schwarz gesehen.« Er hob sein Glas und brachte einen Toast aus. »Ich möchte auf dich trinken, Paul. Du hast einen großen Erfolg zu verzeichnen und eine bemerkenswerte Leistung vollbracht. Möge Anton Mesmer ebenso beeindruckt sein.«

»Ich danke dir, Ian. Vielen Dank. Ich muß gestehen, daß auch ich in Hochstimmung bin; denn zuzeiten habe ich doch daran gezweifelt, ob es mir je gelingen wird, diese Mauer des Vergessens zu durchbrechen. Dabei waren mir zwei Dinge eine große Hilfe...«

Lord Umber saß ganz ruhig da und gab sich nach außen hin den Anschein als lausche er dem Freund mit der größten Hingabe. Doch in Wirklichkeit dachte er an Felicia und das sonderbare Verhalten seines Freundes. Irgend etwas an der ganzen Sache erregte sein Mißtrauen. Er zweifelte zwar nicht daran, daß Felicia ihr Gedächtnis wiedergefunden hatte, doch ein vages Gefühl sagte ihm, daß da irgend etwas nicht stimmte. Es ließ sich nicht bestreiten, daß Paul daran gelegen war, Felicia zu schützen. Er konnte sich allerdings nicht denken, wovor. Er wunderte sich über die Intensität seiner Gefühle und bemühte sich, seine Gedanken in andere Bahnen zu lenken. Ungeduldig zog er seine Taschenuhr und sah, daß ihm bis drei Uhr noch vierzig Minuten blieben. »Ich unterbreche deinen Vortrag nur höchst ungern, Paul«, versicherte er seinem Freund, »aber ich bin schon vorher eine Verabredung eingegangen. Deshalb mußt du mich jetzt bitte entschuldigen.«

»Mein lieber Ian, ich bin bereits seit fünf Minuten fertig«, klärte ihn sein Freund auf. »Seitdem haben wir uns angeschwiegen.«

Da blickte Lord Umber nicht übermäßig intelligent drein. »Entschuldige mein rüdes Benehmen. Das war wirklich keine böse Absicht. Ich habe darüber nachgedacht, wie ich meine Mutter ablenken, womit ich ihr eine Freude machen kann, damit sie leichter über die Trennung von Miß Richards hinwegkommt.«

»Das ist nett von dir«, sagte Dr. Ross ganz sanft. »Laß es mich bitte wissen, wenn ich dir irgendwie helfen kann.« Er erhob sich und ging. Im Vorübergehen winkte er ein paar Bekannten zu.

144

Lord Umber brach gleich nach ihm auf, ließ seine Kutsche kommen und fuhr in die Upper Grosvenor Street.

Es zeigte sich gleich, daß er mit seinem zweiten Besuch bei Lady Ormstead mehr Erfolg haben würde. Kaum hielt seine Kutsche vor dem Haus, da wurde die Haustür aufgerissen und ein untadelig gekleideter Lakai erschien. Lord Umber erkannte in ihm kaum den Lakaien vom Vormittag wieder, so verändert trat ihm die armselige Kreatur jetzt entgegen.

»Wie ich sehe, werde ich erwartet«, bemerkte er mit näselnder Stimme und ließ sich absichtlich darüber aus, was nicht zu übersehen war. Er drückte dem Lakaien Hut und Handschuhe in die ausgestreckten Hände.

Mr. Nestor trat aus einer dunklen Nische und schuf durch seine bloße Gegenwart eine erstaunlich würdevolle Atmosphäre, die dem schäbigen Haus gut anstand. »Bitte hier hinein, Eure Lordschaft«, ließ sich der Butler vernehmen. »Lady Ormstead kommt sofort.«

Lord Umber ließ sich nicht anmerken, wie sehr ihm der düstere Raum mißfiel, in den der Butler ihn führte. Er trat an den qualmenden Kamin und tappte gelangweilt in die schon fast erloschene Glut. Die Tür, die dringend geölt werden mußte, schloß sich quietschend hinter dem Butler. »Ich bin ja selber schuld«, sagte sich Lord Umber. »Hätte ich auf Paul gehört, wäre ich nicht hier.« Er sah sich verächtlich in dem Raum um. Das billige Mobiliar, der abgelaufene Teppich und der von den Wänden abblätternde Anstrich zeugten von ›verarmtem‹ Adel. Wahrscheinlich klammerte sich Lady Ormstead gerade noch mit letzter Kraft an die Nachhut der Gesellschaft. *»Wäre sie etwas liebenswürdiger, so wäre ihr sicher mehr Erfolg beschieden«*, dachte Lord Umber wütend. Er trat ans Fenster, starrte auf lauter rote Ziegelbauten und verzog das Gesicht. Es fiel ihm schwer, sich Felicia in dieser Umgebung vorzustellen. Das war als wollte man einen schönen exotischen Vogel in einen engen Käfig sperren. Doch wenn Paul sich nicht irrte, stand sie dieser Tante nicht sehr nahe. Das hieß jedoch nicht, daß sie hier nicht einmal zu Hause war, dachte er triumphierend. David erinnerte sich ja noch daran, eine Mrs. Richards angetroffen zu haben, als er Lady Ormstead besuchte. Er runzelte die Stirn und hätte liebend gern gewußt, warum ihm Paul beim Essen ausgewichen war. Wahrscheinlich machte er damit vom Arztgeheimnis Gebrauch. Trotzdem betrachtete er das als Provokation. Er hätte wissen müssen, daß sich Felicia dahinter verbarg. Warum wollte sie ihre Vergangenheit vor ihm geheimhalten? Was hatte sie Schändliches getan? Er stellte sich das Schlimmste vor und genoß das auch noch. Doch dann verwarf er den Gedanken wieder. Er redete sich ein, daß sie zu so etwas Widerwärtigem nicht fähig sei. Daß sie sich eine andere Stellung suchen wollte, mußte an irgend etwas liegen, was ihre Eltern getan hatten.

Er sah sie wieder vor sich. Die Kehle wurde ihm eng, und sein Herz schlug wie rasend. Verdammtes Mädchen! Würde er sie nie vergessen können?

Er wurde jäh aus seinen Gedanken gerissen, als die Tür quietschte und knarrte. Lady Ormstead erschien. Mit einem breiten Lächeln kam sie hereingerauscht. »Verzeihen Sie, Lord Umber, daß ich Sie habe warten lassen. Setzen Sie sich bitte.« Sie wies auf einen furchtbar unbequem aussehenden Sessel unmittelbar vor dem qualmenden Kamin. Sie selbst nahm auf dem einzigen, einigermaßen bequemen Stuhl Platz.

Lord Umbers Blick fiel auf die Uhr auf dem Kaminsims. Sie hatte ihn wahrhaftig eine Viertelstunde warten lassen. Gelangweilt wandte er sich seiner Gastgeberin zu. »Danke, ich stehe lieber. Ich bleibe ja nicht lang.« Er zog beim Sprechen eine Augenbraue hoch und bot ganz unwissentlich einen faszinierenden Anblick. »Ich bin nur gekommen, um Sie nach Miß Richards zu fragen. Wie ich höre, ist sie Ihre Nichte.«

Lady Ormstead konnte den Blick nicht von ihm losreißen. Seine elegante Kleidung unterstrich das Fluidum, das von ihm ausging. Er schüchterte sie ein. Doch nur sie allein wußte, wo sich Felicia aufhielt. Das verlieh ihr Kraft. »Was hat meine Nichte denn jetzt schon wieder angestellt? Ich hoffe, daß sie meiner Familie nicht noch mehr Schaden zufügt.« Ihre Stimme klang leidend, als wolle sie auf diese Weise demonstrieren, wie sie all die Jahre ausgenutzt worden war.

»Ihre Nichte ist bei einem Unfall verletzt worden, Madam, der zur Folge hatte, daß sie vorübergehend ihr Gedächtnis verlor.«

»Wie schrecklich«, murmelte Lady Ormstead, ohne eine Spur von Mitgefühl. »Aber wie es scheint, ist sie ganz wiederhergestellt.«

Lord Umber entging es nicht, daß Lady Ormstead eben das befürchtete und erwiderte vergnügt: »Völlig. Daß Ihre Nichte verletzt worden ist, scheint Sie ja nicht übermäßig zu bedrücken.«

»Ich wüßte nicht, was Sie das angeht«, fauchte Lady Ormstead. Wie hatte dieser Gentleman Felicia nur kennengelernt? Inwieweit wußte er Bescheid? Angriff war auf jeden Fall die beste Verteidigung. Also fuhr sie unbeirrt fort: »Eines muß ich aber sagen: Sie hat mir nie Dank gezollt für die Gastfreundschaft, die ich ihr und ihrer Mutter lange Zeit erwiesen habe. Seit sie vor ein paar Wochen weglief, habe ich sie nicht mehr zu Gesicht gekriegt.«

»Bis gestern abend«, verbesserte Lord Umber sie.

»Das kann aber auch jemand gewesen sein, der ihr sehr ähnlich sieht, Mylord. Denn eines weiß ich ganz bestimmt: Meine Nichte war nie so vornehm gekleidet wie dieses Mädchen im Theater. Wenn sie das aber wirklich war, so kann das nur bedeuten, daß sie nicht auf rechtmäßige Weise zu diesen Sachen gekommen ist.«

Bei diesen Worten wandte sich Lord Umber angewidert ab. Diese Frau hielt ihre Nichte also für eine Diebin. Er widerstand jedoch der Versuchung, ihr reinen Wein einzuschenken.

»Eines können Sie mir glauben, Lord Umber«, keifte sie boshaft. »Ich habe nicht vor, meine Nichte je wieder aufzunehmen. Und sollte sie versuchen, sich hier wieder einzuschleichen, werde ich sie wieder auf die Straße jagen; denn da gehört sie hin. Ich begreife gar nicht, wie sich ein so feiner junger Mann wie Sie, sich mit einem Mädchen abgeben kann, das rein gar nichts taugt. Felicia verdient das nicht. Sie ist nichts wert.«

Lord Umber war verwirrt. Welche Bitterkeit aus dieser Frau sprach! Seine Worte hatten diesen Ausbruch nicht be-

147

wirkt. Trotzdem ließ diese Wahnsinnige keinen Zweifel daran aufkommen, daß Felicia in ihren Augen eine Schlampe war. »Die gleiche Barmherzigkeit würde ich auch jedem darbenden Tier erweisen«, erklärte er mit der größtmöglichen Sanftmut. »Jetzt möchte ich aber Ihre Zeit nicht länger in Anspruch nehmen. Ich wollte mich ja nur nach Miß Richards' Verwandten erkundigen und sie ihnen möglicherweise wieder überantworten.«

Erleichterung sprach aus Lady Ormsteads groben Zügen, als ihr dämmerte, daß Felicia die fünf auf Graystones verbrachten Jahre nicht erwähnt hatte. Sie hätte am liebsten tiefbefriedigt vor sich hingelacht, konnte sich aber gerade noch bezähmen. »Dann verabschiede ich mich jetzt, Mylord. Es tut mir leid, daß Sie die Fahrt hierher umsonst gemacht haben. Ich hoffe nur, daß Felicia nie wieder hier aufkreuzt und mich um Hilfe bittet. Insbesondere nach dem, was sie getan hat, bevor sie ausgerissen ist.«

Genauso dumm wie boshaft, dachte Lord Umber. Denkt sie denn nicht daran, daß ich mißtrauisch werden muß, wenn sie sich nicht nach Felicias Verbleib erkundigt? Daß sie mein Mißtrauen nur schürt, wenn sie Felicia so in den Schmutz zieht? Er richtete sich zu seiner vollen Größe auf und sah verächtlich auf sie hinab. »Ich stehe persönlich dafür ein, daß Miß Richards Ihnen nie wieder zur Last fällt; denn wo sie sich jetzt aufhält, ist sie viel besser dran.« Damit zog er eine zierliche blau emaillierte Schnupftabakdose aus der Westentasche und ließ sie gekonnt mit einer Hand aufschnappen. Er nahm eine kleine Prise und inhalierte tief. Dabei ließ er Lady Ormstead jedoch nicht aus den Augen. So entging ihm auch der triumphierende Blick nicht, der in ihre Augen trat. Was zum Teufel hat das nun wieder zu bedeuten, fragte er sich verwirrt. Warum wirkte sie so selbstzufrieden? Hatte Felicia etwa schon bei ihr vorgesprochen und sie gebeten, ihr zu helfen?

Er ging ungeduldig auf die Tür zu. Er wollte sich so schnell wie möglich selbst davon überzeugen, daß Felicia in Sicherheit war — zu Hause bei seiner Mutter. »Guten Tag, Madam. Ich finde allein hinaus.« Er zog die quietschende Tür hinter sich ins Schloß und wartete, bis ihm der Lakai

Hut und Handschuhe brachte. Da griff er instinktiv in die Tasche, zog eine Münze heraus und drückte sie dem Lakaien in die Hand. »Hat eine Miß Richards Lady Ormstead heute aufgesucht?« fragte er mit der größtmöglichen Gleichmut, die ihm zu Gebote stand.

»Nein, mein Herr. Sie sind der einzige Edelmann, der heute hier vorgesprochen hat.«

»Wissen Sie, ob Miß Richards je hier gewesen ist?« drang er in den Mann.

»Nein... nicht daß ich wüßte«, erwiderte der Lakai und überlegte angestrengt. »Nein, ich habe diesen Namen nie gehört.« Er zog die Nase kraus.

»Das wollte ich nur wissen. Danke.« Lord Umber atmete erleichtert auf und ging. Er befahl dem Kutscher, so schnell wie möglich zum Hause seiner Mutter zu fahren. Er hatte das deutliche Gefühl, daß irgend etwas nicht in Ordnung war und wollte sich davon überzeugen, daß es Felicia gut ging.

Lady Ormstead saß noch eine ganze Weile da und lachte stillvergnügt in sich hinein nachdem Lord Umber gegangen war. »O ja, mein feiner junger Dandy! Wo sich Felicia aufhält, geht es ihr weit besser. Und glauben Sie nur nicht, daß Sie hier wieder aufkreuzen und mich dazu bringen können, Ihnen irgend etwas zu verraten. Ha, ha! Felicia, jetzt findet dich kein Mensch mehr! Niemand! Keine Menschenseele!« Sie erhob sich plötzlich und läutete wie wild.

Nach einer Ewigkeit, wie es ihr schien, tauchte Mr. Nestor auf. »Eure Ladyschaft haben geläutet?«

»Sogar mehrmals, Nestor.« Sie ging erregt im Zimmer auf und ab. »Sorgen Sie dafür, daß Lord Umber nie wieder eingelassen wird, sollte er noch einmal vorsprechen. Haben Sie verstanden?«

»Selbstverständlich, Eure Ladyschaft.«

»Ausgezeichnet. Ich werde Sie zur Verantwortung ziehen, wenn irgend jemand dem Befehl zuwiderhandelt. Wenn Mr. Brown vorspricht, führen Sie ihn bitte zu mir in den Salon.« Ohne eine Antwort abzuwarten, rauschte sie davon, umweht vom Echo ihres triumphierenden Gelächters.

14.

Lord Umber und David trafen genau zur gleichen Zeit vor Lady Louisas Haus ein. Davids kaum verhohlene Erregung trug viel dazu bei, Lord Umbers böse Vorahnungen zu zerstreuen.

»Ian!« rief David freudig aus. »Was für ein Glück, daß du da bist. So kannst du miterleben, wie Miß Richards erfährt, wer sie ist.«

»Das weiß sie schon, David«, entgegnete Lord Umber. In seiner Stimme schwang Enttäuschung mit. »Seit heute morgen funktioniert ihr Gedächtnis wieder, und sie erinnert sich an alles.«

»Wie schön! Doch ich verfüge über Informationen, von denen sie bestimmt nichts ahnt. Komm, gehen wir hinein. Ich habe gute Nachrichten für sie. Die soll sie gleich erfahren.«

Lord Umber faßte wieder Mut. Davids gute Laune steckte an. Doch im Haus herrschte eine gedrückte Atmosphäre. Die Männer sahen sich erschrocken an. Der ungewöhnlich finstere Gesichtsausdruck von Sims, dem Butler, deutete darauf hin, daß irgend etwas vorgefallen war. Der Lakai brachte es nicht einmal fertig, den Blick von dem kunstvollen Mosaik der Bodenfliesen zu heben. Das war ein weiterer Beweis dafür, daß hier etwas nicht stimmte.

»Ist alles in Ordnung, Sims?« erkundigte sich Lord Umber.

Der Butler wies verzweifelt auf den blauen Salon. »Euer Lordschaft, Lady Louisa wünscht sie sofort zu sprechen. Ich... ich...«

»Sims, was gibt es denn? Um Himmels willen, so reden Sie doch schon.«

»Es geht um Miß Richards, Eure Lordschaft. Sie ist offenbar spurlos verschwunden.«

David warf Lord Umber einen raschen Blick zu. In den Augen seines Freundes stand blankes Entsetzen. »*Ian liebt dieses junge Ding tatsächlich*«, dachte er. »*Ob er sich darüber wohl im klaren Ist?*«

»Danke, Sims«, sagte Lord Umber sorgenvoll. »Nein,

nein, Sie brauchen uns nicht erst zu melden. Komm, David, wir müssen sofort etwas unternehmen.« Er ging zum Salon. David folgte ihm.

»Es wird sich schon alles aufklären, Ian«, meinte er in tröstlichem Tonfall. »Vielleicht wollte sie ein Buch in die Bibliothek zurückbringen und sich dafür ein anderes holen — oder sie hat eine Stunde oder zwei im Pantheon zugebracht.«

»Sicher, David. Wahrscheinlich steckt etwas ganz Simples dahinter, und alles löst sich bald in Wohlgefallen auf. Ich habe nur gerade einen sehr unangenehmen Besuch bei Miß Richards' Tante, Lady Ormstead, hinter mir — und nun auch noch das. Ich muß gestehen, daß mir die Sache gar nicht gefällt. Ich habe ein ungutes Gefühl. Ich fürchte, Lady Ormstead ist nicht ganz bei Trost. Sie hat sicher etwas mit Miß Richards' Verschwinden zu tun.«

»Hat Lady Ormstead denn irgend etwas gesagt, was darauf schließen läßt, daß sie ihre Finger im Spiel hat?« fragte David.

»Da spricht wieder einmal der Anwalt aus dir, David. Den kannst du wohl nie ganz ablegen, wie? Nein, gesagt hat sie nichts. Aber ihr Verhalten deutete darauf hin.« Er öffnete die Tür zum Salon. »Wir wollen unser möglichstes tun, um Mama zu trösten und ihr versichern, daß alles in bester Ordnung ist.«

Der Anblick, der sich ihnen bot, war alles andere als tröstlich. Lady Louisa lag auf einer mit Chintz bezogenen Chaiselongue. Dr. Ross stand über sie gebeugt und fühlte ihr den Puls. Beim Klang der Stimmen wandte er sich um und lächelte aufmunternd. »Es ist nicht so schlimm wie es aussieht, Ian«, tröstete er Lord Umber. Er ließ Lady Louisas Arm behutsam wieder sinken. »Ich habe ihr gerade Laudanum gegeben, damit sie sich nicht aufregt. Abgesehen davon geht es deiner Mutter gut.« Er trat zu seinen Freunden. »Können wir uns vielleicht woanders unterhalten? Ich glaube, es tut Lady Louisa gut, wenn sie ein Weilchen ruht.«

»Gehen wir ins Arbeitszimmer«, schlug Lord Umber vor. Er ging voraus und wies auf eine Tür schräg gegenüber.

»Geht doch bitte schon hinein. Ich komme gleich nach.« Er winkte einen Lakaien herbei und bat ihn, ein paar Erfrischungen zu bringen.

»Sehr wohl, Mylord. Sofort, Sir«, versicherte er ehrerbietig und schlurfte davon.

Als Lord Umber die Bibliothek betrat, sah er Dr. Ross besorgt an. »Hat sich Mama über das Verschwinden von Miß Richards aufgeregt? Oder hat ihr Zustand noch einen anderen Grund?«

»Nein, Ian.« Er zog seine Taschenuhr. »Sie hat sich seit heute morgen, also seit fast fünf Stunden, in diesen Zustand der Erregung hineinmanövriert. Als Miß Richards auch gegen Mittag noch nicht von meiner Praxis zurückgekehrt war, hat Lady Louisa einen Diener zu mir geschickt. Da war ich aber schon mit dir beim Mittagessen. Anstatt Lady Louisa das auszurichten, beschloß der dumme Mann, lieber meine Rückkehr abzuwarten.«

»Wann warst du wieder zurück?« erkundigte sich David.

»Vor etwa fünfzig Minuten.« Er wandte sich entschuldigend an Lord Umber. »Als ich schon gehen wollte, habe ich bei Whites ein paar Kollegen getroffen, sonst wäre ich schon viel früher wieder in meiner Praxis gewesen.«

»Ian hat mir erzählt, daß Miß Richards ihr Gedächtnis wieder hat und sich jetzt wieder an alles zurückerinnern kann. Hältst du es für möglich, daß sie daraufhin davongelaufen ist?«

»Nein. Das halte ich für völlig ausgeschlossen. Sie hat sich fest vorgenommen, eine andere Stellung anzutreten, hat sich jedoch bereit erklärt, bei Lady Louisa zu bleiben, bis sich eine geeignete Stelle findet.«

David sah Dr. Ross fragend an, doch Lord Umber wußte die Frage zu verhindern. »Vermutlich wollte sie uns nicht länger ›zur Last fallen‹. Paul, bist du ganz sicher, daß sie gefaßt war, als sie fortging? Ist es nicht möglich, daß sie ihre Meinung geändert hat, weil ihr irgend etwas Beschämendes eingefallen ist?«

»Ian, ich gebe dir mein Wort darauf, daß Miß Richards keine Veranlassung hatte, sich wegen irgend etwas zu schämen. Ihr Vater kam vor knapp sechs Jahren bei einem Duell

152

ums Leben. Ihre Mutter sah sich daraufhin gezwungen, Lady Ormstead um Hilfe zu bitten. Mutter und Tochter lebten bis zu Mrs. Richards' Tod bei Lady Ormstead. Dann hat Felicia... ich meine Miß Richards... Lady Ormsteads Haus verlassen, um nach Manchester zu gehen.«

»Das erscheint mir alles ganz natürlich«, erklärte David nach einer ganzen Weile. Er vergaß völlig, weswegen er gekommen war und versuchte, hinter das Geheimnis zu kommen. »Vielleicht ist Miß Richards zu Lady Ormstead zurückgekehrt.«

»Nein, ganz bestimmt nicht«, wehrte Lord Umber ab. »Ich komme wie gesagt gerade erst von dieser Frau.« Er sah Dr. Ross an und lächelte gequält. »Ich konnte der Versuchung nicht widerstehen.«

Dr. Ross lächelte verständnissinnig.

»Miß Richards ist nicht dort gewesen«, fuhr Lord Umber fort, »und ich bezweifle, daß sie je freiwillig dorthin zurückkehren würde. Ihre Tante ist nicht nur verrückt, sondern auch grausam, boshaft und rachsüchtig. Ich habe übrigens den Lakaien gefragt, ob eine Miß Richards Lady Ormstead aufgesucht hat. Das hat er ganz energisch bestritten.«

Dr. Ross schüttelte den Kopf. »Ich muß gestehen, daß die Tante meine letzte Hoffnung war; denn ich kann mir beim besten Willen nicht vorstellen, wo Miß Richards sonst hingegangen sein könnte. Viel Geld hatte sie doch sicher auch nicht bei sich.«

»Meine Mutter weiß das sicher, doch du hast wahrscheinlich recht.« Lord Umber wandte sich an David. »Fällt dir in deiner Eigenschaft als Jurist vielleicht noch irgend etwas ein, worauf wir als Laien nicht verfallen?«

David zuckte die Achseln. »Miß Richards Verschwinden ist mir ein Rätsel. Ich kann es mir beim besten Willen nicht erklären. Doch da fällt mir etwas ein. Es ist nur eine vage Vermutung, doch man soll nichts unversucht lassen. Hat sie sich hier in London mit irgend jemandem angefreundet? Kennt sie jemanden, an den sie sich im Notfall wenden, dem sie sich anvertrauen würde? Dann wäre es doch immerhin möglich, daß sie sich ganz gemütlich unterhält und gar nicht weiß, wie spät es ist.«

Lord Umber schüttelte traurig den Kopf. »Dann hätte sie meine Mutter sicher benachrichtigt und ihr mitgeteilt, daß sie aufgehalten worden ist. So sehr kann ich mich in ihr nicht irren. Sie würde meiner Mutter nicht unnötig Kummer machen wollen. Ich halte es vielmehr für möglich, daß sie einen Unfall hatte.« Er runzelte besorgt die Stirn. Was mochte ihr nur zugestoßen sein? Er schüttelte den Kopf, als könne er die trüben Ahnungen auf diese Weise verscheuchen. »Paul, verzeih mir, daß ich immer wieder davon anfange — aber bist du dir ganz sicher, daß heute morgen nicht doch etwas zur Sprache gekommen ist, wovon wir wissen sollten? Ich kann mir ihr Verschwinden sonst wirklich nicht erklären...« Er unterbrach sich, als der Butler eintrat. Er trug ein schweres Tablett, das er behutsam auf einem Tisch abstellte. »Danke, Sims, das ist alles.« Er bat seine Gäste zuzugreifen und genehmigte sich ein großes Glas Brandy. Er trank sonst tagsüber nichts, doch seit Felicias Verschwinden war er wie von Sinnen. Er ging ihr Gespräch beim Frühstück noch einmal Wort für Wort durch, doch ihm fiel nichts ein, was sie veranlaßt haben könnte, fortzulaufen. »Nun, Paul?«

»Nein, Ian, wirklich nicht«, versicherte er ihm im Brustton der Überzeugung. Wenn er auch nur einen Augenblick annahm, Felicias merkwürdiges Verschwinden habe etwas mit den Gefühlen zu tun, die sie für Lord Umber hegte, hätte er das ganz gewiß gesagt. Doch er glaubte nicht daran, sondern hielt es für am besten, nichts zu sagen. Er sah David an, als könne der ihm weiterhelfen. Ein leises Klopfen an der Tür setzte dem Gespräch ein Ende. Also nippte er an seinem Glas, als Lord Umber den Butler hereinbat.

»Verzeihung, Eure Lordschaft«, sagte Sims bedächtig. »Lady Barbara Whitelaw ist hier und wünscht Lady Louisa zu sprechen.«

Die drei Männer sahen sich verwundert an. »Ob Miß Richards wohl...?« deutete Paul an.

»Das kann ich mir kaum vorstellen«, fiel ihm Lord Umber ins Wort. Als sie sich beim Frühstück über Lady Barbara unterhielten, hatte Felicias Stimme verächtlich geklungen. Das

154

war ihr wohl selber kaum bewußt gewesen. »Trotzdem möchte ich sie sprechen — für den Fall, daß sie etwas weiß.« Er wandte sich an Sims. »Führen Sie sie in das Rosenzimmer. Ich komme auch gleich.«

»Haltet ihr es für möglich, daß sie Lady Louisa ganz offiziell einen Besuch abstatten will?« fragte Paul skeptisch.

»Ganz bestimmt nicht.« David lachte kurz auf. »Normalerweise täte sie das jedenfalls nicht. Wenn man allerdings bedenkt, daß ihre Mutter wild entschlossen ist, Ian dazu zu bringen, daß er ihrer Tochter einen Antrag macht, kann es durchaus sein, daß sie Lady Barbara zu Ians Mutter schickt, um mit dieser ein Komplott zu schmieden.«

»David, du triffst mit deiner bestechenden Logik wahrscheinlich wieder einmal den Nagel auf den Kopf. Entschuldigt mich jetzt bitte. In ein paar Minuten weiß ich, ob du recht hast mit deinem Verdacht. Ich bin gleich wieder bei euch.« Lord Umber ging. Die beiden Zurückgebliebenen schwiegen bedrückt.

Lady Barbara ging nervös im Zimmer auf und ab. Sie dachte so angestrengt über den nächsten Schachzug nach, daß sie gar nicht darauf achtete, mit welch erlesenem Geschmack das Zimmer eingerichtet war. Am Morgen war ihr noch alles ganz einfach erschienen — aber jetzt kam ihr das, was sie über Felicia zu berichten hatte, lächerlich und unbedeutend vor. Würde Lady Louisa wirklich schlecht auf ihre Schutzbefohlene zu sprechen sein, wenn sie erfuhr, daß Felicias Vater ein Spieler gewesen war? Womöglich wußte sie es schon. Lady Barbara war zum erstenmal verzagt. Wie konnte sie nur so dumm sein, sich einzubilden, daß sich das irgend jemand anhören und keine weitreichenderen Gründe dahinter vermuten würde. Zum erstenmal im Leben sah sie sich wie andere sie vermutlich sahen. Ein eisiger Schauer überlief sie. Für wie boshaft und gehässig man sie halten mußte!

Sie beschloß zu läuten und dem Butler Bescheid zu sagen. Lieber gleich gehen und gar nicht erst bei Lady Louisa vorsprechen. Sie zog kräftig an der Klingenschnur. Als die Tür aufging, wandte sich sich um und sagte: »Ich fürchte, ich kann nicht länger warten...« Sie erstarrte, als sie Lord Umber in der Tür stehen sah. »Na so etwas — Lord Umber!« sagte sie mit schwacher Stimme. »Was für eine Überraschung!«

»Es tut mir leid, daß ich Sie habe warten lassen, Lady Barbara«, begrüßte er sie freundlich. »Meine Mutter fühlt sich nicht wohl. Kann ich Ihnen irgendwie helfen?«

»Nein... nein... das heißt, ich... ich... ich bin nur gekommen, um...« Sie wußte nicht mehr weiter und stampfte wütend mit dem Fuß auf. So hatte sie sich das nicht vorgestellt. Durch sein Erscheinen entwaffnete er sie. Ihr Herz flatterte in seiner Nähe. Er sah wirklich unverschämt gut aus und verstand sich mit ausgesuchter Eleganz zu kleiden. Was für ein schönes Paar sie abgäben! Sie hob den Kopf, bedachte ihn mit einem strahlenden Blick und lächelte verführerisch. »Ich kam gerade hier vorbei und wollte sehen, wie es um Lady Louisas Gesundheit steht. Sie ist doch hoffentlich nicht krank?«

»Nein, ihre Nerven sind etwas angegriffen, das ist alles«, erklärte Lord Umber. Er ließ sich nicht anmerken, wie enttäuscht er war, weil sie ihm nichts über Felicia zu berichten wußte. Wieso interessierte sie sich plötzlich für das Wohlergehen seiner Mutter? So etwas kannte er gar nicht an ihr. Es verwirrte ihn. »Und wie steht es mit Ihrer Indisposition? Ich hoffe, Sie haben sich wieder erholt.« Seine Stimme klang angenehm und freundlich.

Lady Barbara errötete. »Ja, ja«, erwiderte sie hastig. Sie wollte nicht an ihren Brief erinnert werden. »Der Arzt meinte, ich sei zu oft zu lange aufgeblieben. Aber meine Mutter und ich haben uns gefragt, wie es Lady Louisa wohl geht, als wir Miß Richards heute morgen in der Harley Street sahen. Wir hätten gern gewußt, ob sie... sie...«

»Um wieviel Uhr ist das gewesen?« fiel ihr Lord Umber rüde ins Wort.

Lady Barbara sah ihn erstaunt an. »Ich glaube, kurz nach elf. So genau weiß ich das nicht.«

Da muß sie gerade erst aus Pauls Praxis gekommen sein, dachte Lord Umber. »Sie wissen nicht zufällig, in welche Richtung sie gegangen ist, oder ob jemand bei ihr war?«

Heute stellt er aber wirklich sonderbare Fragen, dachte

156

Lady Barbara. Und was für einen besorgten Eindruck er macht! Sie sah ihn fragend an. »Warum wollen Sie das alles wissen? Ist ihr etwas zugestoßen?« Ihre Stimme klang rauh. Eifersucht plagte sie. Was konnte sie nur anstellen, um zu erreichen, daß er sich auch um sie sorgte?

»Nicht, daß ich wüßte«, antwortete er ausweichend. »Nur meine Mutter ist etwas verstört, weil sie befürchtet, Miß Richards könne sich verlaufen haben. Sie war unterwegs, um etwas zu besorgen. Nun ist meine Mutter davon überzeugt, daß Miß Richards eine falsche Richtung eingeschlagen hat.«

»Aber sie kann doch eine Droschke nehmen«, meinte Lady Barbara geringschätzig. »Das würde ich jedenfalls tun, wenn ich in eine Gegend gerate, in der ich mich nicht auskenne.«

»Das glaube ich Ihnen gern, Lady Barbara. Aber Sie sind eben praktisch veranlagt und wissen sich immer zu helfen, nicht wahr?«

»Ja, darin kann es Miß Richards bestimmt nicht mit mir aufnehmen — ihr Vater übrigens auch nicht«, sagte sie gehässig — und bereute ihre Worte sofort.

»Was wollen Sie denn damit sagen, Lady Barbara?« fragte Lord Umber. Seine Stimme klang gefährlich leise.

»Nichts. Wirklich gar nichts. Ich habe nur zufällig mitangehört, was meine Mutter über Mr. Richards sagte. Da dachte ich . . .«

Lord Umber ließ sie nicht ausreden. »Klatsch meinen Sie?«

Das war mehr, als Lady Barbara ertragen konnte. Sie sah ihre letzte Chance schwinden, sich den dicksten Fisch auf dem Heiratsmarkt zu schnappen. Da sie nichts mehr zu verlieren hatte, höhnte sie: »Absolut nicht. Es scheint festzustehen, daß Miß Richards' Vater ein notorischer Spieler war. Es wundert mich, daß diese Tatsache weder Ihnen, noch Lady Louisa bekannt ist.«

»Ich begreife wirklich nicht, warum Sie darum so viel Aufhebens machen.« Die Wendung, die das Gespräch nahm, mißfiel ihm. »Von Miß Richards' Stammbaum und Herkunft war nicht die Rede.«

»Davon sollte aber die Rede sein«, beharrte Lady Barbara hartnäckig auf diesem Thema. »Ich weiß nicht, wo sie heute morgen hingegangen ist. Offen gesagt interessiert mich das auch nicht.«

Lord Umber betrachtete sie zynisch. Sie erwies sich als egoistisches kleines Luder. Er war hin- und hergerissen — tadelte sich dafür, daß er sie ermutigt und ihren Ehrgeiz entfacht hatte — und empfand Mitleid mit ihr, weil sie partout nicht wahrhaben wollte, daß die Liebelei zu Ende war. Er sah jetzt ein, daß Felicia völlig recht hatte, was Lady Barbara anging. Sie war eine üble Intrigantin. »Schade, daß Sie das sagen, Lady Barbara; denn Sie sprechen von der Dame, die ich zu heiraten gedenke.« Er verstummte voller Staunen, doch was er da ohne viel nachzudenken geäußert hatte, gefiel ihm, und er wiederholte es.

Lady Barbara sah ihn entgeistert an. »Hei-heiraten?« stammelte sie verdattert. »Sie und Miß Richards? Aber wieso? Warum? Ich verstehe das nicht...« Mit ihrer Selbstbeherrschung war es aus. Sie konnte einfach nicht glauben, daß er das ernst meinte. Das war doch undenkbar. Lord Umber konnte doch so eine Null, die Tochter eines Spielers, nicht zu seiner Frau machen! Sie stampfte zornig mit dem Fuß auf. Wie die Leute sich jetzt über sie den Mund zerreißen würden. Sie war der Lächerlichkeit preisgegeben. Sie war sich ihrer Sache so sicher gewesen, hatte sich schon an seiner Seite vor dem Traualtar gesehen. Mit äußerster Willensanstrengung richtete sie sich kerzengerade auf und zwang sich zu den Worten: »Entschuldigen Sie mich jetzt bitte, Mylord. Ich möchte mich verabschieden. Meinen... herzlichsten... Glückwunsch.« Sie ging hocherhobenen Hauptes zur Tür und war schon draußen, bevor sich Lord Umber rühren konnte.

Ihm war von diesem Lauf der Dinge noch ganz wirr im Kopf. Erst als er die Worte aussprach, begriff er, wieviel Felicia ihm bedeutete. Arme Lady Barbara, das mußte ein fürchterlicher Schock für sie gewesen sein. Er starrte blicklos auf die offene Tür und dachte voller Sehnsucht an Felicia. Er mußte sie unbedingt finden, bevor Lady Barbara dazu kam, schlimme Gerüchte über sie zu verbreiten.

Was für ein Wirrwarr! Und wenn Felicia ihn nun abwies? Er ließ den Gedanken wieder fallen und redete sich ein, daß es kein Problem gab, das man nicht überwinden konnte. Es mußte und würde gelingen.

Noch vor wenigen Augenblicken hielt ihn die Verzweiflung in den Klauen. Die Erkenntnis, daß er Felicia liebte, wirkte wie ein Zaubertrank. Er betrat die Bibliothek mit federnden Schritten. Die Arroganz, die er zumeist an den Tag legte, war einem lockeren Benehmen und Amüsement gewichen.

Die Freunde hatten sich im Flüsterton unterhalten. Lord Umber erschien ihnen so gelöst, daß sie wie aus einem Munde fragten: »Ist sie mit Lady Barbara gekommen?«

Lord Umber strahlte vor Freude. »Nein, das nicht. Aber ich werde sie heiraten, sobald ich sie gefunden habe.« Daß das sicher irrwitzig klang, störte ihn nicht im geringsten.

»Was? Herzlichen Glückwunsch!« riefen seine Freunde. Sein Übermut wirkte ansteckend.

David kam als erster auf praktische Fragen zu sprechen. »Meine Herren, selbst auf die Gefahr hin, Ihnen einen Dämpfer aufzusetzen, scheint mir dies der rechte Augenblick zu sein, euch zu verkünden, weswegen ich gekommen bin.«

Lord Umber sah ihn an. In seinem Blick lag unsägliche Langeweile. »Nun?« meinte er lakonisch.

»Bevor du dich vollends zum Narren machst, Ian, solltest du vielleicht bei Miß Richards' Großvater um ihre Hand anhalten.«

»Und wer ist das, bitte?« fragte Lord Umber ungehalten. »Miß Richards kennt ihn überhaupt nicht.«

»Eben. Deshalb bin ich ja hier. Der ›alte Herr‹ fühlte sich der Sache nicht gewachsen und bat mich, es Miß Richards schonend beizubringen.«

Lord Umber sah David fragend an. Es gab nur einen einzigen Menschen, von dem David als dem ›alten Herrn‹ sprach.

David nickte. »Jawohl, Ian, ganz recht. Miß Richards' Großvater ist niemand anders als Lord Davenport.«

Lord Umber konnte es nicht fassen. »Lord Davenport?

Bist du dir auch wirklich sicher, David? Wieso denn das auf einmal? Miß Richards war gerade noch eine bettelarme Waise. Plötzlich hat sie doch Verwandte und ist noch dazu von Adel. Das muß ich erst einmal verkraften.«

»Ich habe heute morgen mit ihm über diesen Fall gesprochen. Er selber war des Rätsels Lösung. Andrew Davenport, den wir als Andrew Richards kennen, war sein jüngster Sohn. Als Andrew unter seinem Stande heiratete, setzte ihn Lord Davenport ohne einen Pfennig vor die Tür.«

»Wie unsinnig«, fauchte Lord Umber gereizt.

»Das finde ich auch«, pflichtete David ihm bei. »Aber es ist nun einmal geschehen. Jahrelang hat es Lord Davenport nicht bereut. Inzwischen waren Andrew und Annabella spurlos verschwunden. Die Reue kam also zu spät. Lord Davenport konnte sich nur an Lady Ormstead halten. Als er sich an sie wandte, bestritt sie kategorisch, irgend etwas zu wissen, was ihm weiterhelfen konnte. Sie behauptete, jahrelang nichts von den beiden gehört zu haben. Lord Davenport suchte also weiter, doch er konnte ja nicht wissen, daß sein Sohn seinen Namen geändert hatte.«

»Aber Lady Ormstead wußte das doch sicher?« fragte Lord Umber. »Warum hat sie ihm das nicht gesagt?«

»Aus Neid und Eifersucht, mein Lieber«, antwortete Dr. Ross an Davids Stelle. »Begreifst du das denn nicht? Wenn sie ihrer Schwester sagte, daß Lord Davenport gewillt war, sich mit ihnen auszusöhnen, hätte Arabella ja eine viel höhere gesellschaftliche Position innegehabt als sie selbst. Großer Gott!« entfuhr es ihm. »Was geht nur in dieser Frau vor? Sie muß wirklich krank sein. Kein Wunder, daß Miß Richards versucht hat, sie für immer aus ihrem Gedächtnis zu streichen.«

Die Männer sahen sich erstaunt an.

Dr. Ross brach das Schweigen, das auf ihnen lastete und sagte zu Lord Umber: »Ich hatte also recht, Ian. Miß Richards ist von untadeliger Herkunft.«

Lord Umber lächelte. »Ach, Paul, im Grunde genommen spielt das für mich überhaupt keine Rolle.« Er sah David schelmisch an. »Ich wünschte fast, es wäre nicht so gekommen. Jetzt muß ich Lord Davenport erst davon überzeugen, daß ich würdig bin, seine Enkelin zu heiraten.«

»Wir wollen doch nichts überstürzen«, fiel ihm David ins Wort. »Zunächst einmal muß ich Lord Davenport mitteilen, daß Miß Richards unauffindbar ist. Dann müssen wir sie suchen. Ich weiß offen gesagt nicht, wo wir nach ihr suchen sollen.« Er schüttelte den Kopf. »Entschuldigt mich jetzt bitte. Mein Klient möchte auf dem laufenden gehalten werden. Ich bin bis spät abends in meiner Kanzlei, falls ihr mich braucht. Sollte ich jedoch nichts von euch hören, melde ich mich morgen früh sofort bei euch.«

»Sehr gut, David. Vielen Dank för deine Hilfe.« Lord Umber wurde ganz verzagt, als er an die Schwierigkeiten dachte, die es zu überwinden galt. Er konnte nicht untätig zu Hause herumsitzen und warten, bis sich Felicia bei seiner Mutter meldete, doch andererseits hatte sich David ganz richtig gefragt, wo man in London nach einem jungen Mädchen suchen sollte.

Er war so in Gedanken versunken, daß er weder merkte, wie David ging, noch den mitleidigen Blick von Dr. Ross registrierte. Plötzlich fiel ihm etwas ein. Er schnippte mit den Fingern. »Paul, glaubst du, daß sie zu den Verwandten nach Manchester gefahren ist?«

Dr. Ross saß in der Falle. Hätte er diese vermaledeiten Verwandten doch nur nicht erfunden! Er hätte sich ganz anders verhalten, hätte er zu diesem Zeitpunkt schon gewußt, wie Lord Umber zu Felicia stand — daß er sie zu heiraten gedachte. »Um ehrlich zu sein, Ian, Miß Richards hat dort keine Verwandten. Das habe ich nur so gesagt, weil sie mich gebeten hat, die wahren Fakten vor dir und Lady Louisa geheimzuhalten. Weißt du, Miß Richards dachte, du könntest dich verpflichtet fühlen, ihr ihre Tante vorzuknöpfen, sobald du erfährst, was sie in Graystones durch sie zu erleiden hatte. Vor allem aber wollte sie nicht, daß du sie bemitleidest. Es tut mir leid, daß ich gezwungen war, dir solche Lügen aufzutischen, Ian.«

»Ich weiß deine Loyalität der Patientin gegenüber zu schätzen, Paul«, entgegnete Lord Umber. Er strich sich erschöpft mit der Hand über die Stirn. »Doch das bringt uns auch nicht weiter. Wir sind genausoweit wie zuvor. Wo um alles in der Welt kann sie nur stecken?«

15.

Davids Unterredung mit Lord Davenport dauerte nicht lange. Der ältere Richter machte zwar seiner Enttäuschung darüber Luft, daß er seine Enkelin nicht sofort in die Arme schließen konnte, hielt aber ihr Verschwinden nicht für besorgniserregend.

»Sie wissen doch, wie die jungen Leute heutzutage sind, David. Da fangen sie irgend etwas an und steigern sich dann so hinein, daß sie ganz vergessen, auf die Uhr zu schauen. Nein, nein – ich bin der festen Überzeugung, daß sie sich bereits auf dem Weg zu Lady Louisa befindet und Lord Umber uns gleich eine Nachricht zukommen läßt.«

David dachte nicht daran, Lord Davenport vom Gegenteil zu überzeugen. Er hielt es für besser, wenn sich der alte Herr damit zufriedengab und nicht erst echauffierte. Gut, daß er die Möglichkeit gar nicht erst ins Auge faßte, es könne Felicia etwas zugestoßen sein.

Als er seine eigene Kanzlei betrat, konstatierte er stirnrunzelnd, daß in dem kleinen Büro seines obersten Angestellten noch Licht brannte. Bei der Arbeit saß wohl niemand mehr, dazu war es schon zu spät. Doch es sah Adams so gar nicht ähnlich, das Licht brennen zu lassen. Er schloß die Tür geräuschvoll, da tauchte Adams auf.

»Nanu, Adams, was tun Sie denn so spät noch hier?« fragte er verwundert.

»Mr. Burton«, flüsterte Adams heiser und offenbar ungeheuer erleichtert, »ich bin ja so froh, daß Sie da sind. Ich wußte zwar nicht, wo Sie waren, habe mir aber gedacht, daß Sie irgendwann in Ihre Kanzlei zurückkehren.«

»Stimmt irgend etwas nicht? So erregt habe ich Sie ja noch nie gesehen.«

Der sonst untadelig gekleidete Angestellte machte jetzt einen ziemlich mitgenommenen Eindruck. Sein Anzug war zerknittert, sein silbergraues Haar zerzaust. Adams wußte, daß seine äußere Erscheinung sehr zu wünschen übrigließ. Er strich sich übers Haar und zog an seiner Jacke.

»Verzeihen Sie, Mr. Burton«, sagte er sehr ernst. »Ich

muß wohl eingenickt sein. Ein Polizist namens Jack Walsh ist hiergewesen und hat behauptet, er wisse, wo sich eine gewisse Miß Richards aufhält. Sein ganzes Auftreten hat mich mit Mißtrauen erfüllt. Deshalb...«

»Habe ich Sie richtig verstanden, Adams? Haben Sie Miß Richards gesagt?« fragte David erregt. »Wo ist dieser Mr. Walsh? Ich muß ihn sofort sprechen.«

»Er ist vor über einer Stunde gegangen. Hat gesagt, er könne nicht mehr warten. Er sei langsam zu der Überzeugung gelangt, daß Sie diese Miß Richards überhaupt nicht kennen. Da auch mir ihr Name nicht bekannt ist, war ich fast bereit, ihm recht zu geben. Erst nachdem er schon gegangen war, kam mir die ganze Sache spanisch vor, und ich beschloß, auf Sie zu warten. Ich hoffe, ich habe das Richtige getan.«

David starrte seinen Angestellten wie versteinert an. »Adams, hat er gesagt, wo sich Miß Richards aufhält?«

»In Newgate, Mr. Burton. Sie soll ertappt worden sein, als sie versuchte, eine Handtasche zu stehlen.«

David erwachte aus seiner Erstarrung. Ungläubig sah er Adams an. »Hat er keinen Brief zurückgelassen, in dem alles erklärt wird, oder in dem steht, wie wir Miß Richards erreichen können?«

Adams schüttelte bedächtig den Kopf. »Er wollte den Brief nicht hierlassen, den ihm Miß Richards mitgegeben hat. Walsh sagte, Sie könnten ja am Morgen nach Newgate fahren und dort nach einer Mrs. James fragen, wenn Sie zu Miß Richards wollen.«

»Dieser Schurke!« rief David wütend aus. »Kommen Sie, Adams, wir dürfen keine Zeit verlieren. Nehmen Sie das gesamte Bargeld an sich, das wir haben. Geld ist die einzige Sprache, die diese Gefängniswärter verstehen. Wir müssen Miß Richards unbedingt sofort aus diesem Rattenloch befreien.« Er ging zornbebend im Zimmer auf und ab. Trotzdem bemühte er sich, logisch zu denken. Er fragte sich kurz, ob es nicht angebracht sei, Lord Davenport oder Ian über den neuesten Stand der Dinge zu unterrichten. Doch er beschloß, erst einmal Felicia aufzusuchen und zu erfragen, wie es zu ihrer Festnahme gekommen war. Er glaubte nicht daran, daß sie getan hatte, was man ihr zur Last legte. Doch er hielt es für besser, erst einmal alles darüber in Erfahrung zu bringen. Es hatte keinen Sinn, irgend jemanden unnötig in Alarmbereitschaft zu versetzen. Und Ian schon gar nicht. Man brauchte nicht viel Fantasie, um sich vorzustellen, wie er reagieren würde.

Felicia war im Augenblick am wichtigsten. Natürlich ging es in erster Linie darum, sie aus den Klauen dieser Mrs. James zu befreien, die ohne Zweifel die heimtückischste unter den Gefängnisaufseherinnen der Frauenabteilung war.

Mr. Adams kam aus seinem kleinen Büro. »Ich bin soweit, Mr. Burton. Ich habe fast hundert Guineen gefunden. Ob das wohl reicht?«

David lachte verbittert. »Mrs. James würde schon für zwanzig einen Mord begehen. Doch, Adams, ich glaube, das reicht aus, um Miß Richards zu befreien.«

Daß David es für selbstverständlich hielt, daß Adams ihn auf diesem Weg begleitete, machte diesen stolz. Er arbeitete schon seit sechs Jahren für David und hatte David in dieser Zeit nicht nur als hervorragenden Anwalt schätzen gelernt. Es beeindruckte ihn auch, daß David so viel Mitgefühl für die Unterprivilegierten bewies. Zuerst hatte es Adams jedoch entsetzt, daß David darauf bestand, die widerwärtigsten Verbrecher zu verteidigen. Doch allmählich hatte er sich daran gewöhnt, mit diesen Kreaturen umzugehen, wenn sie in Lincoln's Inn vorsprachen. Wenn David jedoch längere Zeit in Newgate oder The Fleet zubrachte, um einen künftigen Klienten zu verhören, fühlte sich Adams immer mehr als unbehaglich.

Adams wunderte sich über Davids plötzliches Interesse an Miß Richards. Er hatte vor ein paar Minuten zum erstenmal von ihr gehört. Doch Davids Reaktion auf die Nachricht, daß sie sich in Newgate befand, besagte deutlicher als tausend Worte, daß sie sehr wichtig war. Er brachte das Thema aber erst zur Sprache, als sie in einer Kutsche zum Gefängnis fuhren.

»Wer ist denn diese Miß Richards eigentlich, Mr. Burton?« Im trüben Licht der Kutscherlaterne sah David seinen Angestellten prüfend an. »Adams, ich weiß, ich kann mich auf Ihre Diskretion verlassen. Sonst hätte ich Sie nicht gebeten, mich nach Newgate zu begleiten ...«

Adams hüstelte verlegen. »Selbstredend, Mr. Burton.«

»Miß Richards ist in Wahrheit die Enkeltochter von Lord Davenport.«

Adams starrte David mit offenem Munde sprachlos an. Damit hatte er wahrhaftig nicht gerechnet.

»Für mich besteht nicht der gerinste Zweifel daran, daß man Miß Richards ganz zu Unrecht eingesperrt hat. Was man ihr vorwirft, entbehrt garantiert jeder Grundlage. Wegen eines gravierenden Irrtums leidet sie jetzt − obwohl sie keine Schuld trifft. Sie sehen doch sicherlich ein, daß es gar keinen Sinn hätte, erst an die große Glocke zu hängen, daß Miß Richards mit Lord Davenport verwandt ist. Er hat zu viele Gegner, die ihm gern eins auswischen würden und für die es eine große Genugtuung wäre, mit dieser Nachricht hausieren zu gehen. Ich hoffe, daß wir Mrs. James bestechen und dazu bringen können, daß sie Miß Richards aus der Haft entläßt und wir sie in Verwahrung nehmen können. Morgen kann ich dann prüfen, ob sich der Anklagepunkt als haltlos erweist und den Kläger vielleicht dazu bringen, die Strafanzeige zurückzuziehen. Es wäre fürchterlich, wenn Miß Richards vor Gericht erscheinen müßte.«

Adams nickte verständnisvoll. »Sie können sich auf mich verlassen, Mr. Burton. Ich werde alles in die Wege leiten. Mit Mrs. James hatte ich schon ein paarmal zu tun. Nach ein paar kräftigen Schlucken aus der Ginflasche ist sie ganz umgänglich.«

Die Männer schwiegen nachdenklich. Nur das Getrappel der Pferdehufe war zu hören.

Als sie schließlich vor dem massiven Gefängnistor anlangten, wies Adams den Kutscher an, zu warten. Der Kutscher murrte, erklärte sich aber damit einverstanden, als Adams ihm versprach, ihn für seine Geduld zu belohnen.

»Gut gemacht«, lobte David. Er läutete. Das Tor wirkte alles andere als einladend. »Wenn alles gutgeht, sind wir in weniger als einer Viertelstunde wieder draußen.«

Ein Lichtschein drang durch einen Spalt in dem Tor. Jemand schob einen eisernen Riegel zurück, doch das Tor ging nicht auf. Anstattdessen wurde ein Eisenplättchen über dem Guckloch weggeschoben. David merkte, wie ihn zwei Augen durch den Sehschlitz anstarrten.

»Ja?« murrte eine rauhe Stimme. »Womit kann ich Ihnen mitten in der Nacht helfen?«

»Mit wem spreche ich?« fragte David mit seiner wohlklingenden Stimme. Er kannte die meisten Wachen und Wärter in Newgate und glaubte nicht, daß er Schwierigkeiten haben würde, eingelassen zu werden. »Ich bin Mr. Burton und möchte Mrs. James sprechen.« Eine lange Pause. David spürte förmlich, wie er von Kopf bis Fuß in Augenschein genommen wurde. »Nun machen Sie schon, guter Mann!« David spürte Gereiztheit in sich aufkommen. »Wenn Sie noch länger herumtrödeln, geht Mrs. James wahrscheinlich schlafen.«

»Immer mit der Ruhe, Sir, immer schön mit der Ruhe. Ich kann ja nicht einfach jeden hereinlassen, der sich das in den Kopf setzt. Es ist meine Pflicht, alle Personen zu überprüfen, bevor sie dieses Tor durchschreiten.« Scheinbar betont langsam ließ der Wärter die Klappe wieder über den Sehschlitz fallen. Dann schob er die Ketten und Riegel zurück. Schließlich öffnete sich ein Torflügel. David und Adams gingen hinein.

»Ach, Sie sind es, Watson«, sagte David, der den Wärter mit dem finsteren Gesicht sofort erkannte. »Wir brauchen nicht lange, warten Sie also bitte auf uns, damit Sie uns wieder hinauslassen können.«

Watson verneigte sich kriecherisch, streckte aber gleichzeitig die Hand aus. »Selbstverständlich, Mr. Burton. Es tut mir leid, daß ich Sie habe warten lassen. Aber heutzutage kann man nie wissen. Man kann gar nicht vorsichtig genug sein. Ich muß mir alle ganz genau ansehen.«

Adams drückte dem Mann eine Münze in die Hand. Dann folgte er David über dem Gefängnishof. »Wenn das so weitergeht, frage ich mich langsam, ob wir genug Geld bei uns haben«, meinte er leichthin. »Wir können nur hoffen, daß Sie sich in Mrs. James nicht geirrt haben.«

David lachte leise über diesen Seitenhieb. Inzwischen waren sie vor dem abgetrennten Frauentrakt angelangt. Sie betraten das Gebäude. Ein fürchterlicher Gestank schlug über ihnen zusammen, und ein Durcheinander von Jammerlauten ließ ihnen das Blut in den Adern erstarren. Adams sah David ängstlich an.

»Was für ein Glück, daß Sie so klug waren, heute abend auf meine Rückkehr zu warten«, sagte David mit grimmiger Miene. »Nicht auszudenken, wenn Miß Richards gezwungen wäre, hier eine Nacht zu verbringen.« Er schlug laut mit seinem Stock an die Tür.

»Wer ist da?« meldete sich eine grobe weibliche Stimme. »Und was wollen Sie?«

»Holen Sie Mrs. James!« befahl David. »Ich habe mit ihr zu reden.«

Da flog die Tür auf. Eine Frau, deren Alter schwer zu schätzen war, begrüßte sie mit einem zahnlosen Grinsen. »Und was kann ich für Sie tun?« gackerte sie und fuhr sich mit der Zunge über die wulstigen Lippen. »Wer zu nachtschlafender Zeit hier anklopft, macht meistens nichts als Ärger. Ich muß über alles Buch führen.« Sie stieß ein schrilles Gelächter aus, öffnete die Tür ein wenig weiter und ließ die beiden Männer ein.

Adams trat als erster ein. Die Frau stank ganz entsetzlich. Doch er ließ sich nichts anmerken. »Mrs. James, erinnern Sie sich noch an mich? Ich heiße Adams. Ich arbeite für Mr. Burton.«

David trat in den Schein der Lampe als wolle er bestätigen, was sein Angesteller sagte.

»Oh, welche Ehre zu so später Stunde«, mokierte sich Mrs. James mit rauher Stimme und deutete spöttisch einen Knicks an. »Der Erhabene höchstpersönlich! Und ich hätte diesem Jack Walsh beinahe nicht geglaubt. Wer hätte das gedacht! Ihre Freundin muß ja ungeheuer wichtig sein.« Beim Sprechen rann ihr Speichel aus dem Mundwinkel. Ganz instinktiv fuhr sie sich immer wieder mit der schmutzstarrenden Hand über den ebenso schmutzigen Mund, um sich den Speichel abzuwischen.

Die Männer wandten sich angewidert ab.

»Wir möchten Miß Richards mitnehmen«, erklärte Adams kurzangebunden. »Wir möchten weiterhin wissen, was gegen sie vorliegt, und wer Anzeige gegen sie erstattet hat.«

»Immer schön langsam, mein Junge. Du kannst nicht einfach hier hereingeschneit kommen und Forderungen stellen. Ich werde dafür bezahlt, daß ich meine Arbeit mache, und ich tue mein Bestes, wenn ich es hier auch mit undankbarem Gesindel zu tun habe.« Verächtlich wies sie auf die vergitterten Gefängniszellen. »Barbaren, alles Barbaren!« Sie spuckte in einen Behälter auf dem Boden und grinste tiefbefriedigt, als der Speichel genau in der Mitte landete, bevor er auf Grund sank.

»Mrs. James«, sagte David ganz ruhig. »Sie kennen mich und meinen Ruf und wissen sicher, daß ich Ihnen nicht zumuten würde, eine Gefangene freizulassen, wenn das gesetzwidrig wäre. Miß Richards ist nicht nur sehr gut mit meiner Familie befreundet, sie ist auch meine Klientin. Als ihr Anwalt habe ich das Recht, mich mit ihr zu besprechen. Wenn sie dem Richter schon zum Verhör vorgeführt worden ist, dann steht der Verhandlungstermin sicher schon fest.« Er hielt inne, als warte er auf eine Antwort. Die Frau schüttelte den Kopf. Da fuhr David fort: »Wenn Miß Richards aber — und das nehme ich fast an — eingesperrt worden ist, ohne daß ordnungsgemäß Anklage gegen sie erhoben wurde, so handeln Sie gesetzeswidrig und dürfen mir meine Bitte nicht abschlagen.« Er verließ sich darauf, daß sie sich mit den Gesetzen nicht so gut auskannte und ihm als Anwalt glauben würde.

Adams begriff sofort, was David damit bezweckte. Er nickte der Frau aufmunternd zu. Doch als er sah, daß sie noch immer schwankte, versicherte er ihr: »Wir belohnen Sie auch reichlich für die Mühe, die wir Ihnen heute abend machen.« Er griff sich eine Handvoll Münzen und ließ sie aufreizend klimpern. »Wenn Sie Mitgefühl zeigen, brauchen Sie nicht zu befürchten, daß wir das vergessen könnten.«

Unverständliches Zeug vor sich hinmurmelnd watschelte Mrs. James zur Tür. Sie rief mit Stentorstimme etwas in die Finsternis hinein — offenbar eine Anweisung — doch keiner der beiden Männer verstand sie. Die Frau wandte sich wieder den Besuchern zu und trat ins Zimmer zurück. Aus einer Tasche ihres weiten Rockes zog sie eine Flasche Schnaps, entkorkte sie und trank wie eine Verdurstende. »Das brauche ich als Medizin«, verkündete sie mürrisch. »Die Pumpe arbeitet nicht mehr so richtig, und wenn ich mich aufrege, wird es noch schlimmer.« Sie ließ sich schwerfällig auf einen Stuhl sinken. »Die Gefangene wird gleich gebracht.«

David fiel ein Stein vom Herzen. Er spürte richtig, wie bei diesen Worten die Anspannung von ihm abfiel. Wer wußte schon im voraus, wie Mrs. James auf irgend etwas reagieren würde? Ob es ihnen gelingen würde, Mrs. James dazu zu bringen, daß sie ihm Felicia mitgab. »Und die Unterlagen?«

Adams öffnete kurz die Hand und ließ die Goldmünzen aufleuchten. Mrs. James bekam Stielaugen.

»Na klar, die Papiere können Sie ebenfalls haben.« Sie zog eine Schreibtischschublade auf und nahm das schmierige Hauptbuch sowie ein paar ebenso schmutzige einzelne Seiten heraus. Dann schob sie Adams das Buch hin. »Unterschreiben Sie mal hier — für den Fall, daß ich einen Beweis brauche. Mein guter Ruf leidet nämlich, wenn es sich herumspricht, daß ich zu milde mit den Gefangenen verfahre.«

Adams griff nach einem Federkiel, tauchte ihn ins Tintenfaß und unterschrieb mit einer schwungvollen Geste auf der dafür vorgesehenen Zeile. Nachdem er Mrs. James das Hauptbuch zurückgegeben hatte, zählte er sorgsam zehn Guineen ab und schob sie ihr hin. Dann nahm er die Papiere an sich. Er sah sie sich genau an und reichte sie David. »Ich würde sagen, sie sind echt.« David nickte.

Mrs. James starrte immer noch auf das Häufchen Goldmünzen und schüttelte ungläubig den Kopf. Soviel Geld hatte sie noch nie besessen, doch eine Art Bauernschläue sagte ihr, daß da noch mehr herauszuschinden war. »Und das gleiche bekomme ich für das Mädchen«, flüsterte sie. »Keine Widerrede, sonst verschwindet sie sofort wieder in ihrer Zelle.«

Schritte näherten sich. Mrs. James' Worte klangen sehr dringlich. David gab sich geschlagen. Er nickte Adams ganz lakonisch zu, woraufhin dieser noch zehn Münzen abzählte. Die Männer wandten sich dem Korridor zu. Mrs. James wickelte die Münzen in einen schmutzstarrenden Stofflappen und ließ das Bündel in den Falten ihres Rockes verschwinden.

»Und hier haben wir Fräulein Etepetete«, kicherte sie, als Felicia erschien. »Bin ich froh, sie wieder los zu sein.«

Felicia fehlten die Worte. Sie sah David nur an. Sie wußte – es war überstanden. Unwillig schüttelte sie den Arm ihrer Wärterin ab. Dann wankte sie auf David zu. »Ich danke Ihnen. Vielen, vielen Dank.« Mehr brachte sie nicht heraus.

16.

Lady Louisas Abendessen bestand aus trockenen Keksen. Etwas anderes vertrug sie mit ihrem empfindlichen Magen nicht. Lord Umber und Dr. Ross waren noch nicht zurückgekehrt. Das würde wohl noch eine Weile dauern. Sie hatten es sich in den Kopf gesetzt, in allen Krankenhäusern in der Gegend um die Harley Street nach Felicia zu fragen. Es konnte ja immerhin sein, daß sie als Patientin aufgenommen worden war. In Ian setzte sich der Gedanke immer mehr fest, daß sie verunglückt sein mußte.

Lady Louisa schloß erschöpft die Augen. Zu viele Dinge waren auf sie eingestürmt. So zum Beispiel die Erkenntnis, daß Lord Davenport Felicias Großvater war. Er hatte ihre Familie nun jahrelang gesucht. Diese Nachricht freute sie natürlich; denn nun sah sie ihre Ahnung bestätigt. Sie hatte sich doch gleich gedacht, daß Felicia aus den allerhöchsten Kreisen stammte. Als Ian ihr mitteilte, daß er sich nichts sehnlicher wünschte, als Felicia zu seiner Frau zu machen, hatte sie sich verpflichtet gefühlt, ihn darauf hinzuweisen, daß Felicia erst einmal Zeit brauchte, um sich an ihre neue Familie zu gewöhnen. Deshalb dürfe er jetzt nicht erwarten, daß sie seine Gefühle gleich erwidern würde. Überdies fruchteten solche Gespräche nichts; sie wußten ja nicht, ob Felicia je wieder auftauchen würde. Sein gequälter Gesichtsausdruck war wirklich herzzerreißend. Sie erkannte, daß ihn Felicias Verschwinden ebenso mitnahm, wie vor Jahren der Tod seines Vaters. Wie gern hätte sie ihn getröstet. Doch was konnte sie schon tun, um ihn von seinen Qualen zu erlösen? Sie mußten diesen Alptraum alle irgendwie überstehen.

Sie mußte wohl eingenickt sein. Plötzlich fuhr sie hoch. Jemand klopfte an die Haustür. Sie setzte sich auf und strich ihre Haube glatt. Sie wartete darauf, daß der Lakai öffnen ging. Kurz darauf stand ihr Sohn auf der Schwelle zum Salon. Sein totenblasses Gesicht und die Qual, die aus seinen Augen sprach, verrieten ihr, daß sie die Suche abgebrochen hatten und ihnen kein Erfolg beschieden war.

Er trat schweigend an das Bufett, auf dem ein Tablett mit verschiedenen alkoholischen Getränken stand. Er genehmigte sich ein gehöriges Quantum Brandy. Er goß ihn in einem Zug hinunter. Dann füllte er sein Glas gleich noch einmal.

»Mama... ach, Mama...« murmelte er verzweifelt. »Ich weiß nicht, wo ich noch nach ihr suchen soll. Sie ist spurlos verschwunden.«

»Ich weiß, mein Sohn, ich weiß«, sagte sie in tröstendem Ton. »Doch wir dürfen die Hoffnung nicht aufgeben.« Sie warf einen Blick auf die zierliche Goldfiligran-Uhr auf dem Kaminsims und konstatierte verwundert, daß es erst acht Uhr war. »Heute abend kann sich noch allerhand ergeben. Wo ist denn Paul geblieben?«

»Er hatte noch einiges zu erledigen, hat aber versprochen, später noch nach dir zu sehen«, erwiderte er niedergeschlagen. Er ging wie ein Tier im Käfig im Zimmer auf und ab. Vor dem Kamin blieb er stehen und trat nach den Kohlen. »Was soll ich denn noch tun? An wen kann ich mich wenden? Verdammt!« So sprach er vor sich hin und hatte ganz vergessen, daß seine Mutter auch zugegen war. »Ich weiß, daß sie dahintersteckt. Ich weiß es ganz genau.« Er blieb wie angewurzelt stehen und sah Lady Louisa triumphierend an. »Ich werde sie sofort aufsuchen.« Ungeduldig zog er an der Klingelschnur.

Sims kam auf der Stelle. »Ja, Mylord?«

»Lassen Sie meine Kutsche vorfahren«, wies er den Butler an.

»Ian, wo willst du denn hin?« fragte Lady Louisa besorgt. Sie hatte ihren Sohn noch nie so außer sich gesehen. Es kam ihr vor, als sprühe er förmlich vor Zorn.

»Zu Lady Ormstead. Ich werde sie zwingen, mir zu verraten, was sie mit Miß Richards angestellt hat. Für mich besteht nämlich kein Zweifel daran, daß sie die Schuld an Felicias Verschwinden trägt.«

»Aber, Ian«, wandte Lady Louisa mit schwacher Stimme ein. »Du kannst dich doch um diese Zeit niemandem mehr aufdrängen. Außerdem ist sie vielleicht gar nicht zu Hause.«

»Wenn sie nicht zu Hause ist, warte ich auf sie. Du kannst mich nicht umstimmen, Mama. Ich kann doch nicht einfach untätig herumsitzen und den Dingen ihren Lauf lassen. Das ist einfach undenkbar.«

»Dann mußt du tun, was du nicht lassen kannst«, entgegnete Lady Louisa. Sie zwang sich zur Ruhe. Ihr Sohn wirkte ganz verloren. Es tat ihr weh, mitansehen zu müssen, wie er litt. Ihr bangte zwar vor dem, was er Lady Ormstead vorhalten wollte, doch sie wußte, daß sie ihn nicht davon abhalten konnte. Soweit reichte ihre Macht nicht. So sagte sie nur: »Hinterlasse uns bitte Lady Ormsteads Adresse, damit ich dich sofort benachrichtigen kann, wenn ich etwas erfahre.«

Lord Umber nickte finster entschlossen und verließ eilends das Haus. Seine schönen edlen Züge waren grausam verzerrt.

Lady Louisa erhob sich schwankend aus ihrem Sessel. Sie war ebenso frustriert wie Ian. Wo konnte Felicia nur geblieben sein? Sie schüttelte verwirrt den Kopf.

Beim Geräusch des Türklopfers schrak sie zusammen. Sie konnte es kaum erwarten, daß Sims ihr den Besucher meldete. Leises Stimmengemurmel in der Eingangshalle. Lady Louisa stieß einen Freudenschrei aus, als sie die helle Stimme Felicias erkannte. Sie wollte nicht warten, bis Sims seiner Pflicht nachkam, sondern stürzte zur Tür und trat in die Halle hinaus. »Felicia!« rief sie überglücklich aus. »Mein liebes liebes Kind!« Gerührt schloß sie Felicia in die Arme. Nun, da die Anspannung der letzten Stunden nachließ, weinte sie vor Erleichterung. »Ach, Felicia — bin ich froh, daß Sie wieder da sind!« Lady Louisa trat ein paar Schritte zurück und ließ den Blick über das junge Mädchen gleiten. Besorgt suchte sie nach äußeren Anzeichen von Verletzungen. Doch sie konnte nichts entdecken. »Sind Sie nicht verletzt?« fragte sie.

Felicia schüttelte den Kopf. Sprechen konnte sie noch nicht. Die Erschütterung saß noch zu tief. Sie sah David hilfesuchend an.

Lady Louisa nahm erst jetzt so richtig wahr, daß sie noch immer in der Halle standen. Sie ließ Felicia los und sagte: »Gehen wir in den Salon. Da ist es viel gemütlicher.« Arm in Arm mit Felicia ging sie voraus. David und Adams folgten ihnen.

Als sie Platz genommen hatten, stellte David Lady Louisa seinen Angestellten vor. Danach machte sich Schweigen breit.

»Ich ... ich ... es tut mir leid, daß ich soviel Unruhe gestiftet habe«, sagte Felicia leise. Sie wußte, daß Lady Louisa nur darauf wartete, daß sie sprach. »Es war ... es war so ...«

»Im Augenblick genügt es mir, daß ich Sie wiederhabe«, kam ihr Lady Louisa zuvor. Felicias Verzweiflung war ihr nicht entgangen. »Morgen ist schließlich auch noch ein Tag. Da können Sie mir alles erzählen.«

David nickte verständnisinnig. »Sie sind so rücksichtsvoll, Lady Louisa. Miß Richards weiß das sicher zu schätzen. Sie hat Schreckliches durchgemacht.« Er lächelte Felicia aufmunternd an. »Sie wollte unbedingt hierher zurück und ihren Großvater erst morgen kennenlernen.«

Felicia sah Lady Louisa treuherzig an. Ihre blauen Augen blickten müde. »Ich kann heute abend gar nicht klar denken. Heute ist so viel geschehen. Ich weiß natürlich, daß ich morgen zu Lord Davenport muß; aber mir liegt sehr viel daran, heute nacht hier zu schlafen, wo ich mich wie zu Hause fühle.«

»Aber, meine Liebe, ich würde es auch gar nicht anders wollen. Sie wissen doch, daß Sie hier immer willkommen sind. So, nun gehen wir in Ihr Zimmer und ich bringe Sie ins Bett.« Lady Louisa wandte sich an David und Adams. »Warten Sie bitte auf mich? Es dauert nur ein paar Minuten.«

Sie schloß die Tür leise hinter sich. David lehnte sich erschöpft zurück. »Gottlob, das liegt nun hinter uns, Adams. Ich fürchte nur, Miß Richards wird nicht so bald vergessen, was sie in Newgate durchgemacht hat. Selbst *mich* läßt die Erinnerung an Mrs. James nicht los.«

»Sie war heute abend wirklich kein besonders schöner Anblick«, stimmte ihm Adams zu. Er erhob sich. »Wenn Sie nichts dagegen haben, Mr. Burton, möchte ich jetzt lieber gehen. Sonst glaubt meine Frau noch, daß ich nicht mehr am Leben bin.«

»Grundgütiger Himmel! Adams, das tut mir schrecklich leid!« rief David aus. »Ich muß zugeben, daß ich an Ihre Frau überhaupt nicht gedacht habe. Vielen Dank für alles, was Sie heute abend für mich getan haben. Wir sehen uns dann morgen früh.«

»Gute Nacht, Sir«, verabschiedete sich Adams.

Lady Louisa kehrte wie versprochen schon kurz darauf zurück. »Das arme Ding ist ja zu Tode erschöpft«, meinte sie besorgt. »Sie ist augenblicklich eingeschlafen, kaum daß sie im Bett lag.«

»Das wundert mich nicht«, entgegnete David. »Ich bin Ihnen dankbar, daß Sie kein großes Theater darum gemacht haben; denn das wäre Miß Richards sicher sehr unangenehm gewesen.«

»David, spannen Sie mich nicht auf die Folter. Was ist Felicia zugestoßen, wo hat sie den ganzen Tag gesteckt? Ich ertrage die Spannung einfach nicht mehr.«

David sah sie forschend an. Ob es ratsam war, ihr reinen Wein einzuschenken, bevor Ian zurück war? »Es ist eine herzzerreißende Geschichte, die ich lieber erst erzählen möchte, wenn Ihr Sohn dabei ist. Kommt er bald zurück?«

Lady Louisa schlug die Hände über dem Kopf zusammen. »Großer Gott, das habe ich ja ganz vergessen! Er ist unterwegs zu Lady Ormstead. Er glaubt fest daran, daß sie etwas mit Felicias Verschwinden zu tun hat. Er wollte sie zum

Sprechen bringen. Verzeihung, ich möchte Sims bitten, ihm einen Boten nachzuschicken, der ihm mitteilt, daß Felicia wieder da ist.«

»Ich glaube, ich fahre am besten gleich selbst hin, Lady Louisa. Wenn Ian tatsächlich eingelassen worden ist, müssen wir sehr vorsichtig zu Werke gehen; denn er hat recht mit seiner Vermutung. Lady Ormstead trägt tatsächlich die Schuld an dem, was Miß Richards durchmachen mußte.«

»Das darf doch nicht wahr sein«, hauchte Lady Louisa mit schwacher Stimme und setzte sich rasch. »Dann müssen Sie zusehen, daß Sie dort hinkommen, bevor Ian die Beherrschung verliert.«

»Selbstverständlich. Ich komme auch so bald wie möglich wieder, doch ich muß noch kurz zu Lord Davenport. Ich habe ihm versprochen, ihn zu benachrichtigen, sobald ich etwas von seiner Enkelin höre.«

»Ich erwarte Sie und meinen Sohn dann in etwa einer Stunde.«

Doch sie kehrten erst nach knapp zwei Stunden zurück. Lord Umber mußte wohl erleichtert sein, weil Felicia oben friedlich schlief, doch sein grimmiger Gesichtsausdruck strafte seine Freude Lügen.

»Verzeih, daß wir dich haben warten lassen, Mama«, sagte er und genehmigte sich noch ein Glas, »aber Lord Davenport bestand darauf, daß wir zum Essen bleiben. Unter den gegebenen Umständen erschien es mir nicht angebracht, das abzulehnen.«

»Ich bin ganz deiner Meinung, Ian. Paul war inzwischen hier und hat nach Felicia gesehen. Er konstatierte, daß sie ganz friedlich schlief und bat mich, dir auszurichten, daß er dich gleich morgen früh aufsuchen will. David, hat sich Lord Davenport gefreut, daß Felicia wieder da ist?«

»O ja, er war sehr glücklich darüber, Lady Louisa. Er möchte tun, was für Miß Rich..., ich meine für Lady Felicia – am besten ist. Er meint, daß es vielleicht am besten für sie wäre, wenn sie noch eine Weile hierbliebe, bis sie sich an den Gedanken gewöhnt hat, daß sie nun wieder zu einer Familie gehört.«

»Das ist sehr rücksichtsvoll von ihm. Möglicherweise hat er recht, aber ich finde, wir sollten Felicia gleich morgen früh fragen, was *ihr* am liebsten ist. Vielleicht können wir Lord Davenport zum Essen einladen. Dann können sie sich ganz allmählich kennenlernen.« Sie sah ihren Sohn an. »Was meinst du dazu, Ian?«

»Mama, ich halte das für eine ausgezeichnete Idee«, erwiderte er geistesabwesend. »Hat Paul wirklich gesagt, daß ihr nichts fehlt? Befürchtet er nicht, daß sie durch den Schock, den sie erlitten hat, ihr Gedächtnis wieder verlieren könnte?«

»Nein, davon war nicht die Rede. Ich konnte ja nichts Genaueres berichten. Er hielt es daher für am besten, sich gar nicht erst in Spekulationen zu ergehen.«

»Ein weiser Arzt«, murmelte David. Dann wandte er sich an Lord Umber. »Ian, ich glaube, Lady Louisa hat jetzt lange genug auf unseren Bericht gewartet. Soll ich es ihr erzählen, oder möchtest du das lieber tun?«

»Nein, nein, David. Ich möchte, daß du meiner Mutter Bericht erstattest. Verzeih mir, Mama, aber mit mir ist im Augenblick nicht gut Kirschen essen. Nimm es also bitte nicht so tragisch, wenn du mich fluchen hörst.« Er starrte in die züngelnden Flammen des Kaminfeuers und versank in düsteres Schweigen.

Als ihm seine Mutter riet, den Heiratsantrag nicht zu übereilen, hatte er den Rat zunächst in den Wind geschlagen. Doch nach dem Abendessen bei Lord Davenport mußte er sich sagen, daß es Felicia gegenüber unfair wäre, schon jetzt über seine Gefühle zu sprechen. Er mußte ihr erst einmal Zeit lassen, sich an ihr neues Leben zu gewöhnen. Nun quälten ihn wieder Zweifel; denn Lord Davenport beabsichtigte, Felicia in die Gesellschaft einzuführen. Wenn er ihr seine Liebe gestand und ihr einen Heiratsantrag machte, brachte er sie damit um die Möglichkeit, etwas zu erleben, wovon jedes junge Mädchen träumte: die Saison in London. Wenn er sich aber Zeit ließ, bestand die Möglichkeit, daß sie sich in irgendeinen Banausen verliebte, der ihr nicht das Wasser reichen konnte. Er fluchte mit zusammengebissenen Zähnen.

Lady Louisa sah ihn besorgt an. Sie fragte sich natürlich, was ihm jetzt noch Kummer machte. »Ich hoffe, Lady Ormstead war noch am Leben als du gegangen bist«, wandte sie sich im Scherz an Ian. Es war ihr schon fast unheimlich, wie er so vor sich hinbrütete.

»Ich traf ihn vor der Tür an«, erklärte David. »Es war ihm nicht gelungen, irgend jemanden im Hause wachzuklingeln – obwohl er einen Höllenlärm gemacht hat. Die Nachbarn hat er damit wachbekommen. Sie haben sich beschwert.« Er lächelte Lady Louisa aufmunternd zu, um ihr die Angst zu nehmen. Auch er machte sich Sorgen um seinen Freund. Während des Abendessens packte diesen plötzlich die schwärzeste Verzweiflung. Wie wollten sie ihn trösten, wenn sie den Grund nicht kannten?

»Soll sie sich nur verstecken«, sagte Lord Umber plötzlich, »denn von nun an wird sie keine einzige Nacht mehr ruhig schlafen. Mama, stell dir vor, ich hatte wirklich recht mit meiner Vermutung. Was Felicia durchgemacht hat, verdankt sie nur ihrer Tante...« Er konnte nicht mehr weitersprechen. In ohnmächtigem Zorn rang er nach Luft.

David faßte sich kurz bei seinem Bericht. Er spürte instinktiv, daß Lord Umbers Verhalten Lady Louisa weit mehr beschäftigte und quälte, als es nach dem Bericht über Felicias Marter der Fall wäre. »Felicia hat den größten Teil des Tages im Gefängnis in Newgate zugebracht. Und das alles nur, weil Lady Ormstead sie beschuldigt hat, Miß Richards – Lady Felicia – habe ihr die Handtasche stehlen wollen.«

Lady Louisa sank in die Kissen zurück. Alle Farbe war aus ihrem Gesicht gewichen. Sie befand sich in einem seltsamen Schwebezustand und glaubte, sich verhört zu haben.

»Das arme Mädchen. Was für ein entzückendes liebenswertes Ding. Kein Wunder, daß sie heute abend so verzweifelt war.« Mühselig setzte sie sich auf und griff nach ihrer Tasche. Das ganze Zimmer drehte sich um sie. Sie richtete den Blick ganz fest auf einen niedrigen Kaffeetisch. Da spürte sie ein Paar starke Arme, die sie mit sanfter Gewalt wieder auf die Chaiselongue drückten. Irgendwo in weiter Ferne wurde eine Flasche entkorkt. Eine Stimme flüsterte gedämpft irgendwelche Anweisungen. Dann hielt ihr jemand

Riechsalz unter die Nase. Daraufhin sah sie wieder ganz deutlich, und es bestand auch keine Gefahr mehr für sie, in Ohnmacht zu fallen.

»Es ist schon viel besser«, hörte sie ihren Sohn sagen. »Gleich ist sie wieder ganz gesund.«

»Ian, es tut mir leid. Ich wäre nie darauf gekommen, daß sie so reagieren könnte . Hätte ich das geahnt, hätte ich kein Wort verlauten lassen.«

»Aber David, irgendwann einmal mußte sie es doch erfahren. Du brauchst dir also keine Sorgen zu machen. Und mein Verhalten hat seine Wirkung auf sie wahrscheinlich auch nicht verfehlt.« Er lächelte bekümmert. »Mein Zustand muß wohl darauf zurückzuführen sein, daß ich noch damit warten muß, Felicia einen Antrag zu machen. Und ich denke über Lady Ormstead nach, Mama.« Er strich ihr sachte übers Handgelenk. »Fühlst du dich jetzt besser, Mama?«

Lady Louisa nickte. »Gottlob ja. Es tut mir leid, daß ich so rührselig bin. Ich weiß gar nicht, was da in mich gefahren ist. Fahren Sie bitte fort, David.«

»Es gibt eigentlich kaum noch etwas dazu zu sagen — außer daß ich morgen die Angelegenheit mit Lady Ormstead regeln werde.«

Lord Umber unterbrach ihn rasch, als ihm der besorgte Gesichtsausdruck seiner Mutter auffiel. »Mama, du brauchst dir keine Sorgen zu machen, daß ich eingreifen könnte. Ich habe Lord Davenport und David schon versprochen, keinen Fuß in Lady Ormsteads Haus zu setzen.«

»Da bin ich ja beruhigt«, murmelte Lady Louisa mit schwacher Stimme.

David fuhr lächelnd fort: »Und ich kann Ihnen versichern, daß Lady Ormstead nicht versuchen wird, Lady Felicia wiederzusehen.«

»Glauben Sie denn wirklich, daß sie auf Sie hören wird?« erkundigte sich Lady Louisa. »Ich halte sie für einen Menschen, der immer das tut, was er will und alles niedertrampelt, was ihm im Wege steht.«

»Und ob sie auf mich hören wird! Lord Davenport nennt es zwar Erpressung; aber in meinen Augen drehe ich ihr nur den Geldhahn ab. Wissen Sie, ich verwalte den Besitz ihres verstorbenen Mannes als Treuhänder. Alle größeren Ausgaben müssen also erst von mir genehmigt werden...«

»Nennen Sie das wie Sie wollen«, sagte Lady Louisa vergnügt. »Ich habe gegen Ihren Plan nicht das geringste einzuwenden.«

17.

Als Felicia am nächsten Morgen erwachte, fühlte sie sich neugeboren. Die Schrecknisse des Vortages standen ihr zwar noch deutlich vor Augen, doch in der gewohnten Umgebung fühlte sie sich wie geborgen und beschützt. Sie vermied es weitgehend, an ihre Tante zu denken. Kam sie ihr doch einmal in den Sinn, so überlief sie gleich ein Zittern. David hatte sie gedrängt, sich auf die positiven Ereignisse des Vortages zu konzentrieren. Vor allem auf die Tatsache, daß ihr Großvater den Wunsch geäußert hatte, sie solle bei ihm leben.

Sie versuchte sich vorzustellen, was er für ein Mensch war, doch das erwies sich als sehr schwierig. Immer wieder sah sie das Gesicht Lord Umbers vor sich. Sie hätte London am liebsten den Rücken gekehrt und alles hinter sich gelassen, was sie an ihn erinnerte. Doch David hatte ihr zu verstehen gegeben, daß ihr Großvater sie bei Hofe vorstellen und der Welt damit beweisen wolle, daß er ein Mitglied seiner Familie wiedergefunden hatte, daß er schon seit Jahren tot wähnte.

Sie wollte ja alles tun, um den alten Mann glücklich zu machen, aber es würde nicht leicht für sie sein. Alles in ihr wehrte sich gegen diese Art von Vergnügungen.

Um nicht an das entsetzliche Newgate denken zu müssen, hatte sie am Vortag Stunden damit zugebracht, sich vorzustellen, wie es wohl wäre, mit Lord Umber verheiratet zu sein. Sie hatte sich bis ins kleinste ausgemalt, wie herrlich ihr Leben sein könnte. Sie würden in ganz England gemeinsam gute Werke tun.

Jetzt am Morgen konnte sie über diese Wunschträume

nur lachen, doch sie verwarf sie nicht ganz. Vielleicht war sie eines Tages in der Lage, aus eigener Kraft zu helfen.

Die Hausmädchen kicherten beim Aufräumen und Saubermachen, die Lakaien pfiffen bei der Arbeit. Die so selbstverständlichen allmorgendlichen Geräusche wirkten jetzt ungeheuer tröstlich auf Felicia. Sie lag verträumt im Bett und genoß den Frieden. Wir sollten nicht alles als selbstverständlich betrachten, sagte sie sich, sondern in allem, was geschieht und was wir tun, etwas Besonderes sehen.

Die Tür wurde vorsichtig geöffnet. Lady Louisas Zofe steckte den Kopf herein. »Guten Morgen, Miß. Madam läßt fragen, ob Sie sich munter genug fühlen, eine Tasse heiße Schokolade mit ihr zu trinken. Sie ist in ihrem Schlafzimmer.«

»Aber sicher, Lucy. Richten Sie ihr bitte aus, ich komme gleich.« Sie schwang die Beine aus dem Bett und schlüpfte in ihre pelzverbrämten Pantöffelchen. Dann griff sie nach ihrem Morgenrock, der über einem Stuhl hing, fuhr hinein und schlang den Gürtel um die schlanke Taille. Dann lief sie eilends durch den kalten Korridor und klopfte an Lady Louisas Tür, bevor sie eintrat: »Guten Morgen, Lady Louisa«, begrüßte sie Lord Umbers Mutter lächelnd. »Ich kann Ihnen gar nicht sagen, wie froh ich bin, Sie zu sehen.«

»Meine liebe Felicia«, entgegnete Lady Louisa aufgeregt, »Sie wieder wohlauf zu sehen, macht mich mehr als glücklich. Ich käme gar nicht auf den Gedanken, daß Sie Furchtbares durchgemacht haben, wenn ich es nicht genau wüßte.«

Felicia lachte. »Ich halte mich ganz einfach an Davids Anweisungen. Er hat mir geraten, an all das Schöne zu denken, das ich erlebt habe. Und... und...« Sie hielt kurz inne und fuhr dann zaghaft fort: »Und Sie sind das Beste, was mir je begegnet ist.«

»Sie schmeicheln mir, mein liebes Kind. Sie sind eine viel größere Wohltat für mich, als ich es für Sie sein kann. Doch heute will ich mich nicht streiten. Es gibt zu viel zu tun.«

»Ich weiß ja, aber ich kann noch immer nicht glauben, daß ich tatsächlich ein Zuhause und einen Großvater habe. Die Aussicht erschreckt mich geradezu.«

»Das habe ich mir schon gedacht, Felicia. Wenn es Ihnen recht ist, lade ich Lord Davenport zum Essen ein. Dann können Sie ihn ohne allzugroße Anspannung kennenlernen. Und wenn Sie möchten, können Sie noch eine Weile hier wohnen und Ihren Großvater besuchen, sooft es Ihnen gefällt — bis Sie zu ihm ziehen möchten.«

Felicia setzte sich und dachte nach. Die Versuchung zu bleiben war groß; denn dann würde sie Lord Umber regelmäßig sehen. Doch ihr kamen Zweifel, ob das angebracht war. Sie rang sich mit Bedauern dazu durch, die Trennung zu vollziehen. Und das möglichst bald. »Ich... ich... ich glaube, es ist besser... ich meine, ich teile meinem Großvater wohl am besten mit, daß er mich heute nachmittag erwarten kann. Es ist nicht etwa so, daß ich nicht gern noch hierbliebe, Lady Louisa...«

»Sie brauchen mir nichts zu erklären, Felicia. Ich verstehe das doch. Und Sie ziehen schließlich nicht ans entfernteste Ende von England. Ich werde dafür sorgen, daß wir uns sehr oft sehen. Lord Davenport hat sicher nichts dagegen einzuwenden.«

»Vielen, vielen Dank«, sagte Felicia erleichtert. »Ich weiß, es ist dumm von mir, Angst zu haben. David schwört, daß mein Großvater ein sehr verständnisvoller angenehmer Mensch ist, der es kaum erwarten kann, daß ich zu ihm ziehe.«

»Ich lasse also um drei Uhr die Kutsche für Sie vorfahren. Da haben Sie genügend Zeit. Ich werde Lucy bitten, dafür zu sorgen, daß Ihre Koffer bis dahin gepackt sind.«

»Und Ihnen bleibt genügend Zeit, um auszurechnen, was ich Ihnen für all die schönen Kleider schulde, die Sie mir haben machen lassen«, scherzte Felicia. »Wenn ich das meinem Großvater erzähle, wird er sicher darauf bestehen, Ihnen alles auf Heller und Pfennig zurückzuzahlen.«

»Nun aber hinaus mit Ihnen, Sie albernes kleines Ding. Ich will schließlich nicht als Pfennigfuchserin dastehen. Wenn Sie kein Wort darüber verlieren, wird er auch gar nicht auf die Idee kommen, sich danach zu erkundigen. Darin sind die Männer alle gleich.«

»*Außer Ihrem Sohn*«, dachte Felicia, als sie in ihr Zimmer

zurückging. Sie zog sich rasch vor dem Kamin an und zwang sich, nicht an Lord Umber zu denken. Anstatt dessen überlegte sie, von wem sie sich noch verabschieden mußte. Als sie mit ihrer Toilette fertig war, eilte sie hinunter, um Abschied zu nehmen.

Der Erste, dem sie über den Weg lief, war Sims. Sie dankte ihm für die vielen Freundlichkeiten, die er ihr erwiesen hatte, da hörte sie Lord Umbers Stimme. Sie blieb stehen. Bei seinem Anblick wurden ihre Knie weich. Er kam die Treppe herab. Er mußte wohl sehr spät zu Bett gegangen sein; denn er wirkte müde und gereizt. Sie war am Abend zuvor eigentlich enttäuscht gewesen, weil er nicht dabei war, als David sie zu Lady Louisa zurückbrachte. Sie schloß daraus, daß er sich keine Sorgen um sie gemacht hatte. Also tat sie betont gleichmütig und trat vor ihn hin.

»Ach, Lord Umber, ich war gerade auf der Suche nach Ihnen. Ich möchte mich verabschieden. Wie Sie sicher schon gehört haben, ziehe ich heute zu meinem Großvater.«

Lord Umber starrte auf sie hinunter. Er konnte kaum glauben, daß sie so völlig sorglos und ungerührt vor ihm stand. Die schrecklichen Erlebnisse hatten keine Spuren hinterlassen. Und er hatte eine schlaflose Nacht hinter sich, weil ihm ständig vor Augen stand, was ihr alles hätte zustoßen können, hätte David sie nicht befreit. Irgend etwas in ihm zerbrach. Die ganze aufgestaute Anspannung und Frustration der letzten vierundzwanzig Stunden brach sich Bahn und ergoß sich, wie die Wassermassen bei einem Dammbruch über die völlig unvorbereitete Felicia.

Er übersah die Hand, die sie ihm hinhielt und fuhr sie wütend an: »Wissen Sie überhaupt, welche Angst meine Mutter um Sie ausgestanden hat? Durch Ihre Gedankenlosigkeit haben Sie hier gestern einen fürchterlichen Wirbel verursacht.«

»Aber wissen Sie denn nicht... Sie müssen doch einsehen...« Felicia zögerte.

»Nein, Lady Felicia, ich sehe gar nichts ein«, fiel ihr Lord Umber grob ins Wort. »Ich kann nur hoffen, daß es Ihrem Großvater gelingt, Ihnen ein bißchen Vernunft einzutrichtern. Die erste Lektion sollte lauten: unter gar keinen Umständen allein in der Gegend herumlaufen. Von all den Wahnsinnstaten, die mir je zu Ohren gekommen sind, ist das die blödsinnigste. Wenn ich Ihr Großvater wäre, würde ich Sie auch fragen, was Sie in Blackfriars zu suchen hatten.« Er verbeugte sich routiniert. »Also, wie gesagt, adieu, Lady Felicia.« Er wandte sich abrupt ab und marschierte zur Haustür hinaus. Der Lakai, der diesen Ausbruch mitangesehen hatte, stand mit offenem Munde da. Doch das fiel Lord Umber gar nicht auf. Felicia stand wie versteinert vor Entsetzen da. Jeder Atemzug schmerzte vor Kummer. Sie schlich die Treppe wieder hinauf und floh schutzsuchend in ihr Zimmer. Sie entließ ihre Kammerzofe, die gerade dabei gewesen war, Seidenpapier auf ihre Wäsche zu legen, bevor sie den Koffer schließen konnte. Kaum hatte das Mädchen die Tür hinter sich geschlossen, da warf sich Felicia auf ihr Bett und brach in Tränen aus. Lord Umber hatte sie mit seinen Worten tief verletzt. Schließlich erhob sie sich erschöpft und betrachtete ihr Gesicht im Spiegel. Von den rotgeweinten Augen abgesehen, deutete zum Glück nichts darauf hin, daß sie geweint hatte. Sie ging zu dem Waschgeschirr, goß kaltes Wasser in die Schüssel und betupfte sich die Augen.

Eine sonderbare Ruhe überkam sie, fast schon Erleiterung. Jetzt würde es ihr nicht mehr so schwerfallen, Lady Louisas Haus zu verlassen — da Lord Umber so gar nichts von ihr hielt. Wenn sie sich sehr bemühte, konnte sie vielleicht verdrängen, was sie für ihn empfand. Eines Tages würde sie dann vielleicht feststellen, daß sie sich nicht mehr nach seiner Nähe sehnte und sich gar nicht mehr daran erinnern, wie sein einer Mundwinkel beim Lächeln zuckte. Man durfte die Dinge nicht dramatisieren. Sie würde nicht an gebrochenem Herzen sterben, ihr Herz hatte lediglich einen Sprung. Sie würde darüber hinwegkommen. Was blieb ihr auch anderes übrig?

Sie nahm rasch Abschied von Lady Louisa. Sie wollten beide den qualvollen Augenblick der Trennung so rasch wie möglich hinter sich bringen. Dr. Ross war am Morgen noch vorbeigekommen und hatte Medizin für Lady Louisa gebracht, für den Fall, daß ihr die Nerven durchgingen. Es war nicht leicht für sie gewesen, Dr. Ross in allen Einzelheiten zu berichten, was gestern vorgefallen war. Der Arzt unterhielt sich lange mit Felicia und bestand darauf, daß sie nichts unterschlug. Er vertrat die Ansicht, es sei besser, sich alles von der Seele zu reden und nichts zu verdrängen. Felicia lächelte verständnisvoll. Sie wußte nicht recht, was sie von seiner Philosophie halten sollte. Er war ein exzentrischer junger Arzt, doch ihr hatte er geholfen.

»Rufus, jetzt bin ich seit vier Tagen hier, und mir kommt es vor, als befänden wir uns in einer ganz anderen Welt«, flüsterte Felicia dem großen irischen Wolfshund zu ihren Füßen, zu. Sie kam sich ganz verloren vor. Felicia strich dem Hund über das Fell und kraulte ihn im Nacken. Der Hund schlug mit der Rute auf den Boden. Das zeigte, wie sehr es ihm gefiel, gestreichelt zu werden. Sie hörte kurz auf, machte jedoch sofort weiter, als er jaulte und den Kopf flehend in ihren Schoß legte. »Aber nicht mehr lange, Rufus. Ich muß nämlich hinein. Lady Louisa kommt bald.«

Sie saß in dem kleinen Garten hinter dem imposanten Haus ihres Großvaters am Eaton Square. Das warme Sonnenlicht drang durch die Baumkronen. Lichtreflexe tanzten auf dem frischen grünen Gras. Ein idyllisches Fleckchen Erde, um in den Tag hineinzuträumen, doch Felicias trauriger Gesichtsausdruck stand in krassem Gegensatz zu dem strahlenden Tag.

Ihr Großvater war ein lieber alter Herr. Felicia konnte sich nicht an den Gedanken gewöhnen, daß er es fertiggebracht hatte, seinem jüngsten Sohn die Tür zu weisen, weil dieser unter seinem Stande geheiratet hatte. Sie hatte angenommen, daß sie ihn aus eben diesem Grund nicht mögen würde, doch sie hatte sich geirrt.

Er tat alles, was in seiner Macht stand, um Felicia das Leben so angenehm wie möglich zu machen, doch es fiel ihm schwer, sich darauf einzustellen, daß jetzt ein junger Mensch in seinem Hause lebte. Er war schon so lange verwitwet, daß er sich in Gesellschaft von Frauen ein wenig unbehaglich fühlte. So hatte er es meistens vorgezogen, seine Mußestunden mit Freunden in einem seiner Clubs zu verbringen.

Felicia verstand das sehr gut, doch da es in Lady Louisas Haus stets sehr lebendig zugegangen war, kam sie sich bei ihrem Großvater einsam und verloren vor. Zumeist war Rufus ihre einzige Gesellschaft. Er war vom ersten Augenblick an ganz vernarrt in sie gewesen. Selbst der Großvater hatte den Hund kaum wiedererkannt. Der Hund wurde ihr ergebener Sklave und engster Vertrauter.

Von Lord Umber hatte sie seit ihrem Umzug nichts gehört — wie nicht anders zu erwarten. Als David sie besuchte, fragte sie nicht nach Lord Umber. David kam auch nicht von selbst auf ihn zu sprechen. Davids Besuch hatte einen ganz anderen Grund. Er wollte ihre Befürchtungen hinsichtlich ihrer Tante zerstreuen.

»Sie ist schon nach Graystones zurückgefahren und wird sich in London nie wieder blicken lassen.«

»Wie haben Sie sie denn dazu gebracht, daß sie abreist?« erkundigte sich Felicia. »Sie war doch wild entschlossen, die ganze Saison hier zu verbringen — um unter den Männern im heiratsfähigen Alter Ausschau nach einem Ehemann für Wendy zu halten.«

»Da ist sie fündig geworden. Ich glaube, ein älterer Herr hat ein Auge auf Ihre Cousine geworfen. Die Hochzeit soll im Juli stattfinden. Der Auserwählte heißt Brown.«

»Ein Mr. Brown?« Felicia überlegte. »Wer ist denn das? Hört sich nicht gerade nach einem einflußreichen Mann an.«

David lachte. »Nein, das ist er wohl auch nicht. Aber unter den gegebenen Umständen blieb Lady Ormstead wohl nichts anderes übrig, als seinen Antrag anzunehmen. Mit weiteren Heiratsanträgen war wohl nicht zu rechnen.«

»Sind Sie wirklich sicher, daß ich meine Tante nie wieder zu Gesicht bekommen werde?«

»Absolut sicher«, bestätigte David. »Wissen Sie, meine Anwaltskanzlei verwaltet das Geld ihres verstorbenen Gatten. Es ist nicht viel, und ich habe mich nie selbst darum gekümmert. Adams hat bisher alle Ausgaben genehmigt. Doch jetzt übernehme ich das. Sie kommt nur über mich an ihr Geld. Auch die kleinsten Summen muß ich erst genehmigen.«

Felicia klatschte begeistert in die Hände. »Sie erfahren es also sofort, wenn sie einen größeren Geldbetrag verlangt oder nach London kommen will?«

»Allerdings. Wenn Sie sie also nicht in Graystones besuchen, Lady Felicia, können Sie ziemlich sicher sein, daß Sie sie nicht mehr sehen werden. Und Wendy wird sich nach ihrer Heirat mit diesem Mr. Brown nie wieder in den gleichen Gesellschaftskreisen bewegen wie Sie...«

»Sie tut mir fast ein wenig leid. Was für ein langweiliges Leben steht ihr an der Seite dieses Mannes in Graystones bevor. So ganz anders, als sie es sich erträumt hat – keine Gesellschaften, keinerlei Vergnügungen.«

»Im Leben kommt es meistens anders als wir glauben«, entgegnete David, »aber früher oder später finden wir uns damit ab.«

»Da haben Sie allerdings recht«, stimmte ihm Felicia zu. »Ich bin ja das beste Beispiel dafür.«

Bald darauf hatte sich David verabschiedet. Felicia fragte sich verzweifelt, ob Davids letzte Feststellung wohl ein versteckter Hinweis auf Lord Umber war.

Sie spürte wie Rufus erstarrte. Rasch sah sie auf. Lady Louisa näherte sich. Felicia strich Rufus beruhigend über den Kopf, sprang auf und schloß ihre frühere Arbeitgeberin liebevoll in die Arme.

Lady Louisa sah Felicia forschend an. Das junge Mädchen hatte dunkle Ringe unter den Augen. Auch von rosig überhauchten Wangen konnte keine Rede sein. »Was quält Sie denn, mein Kind?« fragte sie besorgt. »Sie scheinen sich nicht recht wohl zu fühlen.«

»Mir geht es ganz gut«, erwiderte Felicia. »Doch ich trauere dem schönen Leben am Berkeley Square nach. Großvater tut zwar alles, damit ich mich bei ihm zu Hause fühle; doch das ist wirklich ein reiner Männerhaushalt.«

»Dann müssen Sie mich oft besuchen, Felicia«, schlug ihr Lady Louisa vor. »Und wenn Sie Lord Davenport darum bitten, erlaubt er Ihnen sicher, ein paar Zimmer umzugestalten und ganz neu einzurichten. Dann würden Sie sich hier zu Hause fühlen.«

Felicia nickte. »Ja, das hat er mir auch schon vorgeschlagen. Aber ich fände es nicht fair, hier irgend etwas zu verändern, wo er sich so wohl fühlt. Nein, das lasse ich lieber bleiben. Ich werde mich hier schon noch eingewöhnen.« Sie wandte sich ab und fragte sich, ob sie es wagen durfte, sich nach Lord Umber zu erkundigen. Sie hustete nervös. »Und... und Lord Umber? Wie geht es ihm?«

Lady Louisa sank auf eine Bank und wies auf den Platz neben sich. »Setzen Sie sich bitte zu mir, Felicia.«

Felicia setzte sich neben Lady Louisa und zerrieb nervös ein Blatt zwischen den Fingern. Es entging ihr nicht, daß Lady Louisa sie prüfend ansah.

»Ich weiß es nicht, Felicia«, antwortete sie schließlich. »Ich weiß nicht, was in ihn gefahren ist. Er scheint gesund zu sein, aber er ist nicht wiederzuerkennen.«

»Nicht wiederzuerkennen? Inwiefern hat er sich verändert?«

»Und er ist in letzter Zeit so aufbrausend, wird immer gleich wütend. Er trinkt auch zuviel. Ich sage das wirklich nicht gern von meinem Sohn — aber es kommt mir fast vor, als sei ihm alles egal.«

Das schmerzte Felicia entsetzlich. Sie hätte gern gewußt, wie sie Lady Louisa trösten sollte. Doch sie wandte nur schüchtern ein: »Vielleicht hat er zu hoch gespielt und zuviel Geld verloren. Ich... ich weiß noch, daß mein Vater immer ganz mürrisch und unleidlich war, wenn ihm das passierte.«

»Ich glaube kaum, daß das der Grund ist. Wenn er mehr als üblich verloren hätte, würde ich das sofort erfahren. Ich muß gestehen, daß ich allmählich nicht mehr weiß, was ich davon halten soll.«

»Es ist sicherlich anmaßend von mir, wenn ich das sage — aber vielleicht hat ihn Lady Barbara abgewiesen.« Bei diesen Worten war ihr, als stäche ihr jemand einen Dolch ins Herz. Jeder Atemzug schmerzte.

»Nein. Mit Lady Barbara hat das nicht das geringste zu tun. Aber er leidet möglicherweise, weil er jemandem wehgetan hat, der ihm sehr viel bedeutet.«

»Oh, das tut mir leid«, hauchte Felicia. »Aber sein Zustand wird sich bestimmt bald wieder bessern. Dazu gehört nur ein wenig Selbstüberwindung. Mama hat immer gesagt, daß sich Männer viel rascher vom Liebeskummer erholen als Frauen.« Sie wandte sich rasch ab, damit Lady Louisa ihren gequälten Gesichtsausdruck nicht sah.

Lady Louisa sah ernst vor sich hin. »Ich fürchte, es ist viel ernster. Er kann sich seinen Zornesausbruch dieser ganz bestimmten Dame gegenüber nicht verzeihen. Er weiß nicht, wie er es wiedergutmachen kann. Ist das nicht absurd?«

Felicia spürte, wie sie errötete. Sie brachte kein Wort heraus und nickte nur stumm.

»Felicia, er hat mir auch gebeichtet, daß er Sie ganz abscheulich behandelt hat. Sind Sie trotzdem bereit, ihn zu empfangen, damit er sich bei Ihnen entschuldigen kann?« Felicia zögerte, da fuhr Lady Louisa rasch fort: »Er wartet drinnen auf mein Zeichen. Wenn ich ihm kein Zeichen gebe, geht er. Aber...«

Wenn Lady Louisa noch an Felicias Liebe zu ihrem Sohn gezweifelt hatte, so bewies ihr Felicias verzückter Gesichtsausdruck, daß sie sich keine Sorgen mehr zu machen brauchte. Sie sprang auf und winkte Lord Umber mit dem Taschentuch. Dann eilte sie an ihm vorbei ins Haus. Sie war mit sich zufrieden, war sie ihrer Rolle doch gerecht geworden.

Felicia hielt den Kopf gesenkt und starrte auf den Rasen. Sie wagte einfach nicht aufzublicken. Ein nervöses Zittern überlief sie. Rufus knurrte. Sie hielt ihn fest und streichelte ihn. Der Hund beruhigte sich wieder. Nun wußte er, daß ihnen ein Freund über den Rasen entgegenkam, von dem er und sein geliebtes Frauchen nichts zu befürchten hatten. Er legte sich wieder und wedelte mit dem Schwanz.

Felicia sah auch dann noch nicht auf, als sich jemand neben sie auf die Bank setzte. Ihr Herz tat einen Sprung und raste, daß ihr angst und bange wurde.

»Felicia, mein völlig ungerechtfertigter Ausbruch von neulich reut mich sehr«, murmelte Lord Umber schuldbewußt. »Ich danke Ihnen, daß Sie so freundlich sind, mich heute morgen trotzdem zu empfangen.« Seine Hand schloß sich um ihre Finger und zog sie an die Lippen. Unendlich sanft küßte er jeden einzelnen Finger. Es überlief Felicia abwechselnd heiß und kalt. »Verzeihst du mir?« fragte Lord Umber mit erstickter Stimme.

»Verzeihen, Mylord?« flüsterte sie. »Es gibt nichts zu verzeihen.« Sie machte einen schwachen Versuch, ihm ihre Hand zu entziehen, doch anstatt sie loszulassen, zog er sie noch näher.

Er knabberte zart an Felicias Ohrläppchen. »Dann glaubst du also, daß du solche Anfälle auch in Zukunft ignorieren kannst?« Er sprach so leise, daß sie ihn kaum verstand. Sie rutschte näher an ihn heran — wie magisch angezogen. Er legte ihr die Hand unters Kinn, so daß sie ihn ansehen mußte.

Sie sahen sich lange tief in die Augen. Dann beugte sich Lord Umber über Felicia und küßte sie leidenschaftlich.

»Meine geliebte Felicia«, murmelte er zärtlich. »Wann soll die Hochzeit sein?«

Felicia war von einer so tiefen beseligenden Freude durchdrungen, daß sie ihm die Arme um den Nacken schlang und seinen Kuß erwiderte. Erst nach einer ganzen Weile entzog sie sich ihm wieder.

»Woher willst du wissen, ob ich nicht viel lieber ein Haus in Richmond hätte?« fragte sie ihn schelmisch. »Mit Dienstboten... und Nadelgeld... und...«

»Das kommt nicht in Frage, du schamloses kleines Ding«, fiel ihr Lord Umber ins Wort. »Entweder du wirst meine Frau — oder du bist mich los.«

»Wenn das so ist, sehe ich mich gezwungen, deinen Antrag anzunehmen.«

Der Weltbestseller.
DORNEN VÖGEL

Colleen McCullough

Allein als Heyne-Taschenbuch: Auflage über 600.000 Exemplare!

Heyne-Taschenbuch
01/5738
654 Seiten
DM 9,80

**Ein Roman hat die Welt erobert.
Die stürmisch-romantische Saga einer
außergewöhnlichen Familie in unserem
Jahrhundert. Nach diesem Roman entstand
die große 4teilige Fernsehverfilmung.**

Von der gleichen Autorin ist als Heyne-Taschenbuch
der Roman »Tim« erschienen (01/5884 – DM 6,80).

Wilhelm Heyne Verlag München

BARBARA CARTLAND

*Die unbestrittene
Königin
des historischen
Liebesromans*

Duell der Herzen — 01/6225 - DM 6,80

Das Schloß der Liebe — 01/6259 - DM 6,80

Flucht vor der Liebe — 01/6318 - DM 5,80

Träume werden Wirklichkeit — 01/6353 - DM 5,80

Die Vollendung der Liebe — 01/6404 - DM 5,80

Das gestohlene Herz — 01/6441 - DM 5,80

Ein Liebeslied — 01/6451 - DM 5,80

Dämmerung der Liebe — 01/6488 - DM 5,80

UTTA DANELLA

Schicksale unserer Zeit
im erzählerischen Werk der Bestseller-Autorin

Regina auf den Stufen
01/702 - DM 7,80
Vergiß, wenn du leben willst
01/980 - DM 6,80
Die Frauen der Talliens
01/5018 - DM 7,80
Jovana
01/5055 - DM 8,80
Tanz auf dem Regenbogen
01/5092 - DM 7,80
Gestern oder die Stunde nach Mitternacht
01/5143 - DM 6,80
Alle Sterne vom Himmel
01/5169 - DM 7,80
Quartett im September
01/5217 - DM 7,80
Der Maulbeerbaum
01/5241 - DM 7,80
Das Paradies der Erde
Die schönsten Reitergeschichten
01/5286 - DM 8,80

Stella Termogen
01/5310 - DM 12,80
Gespräche mit Janos
Vom Umgang mit einem Pferd -
Die Liebeserklärung einer »Pferdenärrischen«
01/5366 - DM 4,80
Der Sommer des glücklichen Narren
01/5411 - DM 6,80
Der Schatten des Adlers
01/5470 - DM 6,80
Der Mond im See
01/5533 - DM 6,80
Unter dem Zauberdach
01/5593 - DM 6,80
Der dunkle Strom
01/5665 - DM 9,80
Zirkusgeschichten
01/5704 - DM 9,80
Die Tränen vom vergangenen Jahr
01/5882 - DM 5,80

Das Familienfest und andere Familiengeschichten
01/6005 - DM 6,80
Flutwelle
01/6204 – DM 9,80
Der blaue Vogel
01/6228 - DM 9,80
Eine Heimat hat der Mensch
01/6344 - DM 6,80
Die Jungfrau im Lavendel
01/6370 - DM 6,80
Die Hochzeit auf dem Lande
01/6467 - DM 6,80
Niemandsland
01/6552 - DM 7,80
(August '85)

Preisänderungen vorbehalten.

Wilhelm Heyne Verlag München